文库

中国妇女文学史

谢无量 著

海南出版社
·海口·

图书在版编目（CIP）数据

中国妇女文学史 / 谢无量著 . -- 海口 : 海南出版社 , 2025. 1. -- (大家学术文库). -- ISBN 978-7-5730-1836-6

Ⅰ . I209

中国国家版本馆 CIP 数据核字第 2024RZ9869 号

中国妇女文学史

ZHONGGUO FUNÜ WENXUESHI

作　　者：谢无量
责任编辑：林天戈
封面设计：格林文化
内文制作：格林文化
海南出版社　出版发行
地　　址：海口市金盘开发区建设三横路 2 号
邮　　编：570216
电　　话：0898-66830922
印刷装订：河北盛世彩捷印刷有限公司
版　　次：2025 年 1 月第 1 版
印　　次：2025 年 1 月第 1 次印刷
开　　本：635 mm × 960 mm　1/16
印　　张：21
字　　数：311 千字
书　　号：ISBN 978-7-5730-1836-6
定　　价：59.00 元

“大家学术文库”编者按

中国学术，昉自伏羲画卦，至周公制礼作乐而规模始备。其后，王官失守，孔子删述六经，创为私学，是为诸子百家之始。《庄子》曰：“道术将为天下裂。”孔子殁后，儒分为八；墨子殁后，墨分为三。诸子周游天下，游说诸侯，皆以起衰救弊、发明学术为务，各国亦以奖励学术、招徕人才为务，遂有田齐稷下学宫之设。商鞅变法，诗书燔而法令明；始皇一统，儒士坑而黔首愚。当此之时，学在官府，以吏为师，先王之学，不绝如缕。至汉高以匹夫起自草泽，诛暴秦，解倒悬，中国学术始获一线生机。其后，汉惠废挟书之律，民间藏书重见天日。孝武之世，董子献“罢黜百家，表彰六经”之策，定六经于一尊。其后，虽有今古之分、儒释之争、汉宋之异、道学心学之别、义理考据之殊，而六经独尊之势，未曾移也。

及鸦片战起，国门洞开，欧风美雨，遍于中夏，诚“三千年未有之变局”。当此之时，国人震于列强之船坚炮利，思有以自强；又羡于西人之政教修明，思有以自效。于是有“变法守旧之争”“革命改良之争”“排满保皇之争”，而我国固有之学术传统，亦因之而起变化。清季罢科举而六经独尊之势蹙，蔡孑民废读经而六经独尊之势丧。当此之时，立论有疑古、信古、释古之别，学派有“古史辩”与“学衡”之争，学说有“文学革命”“思想革命”“文字革命”“伦理革命”诸说，师法有“师俄”“师日”“师西”之分，众说纷纭，莫衷一是，百家争鸣，复见于近代。

民国诸家，为阐明道术、解救时弊，著书立说、授课讲学，其学术思想，历久弥新，至今熠熠生辉，予人启迪。然近人著作，汗牛充栋，多如恒河之沙，使人难免望书兴叹，不知从何下手，穷其一生，亦难以卒读。因此之故，我们特精选最具代表性之近人著作，依次出版，俾读者略窥学术门墙，得进学之阶。此次选辑出版，虽未能穷尽近人学术之精品，难免有遗珠之憾；然能示人以门径，使人借此以知近人学术规模之宏大、体系之完密，亦不失我们编辑出版“大家学术文库”之初衷。

此次出版，为适应今人阅读习惯，提升丛书品质，我们特对所选书籍做了必要之编辑加工，约有如下诸端：

一、改繁体竖排为简体横排；

二、修正淘汰字、异体字，规范标点符号用法，为一些书加新式标点；

三、校改原稿印刷产生之错字、别字、衍字、脱字；

四、凡遇同一书稿中同一人名有两种及以上不同写法者，一律统改为常用写法。

除以上所举四点之外，其余一仍其旧，力求完整保持各书原貌。

然限于编者之有限学力，书中疏漏之处，在所难免，尚祈广大方家、读者诸君不吝批评斧正。

编　者

2024 年 3 月

目 录

第二编下　中古妇女文学（唐五代）

绪　言

天地之间，一阴一阳；生人之道，一男一女。上世男女同等，中世贵男贱女，近世又倡男女平权。上世之男女同等者，自然之法也；中世贵男贱女者，势力之所致也；近世复倡男女平权者，公理之明也。古所谓“夫妻”，本有“匹敌”之义。故记曰：“妻者，齐也。”营荡为齐司寇，太公问以治国之要，对曰：“任仁义而已。”“仁义奈何？”曰：“爱人尊老而已。”“爱人尊老奈何？”曰：“爱人者有子不食其力，尊老者妻长而夫拜之。”太公以为乱齐，而诛营荡。营荡犹沿上世仁义自然之法，则尊老一也，夫可以拜妻。太公已开中世法术势力之治，是以不然营荡之言。自是以来，男日益尊，女日益卑。夫男女之天性，其始岂有异哉？近世生物学家，以妇人之能力，所以终弱于男子者，盖由数千年以来之境遇、习惯、遗传，有以致之，纯出于后天之人事，而非其先天之本质即有异也。上世游猎时代，男子恒掠妻于外群，又日驰逐山林清旷之地，以奋斗为业，其身体益强。而妇人每居家内主饮食、衣服之事，身体渐弱。加之多妻之习，尤使女子不得与男子同等。久而久之，男尊女卑，几成定义。要决非生物本原，便有此区别也。生物原始大法，男女无二。人类与禽兽，同为生物。禽兽之中，一雄一雌相匹者，雌雄之力常相若，鸠鸽之类是也；一雄而匹多雌者，雌之力即逊于雄，象类是也。女性不胜，大半自有多妻之法以后。男子可以多妻，斯女子恒制于男子。而其他不平之境遇，缘之以生矣。于是生男则多得男性，生女多得女性。又传以多方之束缚，女性终劣，殆坐此也。然亦体力之不齐耳。至于心智之在内者，固不能有所损。欧美诸邦，凡男女皆教之学，则女子之才能，已往往与男子争衡，任职受事，敏达不减男子。近且争参与政治之权，美利坚女子，尤为自由。近来学者多持男女同性之公理，故男女终有趋于平等之一日，断可知也。

夫男女先天之地位，既无有不同，心智之本体，亦无有不同。则凡百事之才能，女子何遽不若男子？即以文学而论，女子固亦可与男子争胜。然自来文章之盛，女子终不逮于男子者，莫不由境遇之差，有以致之。考诸吾国之历史，唯周代略有女学，则女子文学，较优于余代。此后女学衰废，唯荐绅有力者，或偶教其子女，使有文学之才。要之超奇不群者，盖亦仅矣。今世女学稍稍为教育界所注意，使益进其劝厉之方，加以岁月，自不难与欧美相媲。男女终可渐几于同等，非特文学一事而已。

妇女文学，自古已盛。及涂山氏作南音，则周公取《风》焉，以为《周南》《召南》。成周之时，妇学规模大具。妇人之辨通有文者，所在而有。仲尼删《诗》，多取妇人之作。然皆传其篇章，未有专集。《汉志》始有李夫人歌诗，及孺子妾冰、未央材人歌诗。《隋志》始有《班倢伃集》，是为妇人专集之最古者。至于选录妇人文章，虽肇自孔门，六朝以来，始专以妇人名集，盖有数家，而其书不传。近世唯明钟伯敬之《名媛诗归》、清王西樵之《然脂集》，取材较富。然钟书体裁颇陋，王书未播艺林。自余作者，或录诗词而不及文，或录文而不及诗词，真伪错陈，淫猥不弃，罕能综其源流，会其体格，故览者不足以观妇女文学之盛衰也。

兹编起自上古，暨于近世。考历代妇女文学之升降，以时系人，附其制作。合者叵加以甄录，伪者亦附予辨析，固将会其渊源流别，为自来妇女文学之总要。唯古时妇人专集，多就亡佚。清世可考者较多，故兹编至明而止，清以下当别采集以为续篇也。旧选咸不录《诗经》，此是妇女文学之祖，如何可阙？故考四家义，确知其何人所作者，并以入录。后世谓《诗经》多妇人矢口成章，然是说晚出非古义，又不知谁何作者，殆未可从矣。自《诗经》以下，其他篇章，亦择其精者，并先述作者小传。其事无可稽，而文采不可没者，亦偶著之。此本编体例之大略也。分为上古、中古、近世三编。

第一编　上古妇女文学

第一章

妇女文学之渊源

《洛书·摘亡辟》曰："人皇兄弟九人，别长九州；离艮地精之女，出为之后。'夫妇之道'始此。"杜佑《通典》，以遂皇氏始有"夫妇之道"。旧说以人皇时始有人，亦有以遂皇为人皇者，遂皇在伏羲前，此妇人之厥初也。至于伏羲又制嫁娶之礼。或云当时已有琴瑟，女娲嗣伏羲，又作笙簧，乐器所兴，诗歌继作，故《诗疏》谓神农时已有诗，则妇人文学，亦宜起自皇古也。盖太古之民，知有母而不知有父，同无男女尊卑之辨，乐歌播习，应是男女所同。神农时既有诗，妇人岂无为诗者？唯皇代篇章湮灭，举不可考，仅其理犹可推知耳。黄帝时玄女、素女，盖天神而降人间，启兵法术数之道，要为荒远难信。颛顼始立男女之别，其法曰："妇人不避男子于道者，拂之四达之衢。"后来礼教，益以加厉。《拾遗记》载《少昊母皇娥歌》，此是依托。《拾遗记》曰："少昊以金德王，母曰皇娥。处璇宫而夜织，或乘桴木而昼游，经历穷桑沧茫之浦。时有神童，容貌绝俗，称为白帝之子，即太白之精，降乎水际，与皇娥讌戏。并坐抚桐峰梓瑟，皇娥倚瑟而清歌曰：'天清地旷浩茫茫，万象回薄化无方。浛天荡荡望沧沧，乘桴轻漾著日傍。当其何所至穷桑，心知和乐悦未央。'"更历唐虞，妇人文章，罕有传者。而娥皇、女英，为有虞二妃，刘向《列女传》，叙于母仪之首："姜嫄清静专一，好种稼穑，实诞后稷。后稷承母之教，以兴农桑。简狄生契，为尧司徒。简狄性好人事之治，上知天文，乐于施惠，教契以理顺之序。契敷五教，多禀母训。”而北音亦简狄所作，《吕览·音初》曰：“有娀氏有二佚女，为之九成之台。饮食必以鼓。帝令燕往视之，鸣若谥隘，二女爱而争搏之，覆以玉筐。少选，发而视之，燕遗二卵，北飞遂不反。二女作歌，一终曰‘燕燕往飞’，实始作为北音。”旧说有娀佚女即简狄，高诱注曰：“帝，天也。天令燕降卵于有娀氏女，吞之生契。《诗》云：‘天命玄鸟，降而生商。’又曰：‘有娀方将，立子生商。’此之谓也。”古有东、西、南、北四音，北音与南音最先，皆妇人所作。余则夏孔甲作《破斧之歌》，实始为东音；殷整甲徙宅西河，犹思故处，实始作为西音。秦音所本。是谓四音也。

北音虽先于南音，而南音所被尤广，《周南》《召南》之所取风也。《吕览》曰：“禹行功，见涂山之女，禹未之遇而巡省南土。涂山氏之女，乃令其妾候禹于涂山之阳。女乃作歌，歌曰：‘候人兮猗。’实始作为南音。周公及召公取风焉，以为《周南》《召南》。”高诱注曰：“南方国风之音，取涂山女南音以为乐歌也。”《吴越春秋》曰：“禹年三十未娶。行涂山，恐失之暮，失其度制，乃辞云：‘吾娶也，必有应矣。’乃有白狐九尾造于禹。禹曰：‘白者吾之服也，九尾者王之证也。’于是涂山之人歌之曰：‘绥绥白狐，九尾庞庞。我家嘉夷，来宾为王。成于家室，我都攸昌。天人之际，于兹则行。’明矣哉。《吕览》亦有此歌，仅四句。禹因娶涂山，谓之女娇。”《列女传》曰：“启母者，涂山氏长女也，夏禹娶以为妃。既生启，辛壬癸甲，启呱呱泣，禹去而治水，唯荒度土功，三过其家，不入其门。涂山独明教训，而致其化焉。及启长，化其德而从其教，卒致令名。”则涂山女不唯作南音，兼有德行。涂山在今重庆。杜预曰：“江州巴国也，有涂山。禹娶涂山。”《华阳国志》曰：“帝禹之庙铭存焉。”案《周》《召》所以取南音为风者，南音出于巴国，武王伐纣，庸蜀巴渝之人实从，所谓前歌后舞者，即巴渝之歌舞而南音之遗也。《晋书·乐志》曰：“高祖为汉王时，自蜀定三秦，率賨人以从，勇而善斗，其俗喜舞。高祖乐其猛锐，数视其舞曰：‘此武王伐纣歌也。’使工习之，名《巴渝舞》。”舞曲四篇，魏虽有改作，而其渊源并自南音。

盖南音历千余年，其节奏尚在。始为《周》《召》德化之音，继为汉魏勇武之乐，盖诗乐是一。北音、南音，其辞虽仅存一句，而南音于文学创造之力尤伟也。

第二章

周之妇女文学

第一节　总　论

周时妇学始备，故上古妇女文学，亦周代为盛。《周礼》："九嫔掌妇学之法，以教九御妇德、妇言、妇容、妇功。"郑注："'妇德'谓'贞顺'，'妇言'谓'辞令'，'妇容'谓'婉娩'，'妇功'谓'丝枲'。"又有："女祝掌王后之内祭祀，凡内祷祠之事。""女史掌王后之礼职，掌内治之贰，以诏后治内政。逆六宫，书内令。凡后之事以礼从。"《毛诗·邶风·静女》传云："古者后夫人必有女史彤管之法。史不记过，其罪杀之。事无大小，记以成法。"章学诚《妇学》曰："周官有女祝、女史，汉制有内起居注。妇人之于文字，于古盖有所用之矣。'妇学'之名，见于天官内职，'德''言''容''功'，所该者广，非如后世只以文艺为学也。"又曰："男子弧矢，女子鞶帨，自有分别。至于典礼文辞，男妇皆所服习。盖后妃夫人，内子命妇，于宾享丧祭，皆有礼文，非学不可。"又曰："妇学之目，'德''言''容''功'，郑注'言'为'辞令'。自非娴于经礼，习于文章，不足为学。乃知诵《诗》习《礼》，古之妇学略亚丈夫。"又曰："妇学掌于九嫔，教法行乎宫壶。内而臣采，外及侯封，六典未详，自可例测。《葛覃》师氏，著于风诗；侯封妇学。婉娩姆教，垂于《内则》。卿士、大夫。历览《春秋》内外诸传，诸侯夫人、大夫内子，并能称文道故，斐然有章。若乃盈满之祥，邓曼详推于天道；利贞之义，穆姜精解于乾元。鲁穆伯之令妻，典言垂训；齐司徒之内主，有礼加封。士师考终牖下，妻有诔文；国殇魂返沙场，嫠辞郊吊。以至泉水毖流，委宛赴怀归之什；燕飞上下，凄凉送归媵之诗。凡斯经礼典法，文采风流，与名卿大夫，有何殊别？然皆因事牵联，偶见载籍，非特著也。若出后代，史必专篇，类征《列女》。则如曹昭、蔡琰故事，其为矞皇彪炳，当十倍于刘、范之书矣。是知妇学亦自后世失传。三代之隆，并与男子仪文，率由故事，初不为矜异也。”章氏论周时妇学，颇得其要领，然谓妇学仅行于卿士大夫，非齐民妇女皆知学，比亦未必然。案“井田”之制，男女同巷，相从夜绩。男女有所怨恨，相从而歌。饥者歌其食，劳者歌其事。男年六十、女年五十无子者，官衣食之，使之民间求诗。乡移于邑，邑移于国，国以闻于天子。故王者不出牖户，尽知天下所苦，不下堂知四方。是则民间女子，并能自歌其劳怨，年老又能采诗。春秋时虽下邑耕桑之女，类有辨通之才，见于载记，则民间亦自有妇学可知。唯宫壶以及士夫之家，其妇女有贤德文采者，尤易为人传播耳。

周初，太姜、太任、太姒，并称“周室三母”。太任文王之母，能以胎教。太姒武王之母，生十男。太姒教诲十子，自少及长，未尝见邪僻之事，卒成武王、周公之德。周时妇学最隆，当时本早有“六艺”之教，“礼”“乐”尤为妇人所通习。故春秋妇人，多能知礼。伯姬遇火，以保母不至，夜不下堂，竟逮于火而死，尤守礼之著者。其余妇人，虽行或不饬，而言有典则者甚多。“礼”“乐”之外，“六艺”亦当并在妇学。今列妇人所论《易》《书》《诗》义略可考者如下：

《易》教　缪姜，淫妇人也。其论《易》教，孔子取之，左氏书之。《列女传》曰：“缪姜者，齐侯之女，鲁宣公之夫人，成公母也。聪慧而行乱，故谥曰缪。初，成公幼，缪姜通于叔孙宣伯，名乔如。乔如与缪姜，谋去季、孟而擅鲁国。晋、楚战于鄢陵，公出佐晋。将行，姜告公：‘必逐季、孟，是背君也。’公辞以晋难，请反听命。又货晋大夫，使执季孙行父而止之，许杀季孙蔑，以鲁士晋为内臣。鲁人不顺乔如，明而逐之，乔如奔齐。鲁遂摈缪姜于东宫。始往，缪姜使筮之，遇《艮》之六。史曰：‘是谓《艮》之《随》。《随》，其出也。君必速出！’姜曰：‘亡！是于《周易》曰：《随》，元、亨、利、贞，无咎。’元，善之长也；亨，嘉之会也；利，义之和也；贞，事之干也。终故不可诬也，是以虽《随》无咎。今我妇人而与于乱，固在下位而有不仁，不可谓‘元’；不靖国家，不可谓‘亨’；作而害身，不可谓‘利’；弃位而放，不可谓‘贞’。有四德者，《随》而无咎。我皆无之，岂《随》也哉？我则取恶，能无咎乎？必死于此，不得出矣！’卒薨于东宫。君子曰：‘惜哉！缪姜有聪慧之质，终不得掩其淫乱之罪。’”

《书》教 《列女传》记孙叔敖母，及楚野辨女，并能称《书》义。孙叔敖儿时出游，见两头蛇，杀而埋之，归见其母而泣。母问其故。对曰：“吾闻见两头蛇者死，今者出游见之。”其母曰：“蛇今安在？”对曰：“吾恐他人复见之，杀而埋之矣。”其母曰：“汝不死矣！夫有阴德者阳报之。德胜不祥，仁除百祸，天之处高而听卑。《书》不云乎：‘皇天无亲，唯德是辅。’尔嘿矣，必兴于楚。”及叔敖长，为令尹。君子谓叔敖之母知道德之次。楚野辨女者，昭氏之妻也。郑简公使大夫聘于荆，至于狭路，有一妇人乘车，与大夫遇，毂击而折大夫车轴。大夫怒，将执而鞭之。妇人曰：“妾闻君子不迁怒，不贰过。今于狭路之中，妾已极矣，而子大夫之仆不肯少引，是以败子大夫之车，而反执妾，岂不迁怒哉？既不怒仆，而反怒妾，岂不贰过哉？《周书》曰：‘毋侮鳏寡，而畏高明。’今子列大夫而不为之表，而迁怒、贰过，释仆执妾，轻其微弱，岂可谓不侮鳏寡乎？吾鞭则鞭耳，惜子大夫之丧善也。”大夫惭而无以应。遂释而问之，对曰：“妾，楚野之鄙人也。”大夫曰：“盍从我于郑乎？”对曰：“既有狂夫昭氏在内矣。”遂去。观楚野之女，能引《书》义，知当时“六艺”之教，虽民间女子亦习之也。

《诗》教 周时妇人，能诵《诗》者极多，而魏曲沃负言《关雎》义尤可玩也。《列女传》曰："曲沃负者，魏大夫如耳母也。秦立魏公子政为魏太子，魏哀王使使者为太子纳妃而美，王将自纳焉。曲沃负谓其子如耳曰：'王乱于无别，女胡不匡之？方今战国强者为雄，义者显焉。今魏不能强，王又无义，何以持国乎？王，中人也，不知其为祸耳。汝不言，则魏必有祸矣！有祸必及吾家。汝言以尽忠，忠以除祸，不可失也。'如耳未遇闲，会使于齐，负因款王门而上书曰：'曲沃之老妇也，心有所怀，愿以闻于王。'王召入。负曰：'妾闻男女之别，国之大节也。妇人脆于志，窳于心，不可以邪开也。是故必十五而笄，二十而嫁，早成其号谥，所以就之也。聘则为妻，奔则为妾，所以开善遏淫也。节成然后许嫁，亲迎然后随从，贞女之义也。今大王为太子求妃，而自纳之于后宫，此毁贞女之行，而乱男女之别也。自古圣王，必正妃匹。妃匹正则兴，不正则乱。夏之兴也以涂山，亡也以末喜；殷之兴也以有㜪，亡也以妲己；周之兴也以太姒，亡也以褒姒。周之康王夫人晏出朝，《关雎》起兴，思得淑女，以配君子。夫雎鸠之鸟，犹未尝见乘居而匹处也。夫男女之盛，合之以礼，则父子生焉，君臣成焉，故为万物始。君臣、父子、夫妇三者，天下之大纲纪也。三者治则治，乱则乱。今大王乱人道之始，弃纲纪之务，敌国五六，南有从楚，西有横秦，而魏国居其间，可谓仅存矣。王不忧此，而从乱无别，父子同女，妾恐大王之国政危矣。'王曰：'然。寡人不知也。'遂与太子妃。而赐负粟三十钟。"曲沃负兼明诗礼，又知国情以谏也。

周时妇女文学，既盛于国中，而又传外国妇女之诗歌。周穆王至西王母国，西王母或以为女仙人，殆当时外国之女王与？《穆天子传》："西王母为《天子谣》曰：'白云在天，山陵自出。道里悠远，山川间之。将子无死，尚能复来。'"又为《天子吟》曰："徂彼西土，爰居其所？虎豹为群，乌鹊与处。嘉命不迁，我惟帝女。彼何世民，又将去予？吹笙鼓簧，中心翱翔。世民之子，惟天之望。"《丹铅总录》曰："余尝疑《穆天子传》西王母歌词，出于后人粉饰，且《山海经》载西王母虎首鸟爪，形既殊异，音亦不同，何其歌词悉似国风乎？"按此当经史臣润色，是译外国妇人诗歌之始。词虽不同，必本原意也。周时妇学发达，自宫壶逮于齐民，无不有妇学。其精者研及“六艺”，著者见于诗歌。而海外妇人歌词，亦以此时流入中国，可谓盛矣。

第二节 《诗经》与妇女文学

周时民间采诗，兼用老年之男女任之。其诗亦必男女均采，故《诗经》中宜多妇人之词。然四家之说多异，今唯《毛诗》略具，及与《列女传》他书所称者而已。宋人训《诗》，或不取古义，以为国风男女之词，多淫奔自述之诗。后人极论其非。章学诚《妇学》曰：“不学之人，以溱洧诸诗，为淫者自述。因谓古之妇孺，矢口成章，胜于后世之文人。不知万无此理。”又曰：“国风男女之辞，皆出诗人所拟，以汉魏六朝篇什证之，更无可疑。譬之男优饰静女以登场，终不似闺房之雅素也。昧者不知斯理，妄谓古人虽儿女子，亦能矢口成章，因谓妇女宜于风雅。是犹见优伶登场演古人事，妄疑古人动止，必先歌曲也。”又曰：“优伶演古人故事，其歌曲之文，正如史传中夹论赞体。盖有意中之言，决非出于口者；亦有旁观之见，断不出本人者，曲文皆所不避。故君子有时涉于自赞，宵小有时或至自嘲。俾观者如读史传，而兼得咏叹之意。体应如是，不为嫌也。如使真正出君子、小人之口，无是理矣。国风男女之词，与古人拟男女词，正当作如是观。如谓真出男女之口，毋论淫者万无如此自暴，即贞者亦万无如此自亵也。”按章氏不喜宋人训《诗》之说，故论之尤力。总之国风之中，虽其抒情写怨，不妨偶有妇人自述之词，要古义无征，难于臆测。今唯据古说确以为妇人之作者，次论于下：

《周南》中如《葛覃》《毛义》以为后妃之本，《卷耳》为后妃之志。《召南》中《草虫》为大夫妻能以礼自防，《采蘋》为大夫妻能循法度，《殷其雷》为召南大夫室家能劝以义之属。此并不知其为自作之辞与？为诗人之辞与？说者无明文，但举其确有考者。

一　蔡人妻诗

《周南·芣苢》三章，《列女传·贞顺传》以为蔡人妻作："蔡人之妻者，宋人之女也。既嫁于蔡，而夫有恶疾，其母将改嫁之。女曰：'夫不幸，乃妾之不幸也。奈何去之？适人之道，一与之醮，终身不改。不幸遇恶疾，不改其意。且夫采采芣苢之草，虽其臭恶，犹始于捋采之，终于怀撷之，浸以益亲，况于夫妇之道乎？彼无大故，又不遣妾，何以得去？'"终不听其母，乃作《芣苢》之诗。君子曰："宋女之意，甚贞而一也。"其诗曰："采采芣苢，薄言采之；采采芣苢，薄言有之。采采芣苢，薄言掇之；采采芣苢，薄言捋之。采采芣苢，薄言袺之；采采芣苢，薄言襭之。"刘向本学《鲁诗》，此亦与《韩诗》义同。《文选》刘峻《辩命论》注引《韩诗》："《芣苢》，伤夫有恶疾也。"薛君云："诗人伤其君有恶疾，人道不通，求已不得发愤而作，以事兴'芣苢虽臭恶乎，我犹采采而不已'者，以兴'君子虽有恶疾，我犹守而不离去'也。"

二　周南大夫妻诗

刘向又以《汝坟》为周南之妻作。《列女传》曰："周南之妻者，周南大夫之妻也。大夫受命，平治水土，过时不来。妻恐其懈于王事，盖与其邻人陈素所与大夫言：'国家多难，唯勉强之。无有谴怒，遗父母忧。昔舜耕于历山，渔于雷泽，陶于河滨，非舜之事而舜为之者，为养父母也。家贫亲老，不择官而仕；亲操井臼，不择妻而娶。故父母在，当与时小同，无亏大义，不罹患害而已。夫凤凰不离于蔚罗，麒麟不入于陷阱，蛟龙不及于枯泽。鸟兽之智，犹知避害，而况于人乎！生于乱世，不得道理，而迫于暴虐，不得行义。然而仕者，为父母在故也。'乃作诗曰：'鲂鱼赪尾，王室如毁。虽则如毁，父母孔迩。'盖不得已也。君子以是知周南之妻能匡夫也。"《汝坟》三章，其辞曰：

遵彼汝坟，伐其条枚。未见君子，惄如调饥。遵彼汝坟，伐其条肄。既见君子，不我遐弃。鲂鱼赪尾，王室如毁。《毛诗》作“燬”。虽则如毁，父母孔迩。

三　申人女诗

刘向以《召南·行露》为申人女作。《列女传·贞顺传》曰：“召南申女者，申人之女也。既许嫁于酆，夫家礼不备，而欲迎之。女与其人言：‘以为夫妇者，人伦之始也，不可不正。《传》曰：‘正其本则万事理。失之毫厘，差之千里。’是以本立而道生，源治而流清。故嫁娶者，所以传重承业，继续先祖，为宗庙主也。夫家轻礼违制，不可以行。遂不肯往。夫家讼之于理，致之于狱，女终以一物不具，一礼不备，守节持义，必死不往。而作诗曰：‘虽速我狱，室家不足。’言夫妇之礼不备足也。君子以为得妇道之仪，故举而扬之，传而法之，以绝无礼之求，防淫欲之行焉。又曰：‘虽速我讼，亦不女从。’此之谓也。”《行露》三章，其辞曰：

厌浥行露，岂不夙夜？谓行多露。谁谓雀无角，何以穿我屋？谁谓女无家，何以速我狱？虽速我狱，室家不足。谁谓鼠无牙，何以穿我墉？谁谓女无家，何以速我讼？虽速我讼，亦不女从。

四　卫寡夫人诗

《邶风·柏舟》，刘向以为卫寡夫人作。《列女传》曰：“夫人者，齐侯之女也。嫁于卫，至城门而卫君死，保母曰：‘可以还矣。’女不听，遂入，持三年之丧，毕。弟立请曰：‘卫，小国也。不容二庖，愿请同庖。’夫人曰：‘唯夫妇同庖。’终不听。卫君使人诉于齐兄弟，齐兄弟皆欲与后君。使人告女，女终不听。乃作诗曰：‘我心匪石，不可转也。我心匪席，不可卷也。’厄穷而不闵，劳辱而不苟，然后能自致也。言不失也，然后可以济难矣。《诗》曰：‘威仪棣棣，不可选也。’言其左右无贤臣，皆顺其君之意也。君子美其贞一，故举而列之于《诗》也。”《柏舟》五章，其辞曰：

泛彼柏舟，亦泛其流。耿耿不寐，如有隐忧。微我无酒，以敖以游。我心匪鉴，不可以茹。亦有兄弟，不可以据。薄言往诉，逢彼之怒。我心匪石，不可转也。我心匪席，不可卷也。威仪棣棣，不可选也。忧心悄悄，愠于群小。觏闵既多，受侮不少。静言思之，寤辟有摽。日居月诸，胡迭而微。心之忧矣，如匪澣衣。静言思之，不能奋飞。

五　卫庄姜诗

《毛诗》以《绿衣》《燕燕》《日月》《终风》四篇并为卫庄姜作。《诗经》取妇人诗，庄姜独多也。《小序》曰：“《绿衣》，卫庄姜伤己也。妾上僭夫人失位而作是诗也。”

其辞曰：

绿兮衣兮，绿衣黄里。心之忧矣，曷维其已？绿兮衣兮，绿衣黄裳。心之忧矣，曷维其亡？绿兮丝兮，女所治兮。我思古人，俾无訧兮。絺兮绤兮，凄其以风。我思古人，实获我心。

《小序》曰：“《燕燕》，卫庄姜送归妾也。”《列女传》以为定姜诗：“定姜子死，其妇无子而归。定姜送妇而作。”《礼记·坊记》引此篇：“先君之思，以畜寡人。”郑注亦以为定姜诗，云：“畜，孝也。献公无礼于定姜。定姜作诗，言献公当思先君定公，以孝于寡人。”此与《列女传》不合。陈硕甫谓邶鄘卫于文公以后无诗，不应献公有定姜之诗。且《毛传》释“南”为“陈在卫南”，“仲”为戴妫字，悉本《左传》为说，故郑晚笺诗即以毛义为长。今仍从毛说，以为庄姜诗也。其诗曰：

燕燕于飞，差池其羽。之子于归，远送于野。瞻望弗及，泣涕如雨。燕燕于飞，颉之颃之。之子于归，远于将之。瞻望弗及，伫立以泣。燕燕于飞，下上其音。之子于归，远送于南。瞻望弗及，实劳我心。仲氏任只，其心塞渊。终温且惠，淑慎其身。先君之思，以勖寡人。

《小序》曰："《日月》，卫庄姜伤己也。遭州吁之乱，伤己不见答于先君，以至困穷之诗也。"其诗曰：

日居月诸，照临下土。乃如之人兮，逝不古处。胡能有定？宁不我顾。日居月诸，下土是冒。乃如之人兮，逝不相好。胡能有定？宁不我报。日居月诸，出自东方。乃如之人兮，德音无良。胡能有定？俾也可忘。日居月诸，东方自出。父兮母兮，畜我不卒。胡能有定？报我不述。

《小序》曰："《终风》，卫庄姜伤己也。遭州吁之暴，见侮慢而不能正也。"诗曰：

终风且暴，顾我则笑。谑浪笑敖，中心是悼。终风且霾，惠然肯来。莫往莫来，悠悠我思。终风且曀，不日有曀。寤言不寐，愿言则嚏。曀曀其阴，虺虺其雷。寤言不寐，愿言则怀。

六　黎庄夫人诗

《卫风·式微》，刘向以为黎庄夫人及其傅母作。《列女传·贞顺传》曰："黎庄夫人者，卫侯之女，黎庄公之夫人也。既往而不同欲，所务者异，未尝得见，甚不得意。其傅母闵夫人贤，公反不纳，怜其失意，又恐其已见遣而不以时去，谓夫人曰：'夫妇之道，有义则合，无义则去。今不得意，胡不去乎？'乃作诗曰：'式微式微胡不归？'夫人曰：'妇人之道，一而已矣。彼虽不吾以，吾何可以离于妇道乎？’乃作诗曰：‘微君之故，胡为乎中路？’终执贞一，不违妇道，以俟君命。君子故序之以编《诗》。”据此，则《式微》诗是二人同作一篇，盖联句之所始也。诗曰：

式微式微胡不归？微君之故，胡为乎中路？《毛诗》作“中露”，与“泥中”为二邑名。式微式微胡不归？微君之躬，胡为乎泥中？

七　邶风卫女诗

《毛诗·小序》曰：“《泉水》，卫女思归也，嫁于诸侯，父母终，思归宁而不得，故作是诗以自见也。”其诗曰：

毖彼泉水，亦流于淇。有怀于卫，靡日不思。娈彼诸姬，聊与之谋。出宿于泲，饮饯于祢。女子有行，远父母兄弟。问我诸姑，遂及伯姊。出宿于干，饮饯于言。载脂载舝，还车言迈。遄臻于卫，不瑕有害。我思肥泉，兹之永叹。思须与漕，我心悠悠。驾言出游，以写我忧。

八　卫伋傅母诗

《新序》以《邶风·二子乘舟》篇为伋傅母作。《节士》篇云：“伋方乘舟时，伋傅恐其死也，闵而作诗。先是，卫宣公夫人夷姜，生伋子，以为太子。为伋取于齐而美，公夺之，生寿及朔，朔与其母诉伋于公。公令伋之齐，使贼先待于隘而杀之。寿知之以告伋，伋曰：‘君命不可逃。’寿窃其节先往，贼杀之。伋至曰：‘君命杀我，寿有何罪？’贼又杀之。”《毛诗》以“乘舟”是诗人比喻之词，《新序》以为实乘舟，二子即伋、寿。诗曰：

二子乘舟，泛泛其景。愿言思子，中心养养。二子乘舟，泛泛其逝。愿言思子，不瑕有害。

九　卫共姜诗

《毛诗·鄘风·柏舟序》曰：“柏舟，共姜自誓也。卫世子共伯蚤死，其妻守义。父母欲夺而嫁之，誓而弗许。故作是诗以绝之。”诗曰：

泛彼柏舟，在彼中河。髧彼两髦，实维我仪。之死矢靡他，母也天只，不谅人只！泛彼柏舟，在彼河侧。髧彼两髦，实维我特。之死矢靡慝，母也天只，不谅人只！

十　鄘风妻谏夫诗

《白虎通·谏诤》篇以《相鼠》为妻谏夫诗，作者未详。诗曰：

相鼠有皮，人而无仪。人而无仪，不死何为？相鼠有齿，人而无止。人而无止，不死何俟？相鼠有体，人而无礼。人而无礼，胡不遄死？

十一　许穆夫人诗

《左传·闵二年》曰：“许穆夫人赋《载驰》。”《毛诗·小序》曰：“《载驰》，许穆夫人作也。闵其宗国颠覆，自伤不能救也。卫懿公为狄人所灭，国人分散，‘露于漕邑。许穆夫人闵卫之亡，伤许之小，力不能救，思归唁其兄，又义不得，故赋是诗也。”又《楚丘诗序》曰：“卫国有狄人之败，出处于漕，齐桓公救而封之，是处漕即文公也。诗称控于大邦，本欲希齐之救，而桓公果出兵以置文公，意者此诗有以感发乎？”诗曰：

> 载驰载驱，归唁卫侯。驱马悠悠，言至于漕。大夫跋涉，我心则忧。既不我嘉，不能旋反。视尔不臧，我思不远。既不我嘉，不能旋济。视尔不臧，我思不閟。涉彼阿丘，言采其蝱。女子善怀，亦各有行。许人尤之，众稚且狂。我行其野，芃芃其麦。控于大邦，谁因谁极？大夫君子，无我有尤。百尔所思，不如我所之。

十二　庄姜傅母诗

刘向以《卫风·硕人》为庄姜傅母作。《列女传·母仪传》曰：“傅母者，齐女之傅母也。女为卫庄公夫人，号曰庄姜。庄姜姣好，始往，操行衰惰，有冶容之行、淫佚之心。傅母见其妇道不正，谕之云：‘子之家世世尊荣，当为民法则。子之质聪达于事，当为人表式。仪貌壮丽，不可不自修整。衣锦絅裳，饰在舆马，是不贵德也。’乃作诗曰：‘硕人其颀，衣锦絅衣。齐侯之子，卫侯之妻。东宫之妹，邢侯之姨，谭公维私。’砥厉女之心以高节。以为人君之子弟，为国君之夫人，尤不可有邪僻之行焉。女遂感而自修。君子称傅母之防未然也。庄姜者，东宫得臣之妹也，无子，姆戴妫之子桓公。公子州吁，嬖人之子也，有宠，骄而好兵，庄公弗禁。后州吁果杀桓公。”《硕人》全篇曰：

> 硕人其颀，衣锦絅衣。《毛诗》“絅”作“褧”。齐侯之子，卫侯之妻；东宫之妹，邢侯之姨。谭公维私。手如柔荑，肤如凝脂；领如蝤蛴，齿如瓠犀；螓首蛾眉，巧笑倩兮，美目盼兮。硕人敖敖，说于农郊。四牡有骄，朱幩镳镳，翟茀以朝；大夫夙退，无使君劳！“女”谓“女君”，指夫人也。河水洋洋，北流活活；施罛濊濊，鳣鲔发发；葭菼揭揭，庶姜孽孽，庶士有朅。

十三　卫风卫女诗

《毛诗・小序》曰："《竹竿》，卫女思归也。适异国而不见答，思而能以礼者也。"陈硕甫《传疏》曰："此诗与《泉水》文略同而事实异。《泉水》之卫女，思念父母而思归，归宁也；《竹竿》之卫女，以不见答而思归，归宗也。归宗，义也；归宁，非礼也。故序于《泉水》思归不云礼，而于《竹竿》之思归为能以礼者。"《竹竿》全篇曰：

> 籊籊竹竿，以钓于淇。岂不尔思？远莫致之。泉源在左，淇水在右。女子有行，远兄弟父母。淇水在右，泉源在左。巧笑之瑳，佩玉之傩。淇水滺滺，桧楫松舟。驾言出游，以写我忧。

十四　宋襄公母诗

《毛诗・小序》曰："《河广》，宋襄公母归于卫，思而不止，故作是诗也。"陈硕甫《传疏》曰："《序》云'宋襄公母'者，宋桓公夫人也。何以不言宋桓夫人？以夫人终襄公世不返宋，故不系诸宋桓而系诸宋襄也。《序》云'归于卫'者，归，归宗也。女既归宗，义当庙绝，故《诗》录《河广》以存礼。"又曰："当时卫有狄人之难，宋襄公母归在卫，见其宗国颠覆，君灭国破，忧思不已。故篇内皆叙其望宋渡河救卫，辞甚急也。未几而宋桓公逆诸河，立戴公以处曹，则此诗之作，自在逆河之前。《河广》作而宋立戴公矣，《载驰》赋而齐立文公矣。《载驰》许诗，《河广》宋诗，而系列于鄘卫之风，以二夫人于其宗国，皆有存亡继绝之思，故录之。若仅谓思子而作，孔子奚取焉？"其诗曰：

> 谁谓河广？一苇杭之。谁谓宋远？跂予望之。谁谓河广？曾不容刀。谁谓宋远？曾不崇朝。

十五　息夫人诗

《列女传·贞顺传》以《王风·大车》为息夫人作："夫人者，息君之夫人也。楚伐息，破之，虏其君使守门，将妻其夫人而纳之于宫。楚王出游，夫人遂出见息君，谓之曰：'人生要一死而已，何至自苦？妾无须臾而忘君也，终不以身更二醮。生离于地上，岂如死归于地下哉？'乃作诗曰：'榖则异室，死则同穴。谓予不信，有如皦日。'息君止之，夫人不听，遂自杀。息君亦自杀，同日俱死。楚王贤其夫人守节有义，乃以夫人之礼，合而葬之。君子谓夫人说于行善，故序之于《诗》。夫义动君子，利动小人。息君夫人，不为利动矣。"其诗全篇曰：

> 大车槛槛，毳衣如菼。岂不尔思？畏子不敢。大车哼哼，毳衣如璊。岂不尔思？畏子不奔，榖则异室，死则同穴。谓予不信，有如皦日。

十六　陈辩女诗

《续列女传》以《陈风·墓门》为陈辩女作："辩女者，陈国采桑之女也。晋大夫解居甫使于宋，道过陈，遇采桑之女，止而戏之曰：'女为我歌，我将舍女。'女乃为之歌，即《墓门》首章也。大夫又曰：'为我歌其二。'即《墓门》二章也。大夫曰：'其梅则有，其鸮安在？'女曰：'陈，小国也，摄乎大国之间，因之以饥馑，加之以师旅，其人且亡，而况鸮乎？'大夫乃服而释之。君子谓辩女贞正而有辞，柔顺而有守。"《墓门》全篇云：

> 墓门有棘，斧以斯之。夫也不良，国人知之。知而不已，谁昔然矣？墓门有梅，有鸮萃止。夫也不良，歌以讯之。讯予不顾，颠倒思予。

上《诗经》所叙妇人诗十六家，内数家无名氏。盖就古书确有考证者录之，非《诗经》中妇人诗止于是也。其托于妇人之词而疑莫能明者，弃不著焉。兼存四家异说，以诸家去古近，说或各有所当。如蔡人妻、申人女、陈辩女等，大抵出齐民之家，皆能守礼且有爱国之志。周时妇学之盛如此，故孔子录诗，多取妇人诗与。

第三节　春秋时妇女杂文学

春秋之时，妇学未坠。故闺壶之彦，往往词成经纶，言为法则，若是者众矣。至于诗歌文章，尤多有传者。兹略择而述之。

春秋时妇人，多能论事理。而鲁季敬姜，明达于礼，其教子每推言政治之道。《列女传》曰："鲁季敬姜者，莒女也，号戴己，鲁大夫公父穆伯之妻，文伯之母，季康子之从祖叔母也。博达知礼。穆伯先死，敬姜守寡。文伯出学而还归，敬姜侧目而盼之，见其友上堂，从后阶降而却行，奉剑而正履，若事父兄。文伯自以为成人矣，敬姜召而数之曰：'昔者武王罢朝，而结丝袜绝，左右顾无可使结之者，俯而自申之，故能成王道；桓公坐友三人，谏臣五人，日举过者三十人，故能成伯业；周公一食而三吐哺，一沐而三握发，所执贽而见于穷闾隘巷者七十余人，故能存周室。彼二圣一贤者，皆霸王之君也，而下人如此，其所与游者，皆过己者也，是以日益而不自知也。今以子年之少而位之卑，所与游者，皆为服役，子之不益，亦已明矣。'文伯乃谢罪。于是乃择严师贤友而事之，所与游处者，皆黄耄倪齿也。文伯引衽攘卷而亲馈之。敬姜曰：'子成人矣。'君子谓敬姜备于教化。""文伯相鲁，敬姜谓之曰：'吾语汝，治国之要，尽在经矣。《御览》引注曰："经者，总丝缕以成文采，有经国治民之象。"夫幅者，所以正曲枉也，不可不强，故幅可以为将。画者所以均不均，服不服也，故画可以为正。物者所以治芜与莫也，故物可以为都大夫。持交而不失，出入而不绝者，捆也，捆可以为大行人也。推而往引而来者，综也，综可以为关内之师。主多少之数者，均也，均可以为内史。服重任，行远道，正直而固者，轴也，轴可以为相。舒而无穷者，摘也，摘可以为三公。’文伯再拜受教。文伯退朝，朝敬姜，敬姜方绩。文伯曰：‘以歜之家，而主犹绩，惧干季孙之怒，其以歜为不能事主乎？’敬姜叹曰：‘鲁其亡乎？使童子备官而未之闻耶？居，吾语汝：昔圣王之处民也，择瘠土而处之，劳其民而用之，故长王天下。夫民劳则思，思则善心生；逸则淫，淫则忘善，忘善则恶心生。沃土之民不材，淫也；瘠土之民向义，劳也。是故天子大采朝日，与三公、九卿，祖识地德，日中考政，与百官之政事，师尹维旅牧相，宣叙民事；少采夕月，与太史、司载，纠虔天刑；日入监九御，使洁奉禘、郊之粢盛，而后即安。诸侯朝修天子之业命，昼考其国职，夕省其典刑，夜儆百工，使无慆淫，而后即安。卿大夫朝考其职，昼讲其庶政，夕序其业，夜庀其家事，而后即安。士朝而受业，昼而讲贯，夕而习复，夜而计过无憾，而后即安。自庶人以下，明而动，晦而休，无日以怠。王后亲织元紞，公侯之大夫，加之以弦、綖，卿之内子为大带，命妇成祭服，列士之妻，加之以朝服，自庶士以下，皆衣其夫。社而赋事，烝而献功，男女效绩，愆则有辟，古之制也。君子劳心，小人劳力，先王之训也。自上以下，谁敢淫心舍力？今我寡也，尔又在下位，朝夕处事，犹恐忘先人之业，况有怠惰，其何以避辟？吾冀而朝夕修我曰：“必无废先人！”尔今曰：“胡不自安？”以是承君之官，余惧穆伯之绝祀也。’仲尼闻之曰：‘弟子志之，季氏之妇不淫矣。’《诗》曰：‘妇无公事，休其蚕织。’言妇人以织绩为公事者也，休之非礼也。”敬姜能推治国之达道，以立人生义务之本，其言甚有法度，亦文章之工者也。故特著之于此焉。

妇人辩通者，如管仲妾婧、阿谷处女之类，今汇记之。《列女传》曰：“妾婧者，齐相管仲之妾也。宁戚欲见桓公，道无从，乃为人仆，将车宿齐东门之外。桓公因出，宁戚击牛角而商歌，甚悲。桓公异之，使管仲迎之，宁戚称曰：‘浩浩乎白水！’管仲不知所谓，不朝五日而有忧色，其妾婧进曰：‘今君不朝五日而有忧色，敢问国家之事耶？君之谋也？’管仲曰：‘非汝所知也。’婧曰：‘妾闻之也，毋老老，毋贱贱，毋少少，毋弱弱。’管仲曰：‘何谓也？’‘昔者太公望年七十，屠牛于朝歌市，八十为天子师，九十而封于齐。由是观之，老可老耶？夫伊尹有㜪氏之媵臣也，汤立以为三公，天下之治太平。由是观之，贱可贱耶？皋子生五岁而赞禹。《诗正义》引曹大家注云：“皋子，皋陶之子伯益也。”由是观之，少可少耶？𫘧騠生七日而超其母。由是观之，弱可弱耶？’于是管仲乃下席而谢曰：‘吾请语子其故。昔日公使我迎宁戚，宁戚曰：“浩浩乎白水！”吾不知其所谓，是故忧之。’其妾笑曰：‘人已语君矣，君不知识耶？古有《白水》之诗，诗不云乎：“浩浩白水，儵儵之鱼。君来召我，我将安居？国家未定，从我焉如？”此宁戚之欲得仕国家也。’管仲大悦，以报桓公。桓公乃修官府，斋戒五日，见宁子，因以为佐，齐国以治。君子谓妾婧可与谋。”又曰：“阿谷处女者，阿谷之隧浣者也。孔子南游，过阿谷之隧，见处子佩璜而浣。孔子谓子贡曰：‘彼浣者，其可与言乎？’抽觞以授子贡曰：‘为之辞，以观其志。’子贡曰：‘我北鄙之人也，自北徂南，将欲之楚。逢天之暑，我思谭谭，愿乞一饮，以伏我心。’处子曰：‘阿谷之隧，隐曲之地，其水一清一浊，流入于海。欲饮则饮，何问乎婢子？’授子贡觞，迎流而挹之，投而弃之，从流而挹之，满而溢之。跪置沙上曰：‘礼不亲授。’子贡还报其辞。孔子曰：‘丘已知之矣。’抽琴，去其轸，以授子贡曰：‘为之辞。’子贡往曰：‘向者闻子之言，穆如清风，不拂不寤，私复我心。有琴无轸，愿借子调其音。’处子曰：‘我鄙野之人也，陋固无心，五音不知，安能调琴？’子贡以报孔子，孔子曰：‘丘已知之矣，遇贤则宾。’抽絺纻五两以授子贡曰：‘为之辞。’子贡往曰：‘吾北鄙之人也，自北徂南，将欲之楚。有絺纻五两，非敢以当子之身也，愿注之水旁。’处子曰：‘行客之人，嗟然永久。分其资财，弃于鄙野。妾年甚少，何敢受子？子不早命，窃有狂夫名之者矣。’昏礼有问名，言已受人之聘。子贡以告孔子，孔子曰：‘丘已知之矣，斯妇人达于人情而知礼。’《诗》云：‘南有乔木，不可休思。汉有游女，不可求思。’此之谓也。”孔子欲以观风，故使子贡设辞，以贱妾浣女。而辩博达情如此，足见妇学之盛也。其余当时妇人议论辞令之善者，具见载籍，不悉述焉。

春秋时妇人多爱国者。如许穆夫人之赋《载驰》，宋襄母之赋《河广》，吟咏所感，宗国赖以不坠，前已述之矣。亦有编户处女，忧心民事，怀不能白，殉之以死，有仁者之志焉！鲁漆室女是也。漆室女常倚柱悲吟而啸，邻人谓曰："欲嫁耶？何吟之悲耶？"女曰："嗟乎！吾伤民心悲而啸，岂欲嫁哉？"自伤怀洁而为邻人所疑，于是褰裳而去之。入山林之中，见女贞之木，喟然太息，援琴而歌，自缢而死。所谓"志洁而行芳"，何以异于屈原之徒者耶？其歌或谓之《女贞木歌》，或谓之《贞女引》，或谓之《处女吟》。其辞曰：

> 菁菁茂木，隐独荣兮。变化垂枝，含蕤英兮。修身养志，建令名兮。厥道不同，善恶并兮。屈躬就浊，世疑清兮。怀忠见疑，何贪生兮？

春秋时妇人不仅为诗歌，其杂文亦有传者。后世尝获晋姜鼎，盖齐女而为晋侯夫人者也。《王氏书苑》云："春秋时齐归晋女者，献公则齐姜，文公则大姜，平公则少姜，其在春秋前则穆侯夫人。书传虽间有缺遗，不得尽见，然其著者如此。齐少姜早死，齐姜不得主祀穆侯世。唯文公夫人当襄公世，犹不弃祀事，疑此大姜鼎也。"其铭辞曰：

> 维王十月乙亥，晋姜曰："余维嗣先始君晋邦，余不敢荒宁。"

柳下惠妻自为《柳下惠诔词》，是诔之最早者。《列女传》曰："柳下惠处鲁，三黜而不去，忧民救乱。妻曰：'无乃渎乎？君子有二耻：国无道而贵，耻也；国有道而贱，耻也。今当乱世，三黜而不去，亦近耻也。'柳下惠曰：'油油之民，将陷于害，吾能已乎？且彼为彼，我为我。彼虽裸裎，安能污我？'油油然与之处，仕于下位。柳下惠既死，门人将诔之。妻曰：'将诔夫子之德耶？则二三子不如妾之知也。'乃自为之诔。门人从之，莫能窜一字。君子谓柳下惠妻能光其夫。”其诔曰：

> 夫子之不伐兮，夫子之不竭兮，夫子之信诚而与人无害兮。屈柔从俗，不强察兮。蒙耻救民，德弥大兮。虽遇三黜，终不蔽兮。恺悌君子，永能厉兮。嗟乎惜哉！乃下世兮。庶几遐年，今遂逝兮。呜呼哀哉！魂神泄兮。夫子之谥，宜为惠兮。

此外春秋时妇人歌诗见传记者，采录如下：

《风俗通》曰：“百里奚为秦相，堂上乐作。所赁浣妇，自言知音。因援琴抚弦而歌。问之，乃其故妻，还为夫妇也。亦谓《扊扅歌》。”其辞曰：

> 百里奚，五羊皮，忆别时，烹伏雌，炊扊扅。今日富贵忘我为？
>
> 百里奚，初娶我时五羊皮，临当相别时烹乳鸡。今适富贵忘我为？
>
> 百里奚，百里奚，母已死，葬南溪；坟以瓦，覆以柴。舂黄藜，搤伏鸡。西入秦，五羖皮。今日富贵捐我为？

《琴苑要录》曰：“《伯姬引》者，伯姬保姆之所作也。伯姬鲁女，为宋共公夫人。公薨，伯姬执节守贞。鲁襄公三十年，宋宫灾。伯姬在焉，有司请曰：‘火将至矣。’伯姬曰：‘吾闻妇人夜出，不见傅母不下堂。’逮乎火而死。其母自伤行迟，悼伯姬之遇灾。援琴而歌曰：

> 嘉名洁兮行弥彰，托节鼓兮令躬丧。敀钦何辜遇斯殃？嗟嗟奈何罹斯殃！”

《列女传》曰：“杞梁妻者，齐杞梁殖之妻也。庄公袭莒，殖战而死。庄公归，遇其妻，使使者吊之于路。杞梁妻曰：‘今殖有罪，君何辱命焉？若令殖免于罪，则贱妾有先人之弊庐在，下妾不得与郊吊。’于是庄公乃还车诣其室，成礼然后去。杞梁之妻无子，内外皆无五属之亲，乃枕其夫之尸于城下而哭之。内諴动人，道路观者，莫不为之挥涕，十日而城为之崩。遂赴淄水而死。"《琴操》云："殖死。其妻援琴作歌曰：

> 乐莫乐兮新相知，悲莫悲兮生别离。"

扬雄《琴清英》曰："卫女傅母作《雉朝飞操》。"与崔豹《古今注》异。辞曰：

> 雉朝飞兮鸣相和，雌雄群游于山阿。我独何命兮未有家？时将莫兮可奈何，嗟嗟莫兮可奈何！

《列女传·贞顺传》曰："陶婴者，鲁陶门之女也。少寡，养幼孤，无强昆弟，纺绩为产。鲁人或闻其义，将求焉。婴闻之，恐不得免，作歌，明己之不更二也。""鲁人闻之曰：'斯女不可得已。'遂不敢复求。"其歌曰：

> 悲黄鹄之早寡兮，七年不双。宛鸹独宿兮，不与众同。夜半悲鸣兮，想其故雄。天命早寡兮，独宿何伤？寡妇念此兮，泣下数行。呜呼悲兮！死者不可忘。飞鸟尚然兮，况于贞良？虽有贤雄兮，终不重行。

《列女传·辩通传》曰："女娟者，赵河津吏之女也。简子南击楚，津吏醉卧不能渡，简子怒欲杀之。娟惧，持楫走前曰：'愿以微躯，易父之死。'简子遂释不诛。将渡，用楫者少一人，娟攘拳操楫而请，简子遂与渡。中流，为简子发《河激》之歌。其辞曰：

> 升彼阿兮面观清，水扬波兮杳冥冥。祷求福兮醉不醒，诛将加兮妾心惊。罚既释兮渎乃清，妾持楫兮操其维。蛟龙助兮主将归，呼来櫂兮行勿疑。"

《搜神记》曰："吴王夫差小女名玉，悦童子韩重，欲嫁之不得，乃结气而死。重游学归，知之，往吊于墓侧。玉形见，顾重延颈而歌。”此事甚怪，然是后世依托鬼诗之始，其传又古，故以后不录鬼诗，唯著此条。其歌曰：

南山有乌，北山张罗。意欲从君，谗言孔多。悲结成疹，殁命黄垆。命之不造，冤如之何！羽族之长，名曰凤凰。一日失雄，三年感伤。虽有众鸟，不为匹双。故见鄙姿，逢君辉光。身远心近，何曾暂忘！

《吴越春秋》时，越王将入吴，与诸大夫别于浙江之上。群臣垂泣，越王夫人顾乌鹊啄江渚之虾，飞去复来，因作歌，《风雅逸篇》以为盖依托也。其辞曰：

仰飞鸟兮乌鸢，凌玄虚兮号翩。集洲渚兮啄虾，恣矫翮兮云间，任厥性兮往还。妾无罪兮负地，有何辜兮谴天？帆独忧兮西往，孰知返兮何年？心惙惙兮若割，泪泫泫兮双悬。

彼飞鸟兮鸢鸟，已回翔兮翕苏。心在专兮素虾，何居食兮江湖？徊复翔兮游飏，去复返兮於乎。始事君兮去家，终我命兮君都。终来遇兮何辜？离我国兮去吴。妻衣褐兮为婢，夫去冕兮为奴。岁遥遥兮难极，冤悲痛兮心恻。肠千结兮服膺，於乎哀兮忘食。愿我身兮如鸟，身翱翔兮矫翼。去我国兮心遥，情愤惋兮谁识？

《吴越春秋》曰：“越王自吴还国，劳身苦心，悬胆于户，出入尝之。知吴王好服之被体，使国中男女，入山采葛，作黄丝之布以献之。吴王乃增越之封，赐羽毛之饰、几杖、诸侯之服，越国大悦。采葛之妇，伤越王用心之苦，乃作《若之何》诗云：

葛不连蔓棻台台，我君心苦命更之。尝胆不苦甘如饴，令我采葛以作丝。女工织兮不敢迟，弱于罗兮轻霏霏，号絺素兮将献之。越王悦兮忘罪除，吴王欢兮飞尺书。增封益地赐羽奇，几杖茵蓐诸侯仪。群臣拜舞天颜舒，我王何忧能不移？

《乌鸢歌》及《采葛妇歌》，殆越人相传已久，以为勾践时歌词。故中时有越语，汉人乃次之以入《吴越春秋》与。

第四节　战国妇女文学

战国时妇学已渐微，而犹多贤母。如孟母之善教子，尤其著者也。初，孟氏之舍近墓。孟子之少也，嬉游为墓间之事，踊跃筑埋。孟母曰："此非吾所以居处子也。"乃去舍市旁。其嬉戏为贾人衒卖之事。孟母又曰："此非吾所以居处子也。"复徙舍学宫之旁。其嬉游乃设俎豆，揖让进退。孟母曰："真可以居吾子矣。"遂居之。及孟子长，学"六艺"，卒成大儒。孟子少时，既学而归，孟母方绩，问曰："学何所至矣？"孟子曰："自若也。"孟母以刀断其织，孟子惧而问其故。孟母曰："子之废学，若吾断斯织也。夫君子学以立名，问则广知。是以居则安宁，动则远害。今而废之，是不免于厮役，而无以离于祸患也。何以异于织绩而食，中道废而不为？宁能衣其夫子而长不乏粮食哉？女则废其所食，男则堕于修德，不为窃盗，则为虏役矣。"孟子惧，旦夕勤学不息，师事子思，遂成天下之名儒。或曰受业子思之门人。孟子既娶，将入私室，其妇袒而在内，孟子不悦，遂去不入。妇辞孟母而求去，曰："妾闻夫妇之道，私室不与焉。今者妾窃惰在室，而夫子见妾，勃然不悦，是客妾也。妇人之义，盖不客宿，请归父母。"于是孟母召孟子而谓之曰："夫礼，将入门，问孰存，所以致敬也；将上堂，声必扬，所以戒人也；将入户，视必下，恐见人过也。今子不察于礼，而责礼于人，不亦远乎？"孟子谢，遂留其妇。君子谓孟母知礼而明于姑母之道。孟子处齐而有忧色，孟母见之曰："子若有忧色，何也？"孟子曰："不也。"异日闲居，拥楹而叹。孟母见之曰："乡见子有忧色，曰'不也'，今拥楹而叹，何也？"孟子对曰："轲闻之，君子称身而就位，不为苟得而受赏，不贪荣禄。诸侯不听，则不达其上；听而不用，则不践其朝。今道不用于齐，愿行而母老，是以忧也。”孟母曰：“夫妇人之礼，精五饭、幂酒浆、养舅姑、缝衣裳而已矣。故有闺门之修，而无境外之志。《易》曰：‘在中馈，无攸遂。’《诗》曰：‘无非无仪，惟酒食是议。’以言妇人无擅制之义，而有三从之道也。故年少则从乎父母，出嫁则从乎夫，夫死则从乎子，礼也。今子成人也，而我老矣。子行乎子义，吾行乎吾礼。”君子谓孟母知妇道。孟母达礼而言称《诗》《易》，宜亦深通“六艺”者也。

战国时，纵横长短之说方盛，而妇人亦操之以为谈辩。如《列女传·辩通传》所记齐威虞姬、齐钟离春、齐宿瘤女、齐孤逐女、楚处庄侄之类，皆纵横家者流与。春秋之世，妇人爱国者，虽或形于诗歌，而多无术以自达。如鲁漆室女，则忧叹自杀而已。战国之女子，遂能以其说干世主而倾动之。盖当时战争相属，人民常见亡国破家之事，因得间以察天下之大势，孰思安危巧变之计，故有纵横长短之术，其风气乃渐于妇人。战国妇人所以多辩通之才者，非尽习俗移人，实由大势所迫，使不得不自奋而谈国政，亦战国妇人文学之特质也。今述钟离春、齐孤逐女、楚处庄侄之事于此：

钟离春者，齐无盐邑之女，宣王之正后也。其为人极丑无双，臼头，深目长壮，大节卬鼻，结喉，肥项，少发，折腰，出胸，皮肤若漆。行年四十，无所容入，衒嫁不雠，流弃莫执。于是乃拂拭短褐，自诣宣王，谓谒者曰：“妾，齐之不雠女也。闻君王之圣德，愿备后宫之扫除，顿首司马门外，唯王幸许之。”谒者以闻。宣王方置酒于渐台。左右闻之，莫不掩口大笑曰：“此天下强颜女子也，岂不异哉？”于是宣王乃召见之，谓曰：“昔者先王为寡人娶妃匹，皆已备有列位矣。今夫人不容于乡里布衣，而欲干万乘之主，亦有何奇能哉？”钟离春对曰：“无有。特窃慕大王之美义耳！”王曰：“虽然，何善？”良久曰：“窃尝善隐。”宣王曰：“隐固寡人之所愿也，试一行之。”言正卒，忽然不见。宣王大惊，立发《隐书》而读之，退而推之，又未能得。明日，又更召而问之，不以隐对，但扬目衔齿，举手拊膝，曰：“殆哉！殆哉！”如此者四。宣王曰：“愿遂闻命。”钟离春对曰：“今大王之君国也，西有衡秦之患，南有强楚之仇，外有二国之难，内聚奸臣，众人不附。春秋四十，壮男不立，不务众子而务众妇，尊所好，忽所恃。一旦山陵崩弛，社稷不定，此一殆也。渐台五重，黄金白玉，琅玕笼疏，翡翠珠玑，幕络连饰，万民罢极，此二殆也。贤者匿于山林，谄谀强于左右，邪伪立于本朝，谏者不得通人，此三殆也。饮酒沉湎，以夜继昼，女乐俳优，纵横大笑，外不修诸侯之礼，内不秉国家之治，此四殆也。故曰'殆哉殆哉'。"于是宣王喟然而叹曰："痛乎无盐君之言，乃今一闻。"于是拆渐台，罢女乐，退谄谀，去雕琢，选兵马，实府库，四辟公门，招进直言，延及侧陋。卜择吉日，立太子，进慈母，拜无盐君为后。而齐国大安者，丑女之力也。

齐孤逐女者，齐即墨之女，齐相之妻也。初，逐女孤无父母，状甚丑，三逐于乡，五逐于里，过时无所容。齐相妇死，逐女造襄王之门，而见谒者曰："妾三逐于乡，五逐于里，孤无父母，摈弃于野，无所容止。愿当君王之盛颜，尽其愚辞。"左右复于王，王辍食吐哺而起。左右曰："三逐于乡者，不忠也；五逐于里者，少礼也。不忠少礼之人，何足为贵？"王曰："子不识也。夫牛鸣而马不应，非不闻牛声也，异类故也。此人必有与人异者矣。"遂见，与之语三日。始一日曰："大王知国之柱乎？"王曰："不知也。"逐女曰："柱，相国是也。夫柱不正则栋不安，栋不安则榱橑堕，榱橑堕则屋几覆矣。王则栋矣；庶民，榱橑也；国家，屋也。夫屋坚与不坚在乎柱，国家安与不安在乎相。今大王既有明知，而国相不可不审也。"王曰："诺。"其二日，王曰："吾国相奚若？"对曰："王之国相，比目之鱼也。外比内比，然后能成其事，就其功。"王曰："何谓也？"逐女曰："明其左右，贤其妻子，是外比内比也。"其三日，王曰："吾相其可易乎？"逐女对曰："中才也，求之未可得也。如有过之者，何为不可也？今则未有。妾闻明王之用人也，推一而用之。故楚用虞邱子而得孙叔敖，燕用郭隗而得乐毅。大王诚能厉之，则此可用矣。"王曰："吾用之奈何？"逐女对曰："昔者，齐桓公尊九九之人，而有道之士归之；越王敬螳螂之怒，而勇士死之；叶公好龙，而龙为暴下。物之所征，固不须顷。"王曰："善！"遂尊相，敬而事之，以逐女妻之。居三日，四方之士，多归于齐，而国以治。楚处庄侄者，"侄"，《渚宫旧事》并作"姪"。楚顷襄王之夫人，县邑之女也。初，顷襄王好台榭，出入不时，行年四十，不立太子，谏者蔽塞，屈原放逐，国既殆矣。秦欲袭其国，乃使张仪间之，使其左右谓王曰："南游于唐五百里有乐焉。"王将往。是时庄侄年十二，谓其母曰："王好淫乐，出入不时。春秋既盛，不立太子。今秦又使人重赂左右，以惑我王，使游五百里之外以观其势。王已出，奸臣必倚敌国而发谋，王必不得反国，侄愿往谏之。"其母曰："汝，婴儿也。安知谏？"不遣，侄乃逃。以缇竿为帜，侄持帜，伏南郊道旁。王车至，侄举其帜，王见之而止，使人往问之。使者报曰："有一女童，伏于帜下，愿有谒于王。"王曰："召之。"侄至，王曰："女何为者也？"侄对曰："妾县邑之女也，欲言隐事于王，恐壅阏蔽塞而不得见。闻大王出游五百里，因以帜见。"王曰："子何以戒寡人？"侄对曰："大鱼失水，有龙无尾，墙欲内崩，而王不视。"王曰："不知也。"侄对曰："'大鱼失水'者，王离国五百里也，乐之于前，不思祸之起于后也；'有龙无尾'者，年既四十，无太子也，国无强辅，必且殆也；'墙欲内崩而王不视'者，祸乱且成而王不改也。"王曰："何谓也？"侄曰："王好台榭，不恤众庶，出入不时，耳目不聪明；春秋四十，不立太子，国无强辅，外内崩坏；强秦使人内间王左右，使王不改，日以滋甚。今祸且构，王游于五百里之外，王必遂往，国非王之国也。"王曰："何也？"侄曰："王之致此三难也，以五患。"王曰："何谓五患？"侄曰："宫室相望，城郭阔达，一患也；宫垣衣绣，民人无褐，二患也；奢侈无度，国且虚竭，三患也；百姓饥饿，马有余秣，四患也；邪臣在侧，贤者不达，五患也。王有五患，故及三难。"王曰："善！"命后车载之，立还反国。门已闭，反者已定。王乃发鄢郢之师以击之，仅能胜之。乃立侄为夫人，位在郑子袖之右。为王陈节俭爱民之事，楚国复强。君子谓庄侄虽远于礼，而终守以正。

按春秋时妇人多秉礼教，至战国则又有谈说游士之习，其所陈说，虽非政治根本之计，而亦足就权宜之用。盖战国女子，固往往明白时务也。

战国时妇人诗歌，殊不多见。今亦略录其一二：《琴苑要录》曰："《思归引》者，卫女之所作也。昔卫侯有女，邵王闻其贤，请聘之，未至而王薨。太子欲留之，女不听，拘于深宫，欲归不得。援琴而歌，曲终缢而死。"战国无邵王，殆燕王也。当战国时，卫尝贬称侯。其歌曰：

> 涓涓泉水，流及于淇兮。有怀于卫，靡日不思。执节不移兮行不隳，砏轲何辜兮离厥菑，嗟乎何辜兮离厥菑？

韩凭，战国时为宋康王舍人。妻何氏美，王欲之，捕舍人筑青陵台。何氏作《乌鹊》以见志曰：

> 南山有乌，北山张罗。乌自高飞，罗当奈何。乌鹊双飞，不乐凤凰。妾是庶人，不乐宋王。

何氏又《答凭书》曰："其雨淫淫，河大水深，日出当心。"康王得书，以问苏贺。贺曰："雨淫淫，愁且思也；河水深，不得往来也；日当心，有死志也。"俄而凭自杀，妻亦缢死。

《史记》及《列女传》，并载赵武灵王梦见处女鼓瑟而歌曰："美人荧荧兮，颜若苕之荣。命兮命兮，《史记》"兮"作"乎"。逢天时而生，《史记》无此句。曾莫我赢赢。"《史记》"莫"作"无"，不重"赢"字，《集解》谓言："有命禄，生遇其时，人莫知己贵盛。"此梦中诗，荒诞不可据。

《燕丹子》曰："荆轲刺秦王，右手执匕首，左手把其袖。秦王曰：'乞听琴声而死。'琴女奏曲云：

> 罗縠单衣，可掣而绝。三尺屏风，可超而越。鹿卢之剑，可负而拔。

秦王从其计，荆轲不解琴，故及于难。"秦享国浅，其时妇人文学，无有传者，仅此曲耳。

第二编上　中古妇女文学（两汉）

第一章
汉之宫廷文学

第一节　唐山夫人

《周官》九嫔之妇学，至秦而亡。汉之宫廷制度，略因于秦，而不知法周。虽群妾各有官爵，后亦有内起居注，要其法简陋，内政既弛于后妃，女学遂衰于天下。然犹非后世所能及也。《汉书·外戚传》谓汉兴因秦之称号，帝母称皇太后，祖母称太皇太后，適称皇后，妾皆称夫人，又有美人、良人、八子、七子、长使、少使之号焉。至武帝制倢伃、娙娥、傛华、充依，各有爵位。而元帝加昭仪之号，凡十四等。此前汉宫廷制度之大略也。光武中兴，斫雕为朴，六宫称号，唯皇后、贵人。又置美人、宫人、采女三等，并无爵秩，岁时赏赐充给而已。高祖初起，其宫人尚多谙习文雅者，而唐山夫人为最。高祖故不知诗书，唐山《房中乐》虽楚声，然犹近雅。《汉书·礼乐志》曰："汉《房中祠乐》，高祖唐山夫人所作也。周有《房中乐》，至秦名曰《寿人》，凡乐，乐其所生，礼不忘本；高祖乐楚声，故《房中乐》楚声也。孝惠二年，使乐府令夏侯宽备其箫管，更名曰《安世乐》。"韦昭曰："唐山，姓也。"今著其词：

安世房中歌

大孝备矣，休德昭清。高张四悬，乐充宫廷。芬树羽林，云景杳冥。金支秀华，庶旄翠旌。

七始华始，肃倡和声。神来宴娭，庶几是听。粥粥音送，细齐人情。忽乘青玄，熙事备成。清思眑眑，经纬冥冥。

我定历数，人告其心。敕身齐戒，施教申申。乃立祖庙，敬明尊亲。大矣孝熙，四极爰辏。

王侯秉德，其邻翼翼，显明昭式。清明鬯矣，皇帝孝德。竟全大功，抚安四极。

海内有奸，纷乱东北。诏抚成师，武臣承德。行乐交逆，箫勺群慝。肃为济哉，盖定燕国。

大海荡荡水所归，高贤愉愉民所怀。大山崔，百卉殖。民何贵？贵有德。

安其所，乐终产。乐终产，世继绪。飞龙秋，游上天。高贤愉，乐民人。

丰草葽，女萝施。善何如，谁能回？大莫大，成教德。长莫长，被无极。

雷震震，电耀耀。明德乡，治本约。治本约，泽弘大。加被宠，咸相保。德施大，世曼寿。

都荔遂芳，窅窊桂华。孝奏天仪，若日月光。乘玄四龙，回驰北行。羽旄殷盛，芬哉芒芒。孝道随世，我署文章。

冯冯翼翼，承天之则。吾易久远，烛明四极。慈惠所爱，美若休德。杳杳冥冥，克绰永福。

硙硙即即，师象山则。呜呼孝哉，案抚戎国。蛮夷竭欢，象来致福。兼临是爱，终无兵革。

嘉荐芳矣，告灵飨矣。告灵既飨，德音孔臧。唯德之臧，建侯之常。承保天休，令问不忘。

皇皇鸿明，荡侯休德。嘉承天和，伊乐厥福。在乐不荒，唯民之则。

浚则师德，下民咸殖。令闻在旧，孔容翼翼。

孔容之常，承帝之明。下民之乐，子孙保光。承顺温良，受帝之光。嘉荐令芳，寿考不忘。

承帝明德，师象山则。云施称民，永受厥福。承容之常，承帝之明。下民安乐，受福无疆。

刘元城《语录》曰:“西汉乐章,可齐三代。旧见汉《礼乐志·房中乐十七章》,格韵高严,规模简古,骎骎乎商周之颂。噫,异哉!此高祖一时佐命功臣,下至叔孙通辈,皆不能为此歌。寻推其原,乃唐山夫人所作。汉初乃有此人,纵使《竹竿》《载驰》,方之陋矣。”陈绎曾《诗谱》曰:“《安世歌》质古文雅。”

第二节 班倢伃

唐山夫人诗,虽典雅古质,而其他文不传。故汉宫人中,唯班倢伃有集传于当时也。《汉书》曰:“孝成班倢伃,帝初即位,选入后宫,始为少使,俄而大幸,为倢伃。居增成舍,再就馆。有男数月失之。成帝游于后庭,尝欲与倢伃同辇载。倢伃辞曰:‘观古图画,贤圣之君,皆有名臣在侧。三代末王,乃有嬖女。今欲同辇,得无近似之乎?’上善其言而止。太后闻之喜曰:‘古有樊姬,今有班倢伃。’倢伃诵《诗》,及《窈窕》《德象》《女师》之篇。师古曰:“《窈窕》《德象》《女师》之篇,皆古箴戒之书。”每进见上疏,依则古礼。自鸿嘉后,上稍隆于内宠。”“其后赵飞燕姊弟,亦从自微贱兴,逾越礼制,寖盛于前。班倢伃及许皇后皆失宠,稀复进见。鸿嘉三年,赵飞燕谮告许皇后、班倢伃挟媚道祝诅后宫,詈及主上。许皇后坐废。考问班倢伃,倢伃对曰:‘妾闻死生有命,富贵在天。修正尚未蒙福,为邪欲以何望?使鬼神有知,不受不臣之诉。如其无知,诉之何益?故不为也。’上善其对,怜悯之,赐黄金百斤。赵氏姊弟骄妒,倢伃恐久见危,求共养太后长信宫,上许焉。倢伃退处东宫,作赋自伤悼。”其辞曰:

承祖考之遗德兮,何性命之淑灵。登薄躯于宫阙兮,充下陈于后庭。蒙圣皇之渥惠兮,当日月之盛明。扬光烈之翕赫兮,奉隆宠于增成。既过幸于非位兮,窃庶几乎嘉时。每寤寐而累息兮,申佩离以自思。陈女图以镜监兮，顾女史而问诗。悲晨妇之作戒兮，哀褒、阎之为郵。美皇、英之女虞兮，荣任、姒之母周。虽愚陋其靡及兮，敢舍心而忘兹？历年岁而悼惧兮，闵蕃华之不滋。痛阳禄与柘馆兮，仍襁褓而离灾。岂妾人之殃咎兮？将天命之不可求。白日忽已移光兮，遂暗莫而昧幽。犹被覆载之厚德兮，不废捐于罪郵，奉共养于东宫兮，托长信之末流。共洒扫于帷幄兮，永终死以为期。愿归骨于山足兮，依松柏之余休。重曰：潜玄宫兮幽以清，应门闭兮禁闼扃。华殿尘兮玉阶苔，中庭萋兮绿草生；广室阴兮帏幄暗，房栊虚兮风泠泠。感帷裳兮发红罗，纷绛縩兮纨素声；神眇眇兮密靓处，君不御兮谁为荣？俯视兮丹墀，思君兮履綦；仰视兮云屋，双涕兮横流；顾左右兮和颜，酌羽觞兮销忧。唯人生兮一世，忽一过兮若浮。已独享兮高明，处生民兮极休。勉虞精兮极乐，与福禄兮无期。《绿衣》兮《白华》，自古兮有之。

茅坤曰："赋之《藻思》，当胜相如。"《倢伃集》今不传。所传又有《捣素赋》。其辞曰：

测平分以知岁，酌玉衡之初临。见禽华以麃色，忽霜鹤之传音。伫风轩而结睇，对愁云之浮沉。虽松梧之贞脆，岂荣凋其异心？若乃广储悬月，晖水流清；桂露朝满，凉襟夕轻。燕姜含兰而未吐，赵女抽簧而绝声。改容饰而相命，卷霜帛而下庭；曳罗裙之绮靡，振珠佩之精明。若乃盼睐生姿，动容多致；弱态含羞，妖风靡丽。皎若明魄之升崖，焕若荷华之昭晰。调铅无以玉其貌，凝朱不能异其唇。胜云霞之迩日，似桃李之向春。红黛相媚，绮组流光；笑笑移妍，步步生芳；两靥如点，双眉如张；颓肌柔液，音性闲良。于是投香杵，扣玟砧。择鸾声，争凤音。梧因虚而调远，柱由贞而响沉。散繁轻而浮捷，节疏亮而清深。含笙总筑，比玉兼金。不埙不篪，匪瑟匪琴。或旋环而纡郁，或相参而不杂；或将往而中还，或已离而复合。翔鸿为之徘徊，落英为之飒沓，调非常律，声无定本。叶"俾缅"反。任落手之参差，从风飙之远近。或连跃而更投，或暂舒而长卷。清寡鸾之命群，哀离鹤之归晚。当是时也，钟期改听，伯牙弛琴。桑间绝响，濮上传音。一作"停"。萧史编管而拟吹，周王调笙以象吟。若乃窈窕姝妙之年，幽闲贞。一作"静"。专之性；符

> 皎日之心，甘首疾之病；歌采绿之章，发东山之咏；望明月以抚心，对秋风而掩镜；阅绞练之初成，择玄黄之妙匹；一作"逸"。准华裁于昔时，疑形异于今日。想骄奢之或至，许椒兰之多术；勋陋制之无韵，虑蛾眉之为愧；怀百忧之盈抱，空千里兮饮泪。侈长袖于妍袂，缀半月于兰襟。表纤手于微缝，庶见迹而知心。计修路之遐敻，怨芬菲之易泄。书既封而重题，笥已缄而更结。惭行客而无言，还空房而掩咽。

倢伃又有《报诸侄书》曰："托言属见元帝所赐赵倢伃书相比，元帝被病无悰，但锻炼后宫贵人书也，类多华辞。至如成帝，则推诚写实，若家人夫妇相与书矣。何可比也？故略陈其短长，令汝曹自评之。"成帝尝有书赐倢伃，故云然也。成帝崩，倢伃充奉园陵。薨，因葬园中。

班倢伃又善五言，《文选》载其《怨歌行》曰：

> 新裂齐纨素，皎洁如霜雪。裁成合欢扇，团团似明月。出入君怀袖，动摇微风发。常恐秋节至，凉飙夺炎热。弃捐箧笥中，恩情中道绝。

钟嵘《诗品》曰："倢伃诗其源出于李陵。《团扇》短章，辞旨清捷，怨深文绮，得匹妇之致。"《乐府》独以《怨歌行》为颜延年作，未足据也。

第三节　后汉马皇后

范蔚宗曰："东京皇统屡绝，权归女主。外立者四帝，临朝者六后。莫不定策帷帟，委事父兄。贪孩童以久其政，抑明贤以专其威。盖东汉外戚之权颇重，而后妃之通经术有文学者，推马皇后及邓皇后，其余莫逮也。"

马皇后为伏波将军援之女，显宗之后也。能诵《易》，好读《春秋》《楚辞》，尤善《周官》《董仲舒书》。常衣大练，裙不加缘。朔望诸姬主朝请，望见后袍衣疏粗，反以为绮縠，就视乃笑。后辞曰："此缯特宜染色，故用之耳。"六宫莫不叹息。诸将奏事，及公卿较议难平者，帝数以试后，后辄分解趣理，各得其情。每言政事，多所毗补，而未尝以家私干。故宠敬始终不衰。肃宗即位，尊曰"皇太后"。自撰《显宗起居注》，削去兄防参医药事。帝请曰："黄门舅旦夕供养且一年，既无褒异，又不录勤劳，无乃过乎？"太后曰："吾不欲令后世闻先帝数亲后宫之家，故不著也。"建初元年，欲封爵诸舅。明年，夏大旱。言事者以为不封外戚之故，有司因此上奏，宜依旧典。太后诏曰：

凡言事者，皆欲媚朕以要福耳。昔王氏五侯，同日俱封，其时黄雾四塞，不闻澍雨之应；又田蚡、窦婴，宠贵横恣，倾覆之祸，为世所传。故先帝防慎舅氏，不令在枢机之位；诸子之封，裁令半楚、淮阳诸国，常谓"我子不当与先帝子等"。今有司奈何欲以马氏比阴氏乎？吾为天下母而身服大练，食不求甘，左右但著帛布，无香薰之饰者，欲身率下也。以为外亲见之，当伤心自敕，但笑言太后素好俭。前过濯龙门上，见外家问起居者，车如流水，马如游龙，苍头衣绿褠，领袖正白。顾视御者，不及远矣。故不加谴怒，但绝岁用而已，冀以默愧其心。而犹懈怠，无忧国忘家之虑。知臣莫若君，况亲属乎？吾岂可上负先帝之旨，下亏先人之德，重袭西京败亡之祸哉？

帝省诏悲叹，复重请曰："汉兴舅氏之封侯，犹皇子之为王也。太后诚存谦虚，奈何令臣独不加恩三舅乎？且卫尉年尊，两校尉有大病，如令不讳，使臣长抱刻骨之恨。"太后报曰：

吾反覆念之，思令两善。岂徒欲获谦谦之名而使帝受不外施之嫌哉？昔窦太后欲封王皇后之兄，丞相条侯言受高祖约，无军功，非刘氏不侯。今马氏无功于国，岂得与阴、郭中兴之后等邪？常观富贵之家，禄位重叠。犹再实之木，其根必伤。且人所以愿封侯者，欲上奉祭祀，下求温饱耳。今祭祀则受四方之珍，衣食则蒙御府余资，斯岂不足而必当得一县乎？吾计之熟矣，勿有疑也。夫至孝之行，安亲为上。今数遭变异，谷价数倍，忧惶昼夜，不安坐卧。而欲先营外封，违慈母之拳拳乎！吾素刚急，有胸中气，不可不顺也。若阴阳调和，边境清静，然后行子之志。吾但当含饴弄孙，不能复关政矣。

后又置织室蚕于濯龙中，数往观视，以为娱乐。常与帝旦夕言道政事，及教授诸小王《论语》经书，述叙平生，雍和终日。后帝以天下丰稔，方垂无事，终封三舅廖、防、光为列侯，并辞让愿就关内侯。太后闻之曰："圣人设教，各有其方。知人情性，莫能齐也。吾少壮时，但慕竹帛，志不顾命。今虽已老，而复戒之在得，故日夜惕厉，思自降损。居不求安，食不念饱。冀乘此道，不负先帝。所以化导兄弟，共同斯志。欲令瞑目之日，无所复恨。何意老志复不从哉？万年之日长恨矣。"廖等不得已，受封爵而退位归第焉。太后寝疾，不信巫祝小医，数敕绝祷祀。盖马后之言，颇近儒家也。

第四节　后汉邓皇后

和帝邓皇后者，邓禹之孙也。六岁能《史书》，十二通《诗》《论语》。诸兄每读经传，辄下意难问。志在典籍，不问居家之事。母常非之曰："汝不习女工，以供衣服，乃更务学，宁当举博士耶？"后重违母言，昼修妇业，暮诵经典，家人号曰"诸生"。父训异之，事无大小，辄与详议。初为贵人，阴后废，立为皇后。和帝崩，长子平原王有疾，殇帝生始百日，后乃迎立之，尊后为皇太后，太后临朝。和帝葬，后宫人并归园，太后赐周、冯贵人策曰：

朕与贵人，托配后庭，共欢等列，十有余年。不获福祐，先帝早弃天下。孤心茕茕，靡所瞻仰；夙夜永怀，感怆发中。今当以旧

> 典，分归外园，惨结增叹。燕燕之诗，曷能喻焉？其赐贵人王青盖车采饰辂骖马各一驷，黄金三十斤，杂帛三千匹，白越四千端。

殇帝崩，太后定策立安帝。以连遭大忧，百姓苦役，殇帝康陵诸工作，事事减约十分居一。诏告司隶校尉、河南尹、南阳太守曰：

> 每览前代外戚宾客假借威权，轻薄謥詷，至有浊乱奉公为人患苦。咎在执法怠懈，不辄行其罚故也。今车骑将军骘等，虽怀敬顺之志，而宗门广大，姻戚不少，宾客奸猾，多干禁宪。其明加检敕，勿相容护。

太后自入宫掖，从曹大家受经书，兼天文算数。昼省王政，夜则诵读。而患其谬误，惧乖典章，乃博选诸儒刘珍等，及博士、议郎、四府掾史五十余人，诣东观雠校传记。事毕奏御，赐葛布各有差。又诏中官近臣，于东观受读经传，以教授宫人。左右习诵，朝夕济济。永初七年，入太庙斋，因与皇帝交献亲荐，成礼而还。因下诏曰：

> 凡供荐新味，多非其节。或郁养强熟，或穿掘萌芽，味无所至而夭折生长，岂所以顺时育物乎？《传》曰："非其时不食。"自今当奉祠陵庙及给御者，皆须时乃上。

元初六年，太后诏征和帝弟济北、河间王子男女年五岁以上四十余人，又邓氏近亲子孙三十余人，并为开邸第，教学经书，躬自监试。尚幼者使置师保，朝夕入宫，抚循诏导，恩爱甚渥。乃诏从兄河南尹豹、越骑校尉康等曰：

> 吾所以引纳群子置之学官者，实以方今承百王之敝，时俗浅薄，巧伪滋生，五经衰缺，不有化导，将遂陵迟。故欲褒崇圣道以匡失俗。《传》不云乎："饱食终日，无所用心。"难矣哉！今末世贵戚食禄之家，温衣美饭，乘坚驱良，而面墙术学，不识臧否。斯故祸败所从来也。永平中四姓小侯皆令入学，所以矫俗厉薄，反之忠孝。

先公既以武功书之竹帛，兼以文德教化子孙，故能束修不触罗网。诚令儿曹上述祖考休烈，下念诏书本意则足矣。其勉之哉！

邓后临朝，凡二十年。永宁二年崩。其遗诏曰：

朕以无德，托母天下。而薄佑不天，早离大忧。延平之际，海内无主。元元厄运，危于累卵。勤勤苦心，不敢以万乘为乐。上欲不欺天愧先帝，下不违人负宿心。诚在济度百姓，以安刘氏。自谓感彻天地，当蒙福祚。而丧祸内外，伤痛不绝，顷以废病沉滞，久不侍祠。自力上原陵，加咳逆唾血，遂至不解。存亡大分，无可奈何！公卿百官，其勉尽忠恪，以辅朝廷。

第五节　汉之宫廷杂文学

汉世后妃公主，其遗文自上所述外，犹有可见者。掇录于下：

一、戚夫人　高祖幸定陶，爱幸戚姬。生赵隐王如意，数欲易太子。惠帝立，吕后乃令永巷囚戚夫人，髡钳衣赭。令舂，夫人舂且歌，太后闻之，大怒曰："乃欲倚女子耶？"召赵王杀之，戚夫人遂有人彘之祸。其歌曰：

子为王，母为虏。终日舂薄暮，常与死为伍。相离三千里，当谁使告汝？

二、华容夫人　华容夫人者，燕王旦夫人也。旦为武帝弟四子，以谋废立事发觉忧懑，置酒会宾客。王自歌，夫人起舞续歌，坐者皆泣，王遂自杀。夫人歌曰：

发纷纷兮置渠，骨籍籍兮亡居。母求死子兮，妻求死夫。徘徊两渠间兮，君子独安居。

三、乌孙公主 武帝元封中，遣江都王建女细君为乌孙公主，以妻乌孙昆莫。昆莫年老，言语不通，公主悲，乃作歌曰：

吾家嫁我兮天一方，远托异国兮乌孙王。穹庐为室兮旃为墙，以肉为食兮酪为浆。常思汉王兮心内伤，愿为黄鹄兮归故乡。

四、王皇 帝王皇后，王莽姑，成帝母也。平帝即位，年九岁，时莽秉政，尊为太皇太后。有《褒中山孝王卫后诏》曰：

中山孝王后深分明为人后之义，条陈故定陶傅太后丁姬悖天逆理，上僭位号。徙定陶王于信都，为共王立庙于京师。如天子制不畏天命，侮古"侮"字。圣人言，坏乱法度，居非其制，称非其号。是以皇天震怒，火烧其殿。六年之间，大命不遂，祸殃仍重。竟令孝哀帝受其余灾，大失天心，夭命暴崩。又令共王祭祀绝废，精魂无所依归。朕惟孝王后深说经义明镜圣法，惧古人之祸败，近事之咎殃，畏天命奉圣言。是乃久保一国，长获天禄，而令孝王永享无疆之祀，福祥之大者也。朕甚嘉之。夫褒义赏善，圣王之制。其以中山故安户七千益中山后汤沐邑。

五、王嫱 嫱字昭君，齐国王穰女，元帝宫人。时匈奴求美人为阏氏，昭君请行。或曰，元帝后宫既多，不得常见。乃使画工图其形，按图召幸。宫人皆赂画工，昭君自恃其貌，独不与。乃恶图之。其后匈奴入朝，选美人配之，昭君之图当行。及入辞，光彩射人，悚动左右。元帝悔恨，穷案其事。画工毛延寿弃市，昭君竟行。在胡尝上元帝书曰："臣妾幸得备身禁脔，谓身依日月，死有余芳。而失意丹青，远窜异域。诚得捐躯报主，何敢自怜？独惜国家黜陟移于贱工，南望汉阙，徒增怆结耳。有父有弟，惟陛下少怜之。"或曰此书依托。又作《怨诗》曰：

秋木萋萋，其叶萎黄。有鸟处山，集于苞桑。养育毛羽，形容生光。既得升云，上游曲房。离宫绝旷，身体摧残。志念抑沉，不得颉颃。虽得委食，心有徊徨。我独伊何？来往变常。翩翩之燕，远集西羌。高山峨峨，河水泱泱。父兮母兮，道里悠长。呜呼哀哉，忧心恻伤。

六、许皇后　成帝许皇后，聪慧善史书，后以祝诅事坐废。成帝时数有灾异，用刘向、谷永等言，减省椒房掖廷用度。后尝上疏曰：

妾夸布孟康曰："'夸'，大也。大布之衣也。"服粝食，加以幼稚愚惑，不明义理。幸得免离茅屋之下，备后宫扫除。蒙过误之宠居，非命所当托。洿秽不修，旷职尸官，数逆至法，逾越制度。当伏放流之诛，不足以塞责。乃壬寅日大长秋受诏："椒房仪法，御服舆驾，所发诸官署，及所造作遗赐外家群臣妾，皆如竟宁以前故事。"妾伏自念，入椒房以来，遗赐外家，未尝逾故事。每辄决上，可覆问也。今诚时世异制，长短相补，不出汉制而已。纤微之间，未必可同，若竟宁前与黄龙前岂相放哉？家吏不晓，今壹受诏如此，且使妾摇手不得。今言无得发取诸官，殆谓未央宫不属妾，不宜独取也。言妾家府亦不当得，妾窃惑焉。幸得赐汤沐邑以自奉养，亦小发取其中，何害于谊而不可哉？又诏书言服御所造，皆如竟宁前，吏诚不能揆其意，即且令妾被服所为不得不如前。设妾欲作某屏风张于某所，曰故事无有，或不能得，则必绳妾以诏书矣。此二事诚不可行，唯陛下省察。官吏忮佷，必欲自胜。幸妾尚贵时，犹以不急事操人，况今日日益侵？又获此诏，其操约人岂有所诉？陛下见妾在椒房，终不肯给妾纤微内邪？师古曰："'内邪'，言内中所须者也。'邪'，语辞。"若不私府小取，将安所仰乎？旧故，中宫乃私夺左右之贱缯，及发乘舆服绘，言为待诏补，已而贸易其中。左右多窃怨者，甚耻为之。又故事以特牛祠大父母，戴侯、敬侯皆得蒙恩以太牢祠。今当率如故事，唯陛下哀之。今吏甫受诏读记，直豫言使后知之，非可复若私府有所取也。其萌芽所以约制妾者，恐失人理。今但损车驾，及毋若未央官有所发，遗赐衣服如故事，则可矣，其余诚太迫急，奈何？妾薄命，端遇竟宁前，竟宁前于今世而比之，岂可耶？故时酒肉有所赐外家，辄上表乃决。又故杜陵梁美人岁时遗酒一石、肉百斤耳，妾甚少之。遗田八子诚不可若是。事率众多，不可胜以文陈，俟自见，索言之。唯陛下深察焉。

七、赵皇后　成帝赵皇后飞燕，长安民家女。初拜婕伃，寻册为后。有《上成帝笺》曰：

> 臣妾久备掖庭，先承幸御。遣赐大号，积有岁时。近因始生之日，复加善视之私。特屈乘舆，俯临东掖。久侍宴私，再承幸御。臣妾数月来，内宫盈实，月脉不流，饮食甘美，不异常日。知圣躬之在体，辨天日之入怀。虹初贯日，听是真符；龙据妾胸，兹为佳瑞。更期蕃育神嗣，抱日趋庭。瞻望圣明，踊跃临贺。谨此以闻。

《西京杂记》又载飞燕《归风送远操》曰：

> 凉风起兮天陨霜，怀君子兮渺难望，感予心兮多慨慷。
> 天陨霜兮狂飚扬，欲仙去兮飞云乡，威予以兮留玉掌。

八、赵昭仪　赵昭仪者，飞燕之妹。今传其与飞燕二笺如下：

> 天地交畅，贵人姊及此令吉光登正位，为先人休，不堪喜豫。谨奏二十六物以贺：金屑组文茵一铺，沉水香莲心碗一面，五色同心大结一盘，鸳鸯万金锦一匹，琉璃屏风一张，枕前不夜珠一枚，含香绿毛狸藉一铺，通香虎皮檀象一座，龙香握鱼二首，独摇宝莲一铺，七出菱花镜一签，精金彄。一作“弦”。环四指，若亡绛绡单衣一袭，香文罗手藉三卷，七回光雄舫发泽一盎，紫金被褥香炉一枚，文犀辟毒箸一双，碧玉膏签一合。
>
> 今日嘉辰，贵姊懋膺洪册。谨上襚三十五条，以陈踊跃之心。金华紫轮帽，金华紫罗面衣，织成上襦，织成下裳，五色文绶，鸳鸯襦，鸳鸯被，鸳鸯褥，金鹊绣裆，七宝綦履，五色文玉环，同心七宝钗，黄金步摇，合欢圆珰，琥珀枕，龟文枕，珊瑚玦，玛瑙彄，云母扇，孔雀扇，翠羽扇，九华扇，五明扇，云母屏风，琉璃屏风，五层金博山香炉，回风扇，椰叶席，同心梅，含枝李，青木香，沉水香，香螺卮，九真雄麝香，七枝镫。

九、梁皇后　顺帝梁后，讳妠。冲帝、质帝时，俱以皇太后临朝秉政，桓帝立，归政。临终有遗诏曰：

> 朕素有心下结气，从闲以来加以浮肿，逆害饮食，寝以沉困，比使内外劳心请祷。私自忖度，日夜虚劣，不能复与群公卿士共相终竟，援立圣嗣，恨不久育养见其终始。今以皇帝将军兄弟委付股肱，其各自勉焉。

十、唐姬　废帝弘农王妃。帝被弑，姬归颍川。父欲嫁之，誓不许。尝抗袖而歌，以悲废帝曰：

> 皇天崩兮后土颓，身为帝兮命夭摧。死生异路兮从此乖，奈何茕独兮心中哀。

汉人文字，流传已鲜。故于宫廷篇翰，并集而次之如此。

第二章

妇女与五言诗之渊源

世传五言诗起于苏、李。《诗经》中虽偶有五言，未有全篇五言者，故以苏、李为首也。古诗中已有枚乘作，要至武帝时，五言乃大盛耳。然《楚汉春秋》载《虞姬答项王楚歌》，全篇五言，在楚汉之际，苏、李之前。是五言诗渊源于妇女也。《困学纪闻》曰："太史公述《楚汉春秋》，其不载于书者，《正义》云'项羽歌，美人和之'云云。是时已为五言矣。"按虞姬项羽美人。羽被围垓下，起舞帐中，乃慷慨悲歌。美人和之，遂自刎。其歌曰：

汉兵已略地，四面楚歌声。大王意气尽，贱妾何聊生。

妇女与苏、李同时而为五言者，有卓文君之《白头吟》。《西京杂记》曰："司马相如将聘茂陵人女为妾，文君作《白头吟》以自绝，相如乃止。"

白头吟

皑如山上雪，皎若云间月。闻君有两意，故来相决绝！今日斗酒会，明旦沟水头。躞蹀御沟上，沟水东西流。凄凄复凄凄，嫁娶不须啼。愿得一心人，白头不相离。竹竿何袅袅，鱼尾何蓰蓰。男儿重意气，何用钱刀为！上卓文君本辞。

皑如山上雪，皎若云间月。闻君有两意，故来相决绝！一解。平生共城中，何尝斗酒会？今日斗酒会，明旦沟水头。躞蹀御沟上，沟水东西流。二解。郭东亦有樵，郭西亦有樵。两樵相推与，无亲为谁骄？三解。凄凄复凄凄，嫁娶不须啼。愿得一心人，白头不相离。四解。竹竿何袅袅，鱼尾何簁簁。男儿欲相知，何用钱刀为！齕如马啖萁，川上高士嬉。今日相对乐，延年万岁期。上晋乐所奏，文略有异同。

文君《白头吟》，措词温厚，颇得怨而不怒之旨。又苏武妻亦有五言诗。武帝太初四年，中郎将苏武出使单于，作诗留别，其妻答之曰：

与君结新婚，宿昔当别离。凉风动秋草，蟋蟀鸣相随。冽冽寒蝉吟，寒蝉抱枯枝。枯枝时飞扬，身体忽迁移。不悲身体移，当惜岁月驰。岁月无穷极，会合安可知？愿为双黄鹄，悲鸣戏清池。

汉乐府中有《陌上桑》，是汉时女子罗敷所作。崔豹《古今注》曰："敷姓秦氏，邯郸人，同邑千乘王仁妻。王仁后为赵王家令。罗敷出采桑于陌上，赵王登台见而悦之，置酒欲夺之。罗敷善弹筝，作《陌上桑》以自明。赵王乃止。"今《陌上桑》歌辞中，"使君"即喻赵王也。其辞流传绝古，当出于西汉苏、李之际乎。

陌上桑

日出东南隅，照我秦氏楼。秦氏有好女，自名为罗敷。罗敷善蚕桑，采桑城南隅。青丝为笼系，桂枝为笼钩。头上倭堕髻，耳中明月珠。湘绮为下裙，紫绮为上襦。行者见罗敷，下担捋髭须。少年见罗敷，脱帽著帩头。耕者忘其犁，锄者忘其锄。来归相怨怒，但坐观罗敷。

使君从南来，五马立踟蹰。使君遣吏往，问是谁家姝。秦氏有好女，自名为罗敷。罗敷年几何？二十尚不足，十五颇有余。使君谢罗敷，宁可共载不？

罗敷前致辞：使君一何愚！使君自有妇，罗敷自有夫。东方千余骑，夫婿居上头。何用识夫婿？白马从骊驹。青丝系马尾，黄金络马头。腰中鹿卢剑，可值千万余。十五府小史，二十朝大夫。三十侍中郎，四十专城居。为人洁白晳，鬑鬑颇有髭。盈盈公府步，冉冉府中趋。坐中数千人，皆言夫婿殊。

苏、李前则有虞姬。苏、李并世，有苏武妻、卓文君、罗敷等。是五言诗亦渊源于妇女也。

第三章

班　昭

一、略传

班昭者，扶风班彪之女，曹世叔之妻也。字惠班，一名姬，博学高才。世叔早卒，有节行法度。兄固著《汉书》，其八表及《天文志》，未及竟而卒。和帝诏昭就东观藏书阁踵而成之。帝数召入宫，令皇后、诸贵人事焉。号曰“大家”。每有贡献异物，辄诏大家作赋、颂。及邓太后临朝，与闻政事，以出入之勤，特封子成关内侯，官至齐相。时《汉书》始出，多未能通者。同郡马融，伏于阁下，从昭受读。后又诏融兄续继昭成之。昭作《女诫》七篇，马融善之，令妻女习焉。昭女妹曹丰生，亦有才惠，为书以难之，辞有可观。昭年七十余卒，皇太后素服举哀，使者监护丧事。所著赋、颂、铭、诔、问、注、哀辞、书、论、上疏、遗令，凡十六篇，子妇丁氏为撰集之，又作《大家赞》焉。《隋志》有《曹大家集》三卷。

二、词赋

《班昭集》今不传，唯传其赋四篇。录之如下：

东征赋

惟永初之有七兮，余随子乎东征。时孟春之吉日兮，撰良辰而将行。乃举趾而升舆兮，夕予宿乎偃师。遂去故而就新兮，志怆悢而怀悲。明发曙而不寐兮，心迟迟而有违。酌樽酒以弛念兮，喟抑情而自非。谅不登樔而椓蠡兮，得不陈力而相追。且从众而就列兮，听天命之所归。遵通衢之大道兮，求捷径欲从谁。乃遂往而徂逝兮，聊游目而遨魂。历七邑而观览兮，遭巩县之多艰。望河洛之交流兮，看成皋之旋门。既免脱于峻险兮，历荥阳而过卷。食原武之息足，宿阳武之桑间。涉封丘而践路兮，慕京师而窃叹。小人性之怀土兮，自书传而有焉。遂进道而少前兮，得平丘之北边。入匡郭而追远兮，念夫子之厄勤。彼衰乱之无道兮，乃困畏乎圣人。怅容与而久驻兮，忘日夕而将昏。到长垣之境界，察农野之居民。睹蒲城之丘墟兮，生荆棘之榛榛。惕觉寤而顾问兮，想子路之威神。卫人嘉其勇义兮，迄于今而称云。蘧氏在城之东南兮，民亦尚其丘坟。惟令德为不朽兮，身既殁而名存。惟经典之所美兮，贵道德与仁贤。吴札称多君子兮，其言信而有征。后衰微而遭患兮，遂陵迟而不兴。知性命之在天，由力行而近仁。勉仰高而蹈景兮，尽忠恕而与人。好正直而不回兮，精诚通于明神。庶灵祇之鉴照兮，佑贞良而辅信。

乱曰：君子之思，必成文兮。盍各言志，慕古人兮。先君行止，则有作兮。虽其不敏，敢不法兮。贵贱贫富，不可求兮。正身履道，以俟时兮。修短之运，愚智同兮。靖恭委命，唯吉凶兮。敬慎无怠，思谦约兮。清静少欲，师公绰兮。

大雀赋 有序

大家同产兄西域都护定远侯班超献大雀，诏令大家作赋曰：

嘉大雀之所集，生昆仑之灵丘。同小名而大异，乃凤凰之匹俦。怀有德而归义，故翔万里而来游。集帝庭而止息，乐和气而优游。上下协而相亲，听雅颂之雍雍。自东西与南北，咸思服而来同。

针缕赋

熔秋金之刚精，形微妙而直端。性通达而渐进，博庶物而一贯。惟针缕之列迹，信广博而无原。退逶迤以补过，似素丝之羔羊。何斗筲之足算，咸勒石而升堂。

蝉 赋

伊玄虫之微陋，亦摄生于天壤。当三秋之盛暑，陵高木之流响。融风被而来游，商焱厉而化往。

上四篇唯《东征赋》确为完篇，《文选》录之，注引《大家集》曰："子穀为陈留长，大家随至官，作《东征赋》。"《流别论》曰："发洛至陈留，述所经历也。"余篇虽见诸书所引，似非全文。《后汉书》称班昭所作，尚有铭、颂、诔、问诸文，今不可见矣。

三、《女诫》

班昭所作《女诫》，《后汉书》称其"有助内训"。马融亦令妻女习之，唯昭婿之妹曹丰生，独为书以难之，而其书不传。《女诫》以卑顺为主，自是当时礼教之遗训，是以后世传之也。今备录其文：

女 诫 并序

鄙人愚暗，受性不敏。蒙先君之余宠，赖母师之典训。年十有四，执箕帚于曹氏，于今四十余载矣。战战兢兢，常惧黜辱以增父母之羞，以益中外之累。夙夜劬心，勤不告劳。而今而后，乃知免耳。吾性疏顽，教导无素，恒恐子穀负辱清朝。圣恩横加，猥赐金紫，实非鄙人庶几所望也。男能自谋矣，吾不复以为忧也。但伤诸女方当适人，而不渐训诲，不闻妇礼。惧失容他们，取耻宗族。吾今疾在沉滞，性命无常。念汝曹如此，每用惆怅，因作《女诫》七章。愿诸女各写一通，庶有补益裨助汝身。去矣，其勖勉之。

卑弱第一

古者生女三日，卧之床下，弄之瓦砖，而斋告焉。卧之床下，明其卑弱主下人也；弄之瓦砖，明其习劳主执勤也；斋告先君，明当主继祭祀也。三者盖女人之常道，礼法之典教矣。谦让恭敬，先人后己，有善莫名，有恶莫辞，忍辱含垢，常若畏惧，是谓卑弱下人也；晚寝早作，勿惮夙夜，执务私事，不辞剧易，所作必成，手迹整理，是谓执勤也；正色端操以事夫主，清净自守无好戏笑，洁齐酒食以供祖宗，是谓继祭祀也。三者苟备，而患名称之不闻，黜辱之在身，未之见也。三者苟失之，何名称之可闻，黜辱之可远哉？

夫妇第二

夫妇之道，参配阴阳，通达神明，信天地之宏义，人伦之大节也。是以《礼》贵男女之际，《诗》著《关雎》之义。由斯言之，不可不重也。夫不贤则无以御妇，妇不贤则无以事夫；夫不御妇则威仪废缺，妇不事夫则义理堕阙。方斯二者其用一也。察今之君子，徒知妻妇之不可不御，威仪之不可不整，故训其男检以书传。殊不知夫主之不可不事，义礼之不可不存也。但教男而不教女，不亦蔽于彼此之数乎？《礼》，八岁始教之书，十五而至于学矣，独不可依此以为则哉。

敬慎第三

阴阳殊性，男女异行。阳以刚为德，阴以柔为用；男以强为贵，女以弱为美。故鄙谚有云："生男如狼，犹恐其尪；生女如鼠，犹恐其虎。"然则修身莫若敬，避强莫若顺。故曰"敬顺之道，妇之大礼也"。夫敬非他，持久之谓也；夫顺非他，宽裕之谓也。持久者知止足也，宽裕者尚恭下也。夫妇之好，终身不离。房室周旋，遂生媟黩。媟黩既生，语言过矣。语言既过，纵恣必作。纵恣既作，则侮夫之心生矣。此由于不知止足者也。夫事有曲直，言有是非，直者不能不争，曲者不能不讼，讼争既施，则有忿怒之事矣。此由于不尚恭下者也。侮夫不节，谴呵从之；忿怒不止，楚挞从之。夫为夫妇者，义以和亲，恩以好合。楚挞既行，何义之存？谴呵既宣，何恩之有？恩义既废，夫妇离矣。

妇行第四

女有四行。一曰"妇德"；二曰"妇言"；三曰"妇容"；四曰"妇功"。夫云"妇德"，不必才明绝异也；"妇言"，不必辩口利辞也；“妇容”，不必颜色美丽也；“妇功”，不必工巧过人也。清闲贞静，守节整齐，行己有耻，动静有法，是谓“妇德”；择词而说，不道恶语，时然后言，不厌于人，是谓“妇言”；盥洗尘秽，服饰鲜洁，沐浴以时，身不垢辱，是谓“妇容”；专心纺绩，不好戏笑，洁齐酒食，以奉宾客，是谓“妇功”。此四者，女人之大德而不可乏之者也。然为之甚易，唯在存心耳。古人有言：“仁远乎哉？我欲仁而仁斯至矣。”此之谓也。

专心第五

《礼》，夫有再娶之义，妇无二适之文，故曰夫者天也。天固不可逃，夫固不可离也。行违神祇，天则罚之；礼义有愆，夫则薄之。故《女宪》曰：“得意一人，是谓永毕；失意一人，是谓永讫。”由斯言之，夫不可不求其心，然所求者亦非谓佞媚苟亲也，固莫若专心正色。礼义居洁；耳无淫听，目无邪视；出无冶容，入无废饰；无聚会群辈，无看视门户。此则谓专心正色矣。若夫动静轻脱，视听陕输；入则乱发坏形，出则窈窕作态；说所不当道，观所不当视。此谓不能专心正色矣。

曲从第六

夫“得意一人，是谓永毕；失意一人，是谓永讫”，欲人定志专心之言也。舅姑之心，岂当可失哉？物有以恩自离者，亦有以义自破者也。夫虽云爱，舅姑云非，此所谓以义自破者也。然则舅姑之心奈何？固莫尚于曲从矣。姑云不尔而是，固宜从令；姑云尔而非，犹宜顺命；勿得违戾是非，争分曲直。此则所谓曲从矣。故《女宪》曰：“妇如影响，焉不可赏？”

叔妹第七

妇人之得意于夫主，由舅姑之爱己也。舅姑之爱己，由叔妹之誉己也。由此言之，我臧否毁誉一由叔妹，叔妹之心复不可失也。皆莫知叔妹之不可失，而不能和之以求亲，其蔽也哉！自非圣人，鲜能无过，故颜子贵于能改，仲尼嘉其不贰，而况妇人者也？虽以贤女之行，聪哲之性，其能备乎？是故室人和则谤掩，内外离则恶扬。此必然之势也。《易》曰：“二人同心，其利断金；同心之言，其臭如兰。”此之谓也。夫叔妹者，体敌而尊，恩疏而义亲。若淑媛谦顺之人，则能依义以笃好，崇恩以结援，使徽美显彰，而瑕过隐塞。舅姑矜善，而夫主嘉美，声誉曜于邑邻，休光延于父母。若夫蠢愚之人，于嫂则托名以自高，于妹则因宠以骄盈。骄盈既施，何和之有？恩义既乖，何誉之臻？是以美隐而过宣，姑忿而夫愠，毁訾布于中外，耻辱集于厥身，进增父母之羞，退益君子之累。斯乃荣辱之本，而显否之基也，可不慎哉？然则求叔妹之心，固莫尚于谦顺矣。谦则德之柄，顺则妇之行。知斯二者，足以和矣。《诗》曰：“在彼无恶，在此无射。”其斯之谓也。

四、杂　著

班昭杂文，《后汉书》所载，唯《上邓皇后疏》，及《为兄上书》二首。永初中，太后兄大将军邓骘，以母忧上书乞身，太后不欲许。以问昭，昭因上疏曰：

> 伏惟皇太后陛下：躬盛德之美，隆唐虞之政，辟四门而开四聪，采狂夫之瞽言，纳刍荛之谋虑。妾昭得以愚朽身当盛明，敢不披露肝胆，以效万一？妾闻“谦让之风，德莫大焉”，故典坟述美，神祇降福。昔夷齐去国，天下服其廉高；泰伯违邠，孔子称为“三让”。所以光昭令德，扬名于后者也。《论语》曰：“能以礼让为国，于从政乎何有？”由是言之，推让之诚，其致远矣。今四舅深执忠孝，引身自退，而以方陲未静，拒而不许。如后有豪毛加于今日，诚恐推让之名不可再得。缘见逮及，故敢昧死竭其愚情。自知言不足采，以示虫蚁之赤心。

昭兄超，为西域都护。西域五十余国，悉皆纳质内属，以功封定远侯。然超久在绝域，垂三十年，年老思土。永元十二年，上书乞得一归。时昭亦上书言之，帝感其言，乃征超还。昭上书之辞曰：

> 妾同产兄西域都护定远侯超，幸得以微功罴列通侯。超之始出，志捐躯命，赖蒙陛下神灵，且得延命沙漠，至今积三十年。骨肉生离，不复相识。相随士卒，皆已物故。超年最长，今且七十，衰老被病。虽欲竭尽其力以报塞天恩，迫于岁暮，犬马齿索，蛮夷之性，悖逆侮老。而超旦暮入地，久不见代，恐开奸宄之源，生逆乱之心。如有卒暴，超之气力不能从心。上损国家累世之功，下弃忠臣竭力之用，诚可痛也！超有书与妾生诀，恐不复相见。妾诚伤超以壮年竭忠孝于沙漠，疲老则便捐死于旷野，诚可哀怜！如不蒙救护，超后有一旦之变，冀幸超家得蒙赵母卫姬先请之贷。

《后汉书》称昭兄固著《汉书》，唯八表及《天文志》未及竟而卒。和帝诏昭，就东观阁藏书阁踵成之。八表者，《异姓诸侯王表第一》《诸侯王表第二》《王子侯表第三》《高惠高后孝文功臣表第四》《景武昭宣元成哀功臣表第五》《外戚恩泽侯表第六》《百官公卿表第七》《古今人表第八》是也。今按八表诸序，不类班固文，疑即昭之辞也。其《异姓诸侯王表序》曰：

> 昔《诗》《书》述虞、夏之际，舜、禹受禅，积德累功，洽于百姓，摄位行政，考之于天，经数十年，然后在位。殷、周之王，乃繇卨、稷，修仁行义，历十余世，至于汤、武，然后放杀。秦起襄公，章文、缪、献，孝、昭、严，稍蚕食六国，百有余载，至始皇乃并天下。以德若彼，用力如此，其艰难也。秦既称帝，患周之败，以为起于处士横议，诸侯力争，四夷交侵，以弱见夺。于是削去五等，堕城销刃，箝语烧书，内锄雄俊，外攘胡粤，用一威权，为万世安。然十余年间，猛敌横发乎不虞，适戍强于五伯，闾阎逼于戎狄，响应瘩于谤议，奋臂威于甲兵。乡秦之禁，适所以资豪杰而速自毙也。是以汉亡尺土之阶，繇一剑之任，五载而成帝业。书传所记，未尝有焉。何则？古世相革，皆承圣王之烈。今汉独收孤秦之弊，镌金石者难为功，摧枯朽者易为力，其势然也。故据汉受命谱十八王，月而列之，天下一统，乃以年数。讫于孝文，异姓尽矣。

说者又为《汉书·王莽传》，叙事直遂而少检制，或是大家之笔，然史无明证。昭又有《列女传注》，曾巩以今《列女传》中陈婴母，及东汉以来十六事为昭所益，《传注》不传，时见《御览》诸书所引。昭亦为兄固《幽通赋》作注，尚存《文选》中。盖昭既承父兄史学，兼通经术小学，宜多著书，故是古今列女文学之宗也。

第四章

徐　淑

徐淑者，陇西人，上郡掾秦嘉妻。嘉适郡，淑病不能从，嘉以诗赠别之。后复作书遗之，兼以明镜、宝钗、芳香、素琴赠焉。今传嘉赠诗有数首，录其中二章。其一曰："人生譬朝露，居世多屯蹇。忧艰常早至，欢会常苦晚。念当奉时役，去尔日遥远。遣车迎子还，空往复空返。省书情凄怆，临食不能饭。独坐空房中，谁与相劝勉？忧来如循环，匪席不可卷。"又曰："肃肃仆夫征，锵锵扬和铃。清晨当引迈，束带待鸡鸣。顾看空室中，仿佛想恣形。一别怀万恨，起坐为不宁。何用叙我心，遗思致款诚。宝钗好耀首，明镜可鉴形。芳香去垢秽，素琴有清声。诗人感木瓜，乃欲答瑶琼。愧彼赠我厚，惭此往物轻。虽知未足报，贵用叙我情。"淑亦作诗并书答之。嘉死，淑毁形不嫁，旋以哀恸卒。《诗品》云："汉为五言者数家，而妇人居其二，淑之作无减于《纨扇》矣。"今具列于下：

答夫秦嘉诗

妾身兮不令，婴疾兮来归。沉滞兮家门，历时兮不差。旷废兮侍觐，情敬兮有违。君今兮奉命，迢递兮京师。悠悠兮离别，无因兮叙怀。瞻望兮踊跃，伫立兮徘徊。思君兮感结，梦想兮容晖。君发兮引迈，去我兮日乖。恨无兮羽翼，高飞兮相追。长吟兮永叹，泪下兮沾衣。

答夫秦嘉书二首

知屈珪璋，应奉藏使。策名王府，观国之光。虽失高素皓然之业，亦是仲尼执鞭之操也。自初承问，心愿东还，迫疾惟宜，抱叹而已。日月已尽，行有伴例。想严庄已办，发迈在近，谁谓宋远？企予望之，室迩人遐，我劳如何？深谷逶迤，而君是涉，高山岩岩，而君是越，斯亦难矣！长路悠悠，而君是践，冰霜惨烈，而君是履。身非形影，何得动而辄俱？体非比目，何得同而不离？于是咏萱草之喻，以消两家之思；割今者之恨，以待将来之欢。今适乐土，优游京邑，观王都之壮丽，察天下之珍妙，得无目玩意移，往而不能出耶？

既惠音令，兼赐诸物。厚顾殷勤，出于非望。镜有文彩之丽，钗有殊异之观，芳香既珍，素琴益好。惠异物于鄙陋，割所珍以相赐。非丰恩之厚，孰肯若斯？览镜执钗，情想仿佛。操琴咏诗，思心成结。敕以芳香馥身，喻以明镜鉴形。此言过矣，未获我心也。昔诗人有飞蓬之感，班倢伃有谁荣之叹。素琴之作，当须君归；明镜之鉴，当待君还；未奉光仪，则宝钗不设也；未侍帷帐，则芳香不发也。

第五章

蔡　琰

蔡琰，字文姬，陈留人，蔡邕女，同郡董祀之妻也。博学有才辨，又妙于音律。邕尝夜鼓琴，弦绝，琰曰第二弦，邕曰："偶得之耳。"故断一弦问之，琰曰第四弦，并不差谬。初适河东卫仲道，夫亡，无子。兴平中，天下丧乱，文姬为胡骑所获，没于南匈奴左贤王。在胡中十二年，生二子。曹操素与邕善，痛其无嗣，乃遣使者以金璧赎之，而重嫁董祀。祀为屯田都尉，犯法当死。文姬诣曹操请之。时公卿、名士及远方使驿，坐者满堂，操谓宾客曰："蔡伯喈女在外，今为诸君见之。"及文姬进，蓬首徒行，叩头请罪，音辞清辨，旨甚酸哀，众皆为改容。操曰："诚实相矜，然文状已去，奈何？"姬曰："明公厩马万匹，虎士成林，何惜疾足一骑，而不济垂死之命乎？"操感其言，乃追原祀罪。时且寒，赐以头巾履袜。操因问曰："闻夫人家先多坟籍，犹能忆识之不？"文姬曰："昔亡父赐书四千余卷，流离涂炭，罔有存者，今所诵忆，裁四百余篇耳。"操曰："今当使十吏就夫人写之。"文姬曰："妾闻男女之别，礼不亲授，乞给纸笔，真草唯命。"于是缮书送之，文无遗误。后感伤乱离，追怀悲愤，作诗二章。其辞曰：

汉季失权柄，董卓乱天常。志欲图篡弑，先害诸贤良。逼迫迁旧邦，拥主以自强。海内兴义师，欲共讨不祥。卓众来东下，金甲耀日光。平土人脆弱，来兵皆胡羌。猎野围城邑，所向悉破亡。斩截无孑遗，尸骸相撑拒。马边悬男头，马后载妇女。长驱西入关，迥路险且阻。还顾邈冥冥，肝脾为烂腐。所略有万计，不得令屯聚。或有骨肉俱，欲言不敢语。失意几微间，辄言毙降虏。要当以亭刃，我曹不活汝。岂复惜性命，不堪其詈骂。或便加棰杖，毒痛参并下。旦则号泣行，夜则悲吟坐。欲死不能得，欲生无一可。彼苍者何辜，乃遭此厄祸？边荒与华异，人俗少义理。处所多霜雪，胡风春夏起。翩翩吹我衣，肃肃入我耳。感时念父母，哀叹无穷已。有客从外来，闻之常欢喜。迎问其消息，辄复非乡里。邂逅徼时愿，骨肉来迎己。己得自解免，当复弃儿子。天属缀人心，念别无会期。存亡永乖隔，不忍与之辞。儿前抱我颈，问母欲何之？人言母当去，岂复有还时。阿母常仁恻，今何更不慈？我尚未成人，奈何不顾思？见此崩五内，恍惚生狂痴。号泣手抚摩，当发复回疑。兼有同时辈，相送告离别。慕我独得归，哀叫声摧裂。马为立踟蹰，车为不转辙。观者皆嘘唏，行路亦鸣咽。去去割情恋，遄征日遐迈。悠悠三千里，何时复交会？念我出腹子，胸臆为摧败。既至家人尽，又复无中外。城郭为山林，庭宇生荆艾。白骨不知谁，纵横莫覆盖。出门无人声，豺狼号且吠。茕茕对孤景，怛咤糜肝肺。登高远眺望，魂神忽飞逝。奄若寿命尽，旁人相宽大。为复强视息，虽生何聊赖。托命于新人，竭心自勖厉。流离成鄙贱，常恐复捐废。人生几何时，怀忧终年岁？

嗟薄祜兮遭世患，宗族殄兮门户单。身执略兮入西关，历险阻兮之羌蛮。山谷眇兮路漫漫，眷东顾兮但悲叹。暝当宿兮不能安，饥当食兮不能餐。常流涕兮眥不干，薄志节兮念死难，虽苟活兮无形颜。惟彼方兮远阳精，阴气凝兮雪夏零。沙漠壅兮尘冥冥，有草木兮春不荣。人似禽兮食臭腥，言兜离兮状窈停，岁聿暮兮时迈征。夜悠长兮禁门扃，不能寐兮起屏营。登胡殿兮临广庭，玄云合兮翳月星。北风厉兮肃泠泠，胡笳动兮边马鸣。孤雁归兮声嘤嘤，乐人兴兮弹琴筝。音相和兮悲且清，心吐思兮胸愤盈。欲舒气兮恐彼惊，含哀咽兮涕沾颈。家既迎兮当归宁，临长路兮捐所生。儿呼母兮啼失声，我掩耳兮不忍听。追持我兮走茕茕，顿复起兮毁颜形。还顾之兮破人情，心怛绝兮死复生。

东坡以此诗非文姬作，以为文姬流离，在父没之后，董卓既诛乃遇祸。今此诗乃云为董卓所驱虏入胡，尤知非真也，盖拟作者疏略，而范晔荒浅，遂载之本传。蔡宽夫《诗话》辨之曰："后汉《蔡琰传》载其二诗，或疑董卓死，邕被诛，而诗叙以卓乱流入胡，为非琰辞，此盖未尝详考于史也。且卓既擅废立，袁绍辈起兵山东，以诛卓为名，中原大乱。卓挟献帝迁长安，是时士大夫岂能皆以家自随乎？则琰之入胡，不必在邕诛之后，其诗首言：'逼迫迁旧邦，拥主以自强。海内兴义师，欲共诛不祥。'则指绍辈固可见。继言：'平土人脆弱，来兵皆胡羌。纵猎围城邑，所向悉破亡。马边悬人头，马后载妇女。长驱西入关，迥路险且阻。'则是为山东兵所掠也。其末乃云：'感时念父母，哀叹无穷已。'则邕尚无恙，尤无疑也。"蔡说亦甚有理，故录以备考。文姬又有《胡笳十八拍》，激昂悲壮。其辞曰：

我生之初尚无为，我生之后汉祚衰。天不仁兮降乱离，地不仁兮使我逢此时。干戈日寻兮随路危，民卒流亡兮共哀悲；烟尘蔽野兮胡虏盛，志意乖兮节义亏。对殊俗兮非我宜，遭恶辱兮当告谁？笳一会兮琴一拍，心愤怨兮无人知。

戎羯逼我兮为室家，将我行兮向天涯。云山万重一作"叠"。兮归路遐，疾风千里兮扬尘一作"风扬"。沙；人多暴猛兮如虺蛇，控弦被甲兮为骄奢。两拍张弦兮弦欲绝，志摧心折兮自悲嗟！

越汉国兮入胡城，亡家失身兮不如无生。毡裘为裳兮骨肉震惊，羯羶为味兮枉遏我情！鼙鼓喧兮从夜达明，胡风浩浩兮暗塞营。伤今感昔兮三拍成，衔悲畜恨兮何时平？

无日无夜兮不思我乡土，禀气含生兮莫过我苦。天灾国乱人无主，唯我薄命兮没戎虏。殊俗心异兮身难处，嗜欲不同谁可与语？寻思涉历兮多艰阻，四拍成兮益凄楚。

雁南征兮欲寄边声，雁北归兮欲得汉音。雁高飞兮渺难寻，空断肠兮思愔愔。攒眉向月兮抚雅琴，五拍泠泠兮意弥深。

冰霜凛凛兮身苦寒，饥对肉酪兮不能餐。夜闻陇水兮声呜咽，朝见长城兮路杳漫。追思往日兮行李艰，六拍悲来兮欲罢弹。

日暮风悲兮边声四起，不知愁心兮说向谁是？原野萧条兮烽戍万里，俗贱老弱兮少壮为美。逐有水草兮安家葺垒，牛羊满野兮聚如蜂蚁。草尽水竭兮羊马皆徙，七拍流恨兮恶居于此。

为天有眼兮，何不见我独漂流？为神有灵兮，何独处我天南北海头？我不负天兮，天何使我殊配俦？我不负神兮，神何殛我越荒州？制斯八拍兮拟俳优，何知曲成兮心转愁？

天无涯兮地无边，我心愁兮亦复然。人生倏忽兮如白驹之过隙，愁不得欢乐兮当我之盛年。怨兮欲问天，天苍苍兮上无缘。举头仰望兮空云烟，九拍怀情兮谁与传？

城头烽烟不曾灭，疆场征战何时歇？杀气朝朝冲塞门，胡风夜夜吹边月。故乡隔兮音尘绝，哭无声兮气将咽。一生辛苦缘离别，十拍悲深兮泪成血。

我非贪生而恶死，不能捐身兮心有以。生仍冀得兮归桑梓，死当埋骨兮长已矣。日居月诸兮在戎垒，胡人宠我兮有二子。鞠之育之兮不羞耻，愍之念之兮生长边鄙。十有一拍兮因兹哀，起响缠绵兮彻心髓。

东风应律兮暖气多，知是汉家天子兮布阳和。羌虏舞蹈兮共讴歌，两国交欢兮罢兵戈。忽遇汉使兮称近臣，诏遣千金赎妾身。喜得生还兮逢圣君，嗟别稚子兮会无因。十有二拍兮哀乐均，去住两情兮难具陈。

不谓残生兮却得旋归，抚抱胡儿兮泣下沾衣。汉使迎我兮四牡騑騑，胡儿号兮谁得知？与我生死兮逢此时，愁为子兮日无光辉。焉得羽翼兮将汝归？一步一远兮足难移，魂销影绝兮恩爱遗。十有三拍兮弦急调悲，肝肠搅刺兮人莫我知。

身归国兮儿莫之随，心悬悬兮常如饥。四时万物兮有盛衰，唯有愁苦兮不暂移。山高地阔兮见汝无期，更深夜阑兮梦汝来斯。梦中执手兮一喜一悲，觉后痛吾心兮无休歇时。十有四拍兮涕泪交垂，河水东流兮心是思。

十五拍兮节调促，气填胸兮谁识曲？处穹庐兮偶殊俗，愿得归来兮天从欲。再还汉国兮欢心足，心有怀兮愁转深。日月无私兮曾不照临，子母分离兮意难任。同天隔越兮如商参，生死不相知兮何处寻？

十六拍兮思茫茫，我与儿兮各一方。日东月西兮徒相望，不得相随兮空断肠。对萱草兮忧不忘，弹鸣琴兮情何伤！今别子兮归故乡，旧怨平兮新怨长。泣血仰叹兮诉苍苍，胡为生兮独罹此殃？

十七拍兮心鼻酸，关山阻修兮行路难。去时怀土兮心无绪，来时别儿兮思漫漫。塞上黄蒿兮枝枯叶干，沙场白骨兮刀痕箭斑。风霜凛凛兮春夏寒，人马饥虺兮筋力单。岂知重得兮入长安？叹息欲绝兮泪阑干。

胡笳本是出胡中，丝琴翻出音律同。十八拍兮曲虽终，响有余兮思无穷。是知丝竹微妙兮均造化之功，哀乐各随人心兮有变则通。胡与汉兮异域殊风，天与地隔兮子西母东。若我怨气兮浩于长空，六合虽广兮受之应不容。

第六章
汉代妇女杂文学

汉时妇女，略有文辞可见者，犹有数人。汉文帝十三年，齐太仓令淳于公，有罪当刑，诏狱逮系长安。淳于公无男，有五女。会逮将行，骂其女曰："生子不生男，缓急非有益也！"其少女缇萦，自伤悲泣，乃随其父至长安上书。书奏，文帝悲怜其意，遂除肉刑。其书曰：

> 妾父为吏齐中，皆称其廉平，今坐法当刑。妾伤夫死者不可复生，刑者不可复属。虽后欲改过自新，其道无繇也。妾愿没入为官婢，以赎父刑罪，使得自新。

又苏伯玉妻，失其姓氏。伯玉出使在蜀，久不归，其妻居长安思念之，因作诗写之盘中，屈曲成文，故曰《盘中诗》。其词意回环之妙，实为绝作。且笔致灵警，而词气疏宕，古今文人，罕见此妙。其辞曰：

> 山树高，鸟鸣悲。泉水深，鲤鱼肥。空仓雀，常苦饥。吏人妇，会夫稀。出门望，见白衣。谓当是，而更非。还入门，中心悲。北上堂，西入阶。急机绞，杼声催。长叹息，当语谁？君有行，妾念之。出有日，还无期。结巾带，长相思。君忘妾，未知之；妾忘君，罪当治。妾有行，宜知之。黄者金，白者玉。高者山，下者谷。姓者苏，字伯玉。人才多，知谋足。家居长安身在蜀，何惜马蹄归不

数？羊肉千斤酒百斛，令君马肥麦与粟。今时人，知四足。与其书，不能读，当从中央周四角。

梁夫人嫕者，梁竦之女，樊调之妻，章帝梁贵人之姊也。初，梁贵人有宠于章帝，生和帝，立为太子，窦后母养焉。和帝之生，梁氏喜相庆贺，闻窦后。窦后骄恣，欲专恣害外家，乃诬陷梁氏。时竦在本郡安定，诏书收杀之。后和帝立，窦后崩，诸窦以罪恶诛放。嫕从民间上书自讼曰：

妾同产女弟贵人，前充后宫。蒙先帝厚恩，得见宠幸。皇天授命，诞生圣明。而为窦宪兄弟所见谮诉，使妾父竦冤死牢狱，骸骨不掩，老母、孤弟远徙万里。独妾遗脱，逸伏草野，常恐没命，无由自达。今遭值陛下神圣之运，亲统万机，群物得所。宪兄弟奸恶，既伏辜诛，海内旷然，各获其宜。妾得苏息，拭目更视，乃敢昧死自陈所天。妾闻太宗即位，薄氏蒙荣，宣帝继统，史族复兴。妾门虽有薄史之亲，独无外戚余恩，诚自悼伤。妾父既冤，不可复生，母氏年殊七十，及弟棠等远在绝域，不知死生。愿乞收竦朽骨，使母弟得归本郡，则施过天地，存殁幸赖。

书上，和帝感悟，梁氏之罪始白。征还母及弟等，皆封侯。《续列女传》以嫕入于《辨通传》焉。

窦玄，字叔高，平陵人，状貌绝异。天子使出其妻，以公主妻之。旧妻悲怨，作书别夫曰：

弃妻斥女，敬白窦生。卑贱鄙陋，不如贵人。妾日以远，彼日以亲。何所告诉？仰呼苍天。悲哉窦生！衣不厌新，人不厌故。悲不可忍，怨不自去。彼独何人，而居我处？

以天子夺人之夫，其事绝悖。此书可谓极怨忿之致矣。又传有寄夫《怨歌》，亦名《艳歌》，取书中二语，其辞曰：

茕茕白兔，东走西顾。衣不如新，人不如故。

第二编中
中古妇女文学（魏晋南北朝）

第一章

魏之妇女文学

魏承建安之体，诗歌五言，大盛于时。魏武卞后，及文帝甄后，并有文采。如丁廙妻之《寡妇赋》，有《东京》之遗则；孟珠之《阳春歌》，开《子夜》之格调。今略述之。

曹操卞夫人，琅琊开阳人，操纳之于谯。后丁夫人废，遂为继室，生子丕、彰、植。丕受汉禅，尊为太后。杨修母本袁术姊妹，操忌修，且以袁术之甥，虑为后患，因事杀之。而卞夫人致书修母曰：

> 卞顿首：贵门不遗贤郎辅位，每感笃念，情在凝至。贤郎盛德熙妙，有盖世文才。阖门钦敬，宝用无已。方今骚扰戎马，屡动主簿。股肱近臣，征伐之计，事须敬咨，官立金鼓之节。而闻命违制，明公性急，忿然在外，辄行军法。卞姓当时亦所不知，闻之心肝涂地，惊愕断绝，悼痛酷楚，情自不胜。夫人多容，即见垂恕。故送衣服一笼，文绢百匹，房子官锦百斤，私所乘香车一乘，牛一头，诚知微细以达往意，望为承纳。

杨夫人答书曰：

> 彪袁氏顿首：路歧虽近，不展淹久叹想之劳，情抱山积。曹公

匡济天下，遐迩以宁，四海归仰，莫不感戴。小儿疏细，谬蒙采拾，未有上报，果自招罪戾。念之痛楚，五内伤裂。尊意不遗，伏辱惠告。见明公与太尉书，具知委曲。度子之行，不过父母。小儿违越，分应至此。怜其始立之年，毕命埃土。遗育孤幼，言之崩溃。明公所赐已多，又加重赉，礼颇非宜荷受，辄付往信。

此二书并在汉世，因连类著之于此。文帝甄后，中山无极人，明帝母。初为袁绍次子熙妇，及魏武破绍，文帝私纳为夫人，后为郭后所谮赐死。先是，甄后九岁，喜书作字，数用诸兄笔砚。兄曰："汝欲为女博士耶？"后曰："古之贤女，未有不知书者。"及文帝建长秋宫，玺书迎之，为表辞谢曰：

妾闻先代之兴，所以享国久长，垂祚后嗣，无不由后妃焉。故必审选其人，以兴内教。今践祚之初，诚宜登进贤淑，统理六宫。妾自省愚陋，不任粢盛之事。加以寝疾，敢守微志。

甄后又有《塘上行》曰：

蒲生我池中，绿叶何离离。岂无蒹葭艾，与君生别离。念君去我时，独愁常苦悲。想见君颜色，感结伤心脾。念君常苦悲，夜夜不能寐。莫以豪贤故，弃捐素所爱；莫以鱼肉贱，弃捐葱与薤；莫以麻枲贱，弃捐菅与蒯。倍恩者苦枯，蹶船常苦没。教君安息定，慎莫致仓卒。与君一别离，何时复相对？出亦复苦愁，入亦复苦愁。边地多悲风，树木何翛翛！从军致独乐，延年寿千秋。

丁廙，字敬礼，沛郡人，有文才。建安中，为黄门侍郎，客陈思王门下，魏文即位杀之。其妻作《寡妇赋》以自悼，其辞曰：

惟女子之有行，固历代之彝伦。辞父母而言归，奉君子之清尘。如悬萝之附松，似浮萍之托津。何性命之不造，遭世路之险迍。荣华晔其始茂，所恃奄其徂泯。静闭门以却扫，魂孤茕以穷居。刷朱扉以白垩，易玄帐以素帏。含惨悴以何诉？抱弱子以自慰。时翳翳以东阴，日亹亹以西坠。鸡敛翼以登栖，雀分散以赴肆。还空床以下帏，拂衾褥以安寐。想逝者之有凭，因宵夜之仿佛。痛存殁之异路，终窈漠而不至。时荏苒而不留，将迁灵以大行。驾龙车辆于门侧，设祖祭于前廊。彼生离其犹难，矧永绝而不伤。自衔恤而在疚，履冰冬之四节。风萧萧而增劲，寒凛凛而弥切。霜凄凄而夜降，水溓溓而晨结。瞻灵宇之空虚，悲屏幌之徒设。仰皇天而叹息，肠一日而九结。惟人生于世上，若驰骥之过檽。计先后其何几，亦同归于幽冥。

王宋者，平虏将军刘勋妻也。宋嫁勋二十余年。后勋悦山阳司马女，以宋无子出之。还于道中，赋诗自伤曰：

翩翩床前帐，张以蔽光辉。昔将尔同去，今将尔共归。缄藏笥箧里，当复何时披？

谁言去妇薄？去妇情更重。千里不唾井，况乃昔所奉。望远未为伤，踟蹰不得共！

孟珠者，魏时丹阳女子，能为《阳春歌》，今传三章。其辞曰：

阳春二三月，草与水同色。道逢游冶郎，恨不早相识。

阳春二三月，草与水同色。攀条摘香花，言是欢气息。

望观四五年，实情将懊恼。愿得无人处，回身与郎抱。

第二章

晋世妇女之风尚

晋世妇人嗜尚，颇与其时风气相协。自汉季标榜节概，士秉礼教，以人伦风鉴，臧否人物，晋世妇人亦有化之者。又好书画美艺，习持名理清谈，皆当时男子所以相夸者也。

一　礼教之遗与人伦风鉴

晋初妇人，虽罕治经术，而犹贵动止有仪，识度超迈。且每精于风鉴，能别人才性。贾充妇李氏，有淑性令才，尝作《女训》行世。《世说新语》曰："贾充前妇，是李丰女。丰被诛，离婚徙边，后遇赦得还。充已先取郭配女，武帝特听置左右夫人，李氏别住外，不肯还充舍。郭氏语充，欲就省李。充曰：'彼刚介有才气，卿往不如不去。'郭氏于是盛威仪，多将侍婢。李氏起迎，郭不觉脚自屈，因跪再拜。既反，语充，充曰：'语卿道何物？'"盖李氏素习容止，足以慑人于不觉也。李氏初婚，与充联句曰：

室中是阿谁？叹息声正悲。充。叹息亦何为？但恐大义亏。李。大义如胶漆，匪石心不移。充。人谁不虑终？日月有合离。李。我心子所达，子心我所知。充。若能不食言，与君同所宜。李。

充之不情，李氏早见及之，盖亦有知人之鉴。《世说》又曰："王汝南少无婚，自求郝普女。司空以其痴，会无婚处，任其意便许之。既婚，果有令姿淑德。生东海，遂为王氏母仪。或问：'汝南何以知之？'曰：'尝见井上举水，举动容止不失常，未尝忤观。以此知之。'"则魏晋之际，尤重妇容。故汝南以此取妇，亦礼教之遗也。

妇人之长于人伦风鉴者如：山涛与嵇、阮契若金兰。山妻韩氏，觉公与二人异于常交，问公。公曰："我当年可以为友者，唯此二生耳。"妻曰："负羁之妻，亦亲观狐、赵，意欲窥之，可乎？"他日二人来，妻劝公止之宿，具酒肉。夜穿墉以视之，达旦忘反。公入曰："二人何如？"妻曰："君才致殊不如，正当以识度相友耳。"公曰："伊辈亦常以我度为胜。"王浑妻钟氏生女令淑，武子为妹求简美对而未得。有兵家子有俊才，欲以妹妻之。乃白母。母曰："诚是才者，其地可遗，然要令我见。"武子乃令兵儿与群小杂处，使母帷中察之。既而母谓武子曰："如此衣形者，是汝所拟者非耶？"武子曰："是也。"母曰："此才足以拔萃，然地寒，不有长年，不得申其才用。观其形骨必不寿，不可与婚。"武子从之。兵儿数年果亡。钟氏名琰，颍川人，太傅繇曾孙，黄门侍郎徽女。数岁能属文，及长，聪慧宏雅，博览记籍，美容止，善啸咏，礼仪法度，为中表所则。著有诗、赋、诔、颂。今传其赋二首，疑非全篇也。

遐思赋

唯仲秋之惨凄，百草萎悴而变衰。燕翔逝而归海，蟋蟀鸣而相追。坐虚堂而无聊，嗟我心之多怀。怅遐思而内结，嗟尔姜任邈不我留。谋民生之未几，吾何为其多愁？凉风萧条，露沾我衣。忧来多方，慨然我怀。感飞鸟之还乡，咏卫女之思归。于是周游容与，逍遥彷徨。悲民生之局促，愿轻举之遐翔。

莺　赋

嘉京都之莺鸟，冠群类之殊形。擢末躯于紫闼，超显御乎天庭。

惟节运之不停，惧龙角之西颓。慕同时之逸豫，怨商风之我催。

二　书画美艺

晋世妇人，多善书画，而卫夫人之书尤著。卫夫人名铄，字茂漪，汝阴太守李矩妻。善钟繇法，王逸少常师事之。著《笔阵图》行于世，法帖中又有卫夫人《与师书》，具录于下：

笔阵图记

夫三端之妙，莫先乎用笔；六艺之奥，莫匪乎银钩。昔秦丞相斯见周穆王书，七日兴叹，患其无骨；蔡尚书入鸿都观碣，十旬不返，嗟其出群。故知达其源者少，暗于其理者多。近代以来，殊不师古，而缘情弃道，才记姓名。或学不该赡，闻见又寡，致使成功不就，虚费精神。自非通灵感物，不可与谈斯道。今删李斯笔妙，更加润色，总七条，并作其形容，列事如下，贻诸子孙，永为模范。庶将来君子时复览焉。笔要取崇山绝仞中兔毛，八九月收之，其笔头长一寸，管长五寸，锋齐腰强者。其砚取煎涸新石，润涩相兼，浮津耀墨者。其墨取庐山之松烟，代郡之鹿胶，十年已上强如石者为之。纸取东阳鱼卵虚柔滑净者。凡学书字，先学执笔。若真书，去笔头二寸一分；若行、草书，去笔头三寸一分执之。下笔点墨，画、芟、波、屈、曲，皆须尽一身之力而送之。若初学，先大书，不得从小。善鉴者不写，善写者不鉴；善笔力者多骨，不善笔力者多肉。多骨微肉者谓之"筋书"，多肉微骨者谓之"墨猪"；多力丰筋者圣，无力无筋者病。一一从其消息而用之。

一　如千里阵云　隐隐然其实有形

、　如高峰坠石磕磕然实如崩也

丿　陆断犀象

乚　百钧弩发

丨　万岁枯藤

乙　崩浪雷奔

𠃌　劲弩筋节

上七条笔阵出入《斩斫图》。执笔有七种，有心急而执笔缓者，有心缓而执笔急者。若执笔近而不紧者，心手不齐，意后笔前者败；若执笔远而急，意前笔后者胜。又有六种用笔：结构圆备如篆法；飘扬洒落如章草；凶险可畏如八分；窈窕出入如飞白；耿介特立如鹤头；郁拔纵横如古隶。然心委曲，每为一字，各象其形，斯造妙矣，书道毕矣。永和四年上虞制记。

与师书

卫稽首：和南近奉敕写《急就章》，遂不得与师书耳。但卫随世所学，规模钟繇，遂历多载。年廿著《诗论》《草隶通解》，不敢上呈。卫有一弟子王逸少，甚能学卫真书。咄咄逼人，笔势洞精，字体遒媚，师可诣晋尚书馆书耳。仰凭至鉴，大不可言。弟子卫氏和南。

三　清谈名理

晋世好名理清言，妇人亦渐玄风。动容出话，往往会心甚遥，令人意远。此类甚多，如谢道韫，尤其著者。《晋书》曰："王凝之妻谢氏，字道韫，安西将军奕之女也，聪识有才辨。叔父安尝问：'《毛诗》何句最佳？'道韫称：'吉甫作颂，穆如清风；仲山甫永怀，以慰其心。'安谓有雅人深致。又尝内集，俄而雪骤下，安曰：'何所似也？'安兄子朗曰：'散盐空中差可拟。'道韫曰：'未若柳絮因风起。'安大悦。初适凝之，还，甚不乐。安曰：'王郎，逸少子，甚不恶，汝何恨也？'答曰：'一门叔父，则有阿大、中郎，群从兄弟，复有封、胡、羯、末。不意天壤之中，乃有王郎。'封谓谢韶，胡谓谢朗，羯谓谢玄，末谓谢川，皆其小字也。又尝讥玄学植不进，曰：'为尘务经心，为天分有限耶？'凝之弟献之，尝与宾客谈议，词理将屈，道韫遣婢白献之曰：'欲为小郎解围。'乃施青绫步障自蔽，申献之前议，客不能屈。及遭孙恩之难，举厝自若。既闻夫及诸子已为贼所害，方命婢肩舆抽刃出门。乱兵稍至，手杀数人，乃被虏。其外孙刘涛，时年数岁，贼又欲害之。道韫曰：‘事在王门，何关他族？必其如此，宁先见杀！’恩虽毒虐，为之改容，乃不害涛。自尔嫠居会稽，家中莫不严肃。太守刘柳闻其名，请与谈议。道韫素知柳名，亦不自阻。乃簪髻素褥，坐于帐中。柳束修整带，造于别榻。道韫风韵高迈，叙致清雅，先及家事，慷慨流涟，徐酬问旨，词理无滞。柳退而叹曰：‘实顷所未见。瞻察言气，使人心形俱服。’道韫亦云：‘亲从凋亡，始遇此士，听其所问，殊开人胸府。’初，同郡张玄妹亦有才质，适于顾氏。玄每称之，以敌道韫。有济尼者，游于二家，或问之，济尼答曰：‘王夫人神情散朗，故有林下风气。顾家妇清心玉映，自是闺房之秀。’”道韫所著有诗、赋、诔、颂，今仅传数篇。

登　山

峨峨东岳高，秀极冲青天。岩中间虚宇，寂寞幽以玄。非工复非匠，云构发自然。气象尔何物，遂令我屡迁。逝将宅斯宇，可以尽天年。

拟嵇中散咏松

遥望山上松，隆冬不能凋。愿想游下憩，瞻彼万仞条。腾跃未能升，顿足俟王乔。时哉不我与，大运所飘飖。

《论语》赞

卫灵公问阵于孔子，孔子对曰：“俎豆之事，则尝闻之。军旅之事，未之学也。”庶则大矣，比德中庸。斯言之善，莫不归宗。粗者乖本，妙极令终。嗟我怀矣，兴言攸同。孔子曰：“民之于仁也甚于水火。水火吾见蹈而死者，未见蹈仁而死者矣。”

第三章

左九嫔

晋世宫廷文学，当推左九嫔。盖左思之妹，化其家学而然也。九嫔名芬，少好学，善缀文，名亚于思，武帝闻而纳之。泰始八年，拜修仪，受诏作愁思之文，因为《离思赋》。后为贵嫔，姿陋无宠，以才德见礼。体羸多患，常居薄室，帝每游华林，辄回辇过之。言及文义，辞对清华，左右侍听，无不称美。及元杨皇后崩，芬献诔。咸宁二年，纳悼后，芬于座受诏作颂。及帝女万年公主薨，帝痛悼不已，诏芬为诔，其文甚丽。帝重芬辞藻，每有方物异宝，必诏为赋、颂。以是屡获恩赐焉。《晋书》称其有答兄思诗书及杂赋、颂数十篇，今录其见传者。

左芬词、赋诸体，无不擅长，为晋代妇人之冠。《晋书》独载其《离思赋》，当为完篇。自余尚有《松柏赋》《涪沤赋》。其《孔雀赋》《鹦鹉赋》，则断句也。然晋去今久远，虽片词亦为可珍，故并存于下：

离思赋

生蓬户之侧陋兮，不闲习于文符。不见图画之妙像兮，不闻先哲之典谟。既愚陋而寡识兮，谬忝厕于紫庐。非草茅之所处兮，恒怵惕以忧惧。怀思慕之忉怛兮，兼始终之万虑。嗟隐忧之沉积兮，独郁结而靡诉。意惨愦而无聊兮，思缠绵以增慕。夜耿耿而不寐兮，魂憧憧而至曙。风骚骚而四起兮，霜皑皑而依庭。日晻暖而无光兮，气憀慄以洌清。怀愁戚之多感兮，患涕泪之自零。昔伯瑜之婉娈兮，每彩衣以娱亲。悼今日之乖隔兮，奄与家为参辰。岂相去之云远兮，曾不盈乎数寻。何宫禁之清切兮，欲瞻睹而莫因。仰行云以嘘唏兮，涕流射而沾巾。惟屈原之哀感兮，嗟悲伤于离别。彼城阙之作诗兮，亦以日而喻月。况骨肉之相于兮，永缅邈而两绝。长含哀而抱戚兮，仰苍天而泣血。乱曰：骨肉至亲，化为他人，永长辞兮。惨怆愁悲，梦想魂归，见所思兮。惊寤号咷，心不自聊，泣涟洏兮。援笔抒情，涕泪增零，诉斯诗兮。

松柏赋

何奇树之英蔚，记峻岳之嵯峨。被玄涧之逶迤，临渌水之素波。擢修本之丸丸，萃绿叶之芬葩。敷纤茎之茏苁，布秀叶之葱青。列疏实之离离，馥幽蔼而永馨。纷翕习以披离，气肃肃以清泠。应长风以鸣条，似丝竹之遗声。禀天然之贞劲，经严冬而不零。虽凝霜而挺干，近青春而秀荣。若君子之顺时，又似乎真人之抗贞。赤松游其下而得道，文宾餐其实而长生。诗人歌其荣蔚，齐南山以永宁。

涪沤赋

览庶类之肇化，何涪沤之独灵。禀阴精以运景，因落雨而结形。不系根于独立，故假物以资生。体珠光之皎皎，若凝霜之初成。色鲜熠以荧荧，似融露之将渟。亡不长消，存不久寄。其成不欲难，其败亦以易也。

孔雀赋

戴绿碧之秀毛，擢翠尾之修茎。饮芳桂之凝露，食秋菊之落英。耀丹紫之倏烁，应晨风以悲鸣。

鹦鹉赋

色则丹喙翠尾，绿翼紫颈。秋敷其色，春耀其荣。

太康之际，唯潘岳最善哀诔之文，为后世所称。而左芬所作，亦词旨清丽。《晋书》载其《元后诔》，又称其《万年公主诔》。《元后诔》尤为大篇，其诔词曰：

惟泰始十年秋七月，景寅晋元皇后杨氏崩。呜呼哀哉！昔有莘适殷，姜姒归周。宣德中闱，徽音永流。樊、卫二姬，匡齐翼楚。马、邓两妃，亦毗汉主。峨峨元后，光嫔晋宇。伉俪圣皇，比踪往古。遭命不永，背阳即阴。六宫号咷，四海恸心。嗟予鄙妾，衔恩特深。追慕三良，甘心自沉。何用存思？不忘德音。何用纪述？托辞翰林。乃作诔曰：赫赫元后，出自有杨。奕世朱轮，耀彼华阳。惟岳降神，显兹祯祥。笃生英媛，休有烈光。含灵握文，异于庶姜。和畅春日，操厉秋霜。疾彼攸遂，敦此义方。率由四教，匪怠匪荒。行周六亲，徽音显扬。显扬伊何？京室是臧，乃聘乃纳，聿嫔圣皇。正位闺阈，惟德是将。鸣珮有节，发言有章。仰观列图，俯览篇籍。顾问女史，咨询竹帛。思媚皇姑，虔恭朝夕。允釐中馈，执事有恪。于礼斯劳，于敬斯勤。虽曰齐圣，迈德日新。日新伊何？克广宏仁。终温且惠，帝妹是亲。经纬六宫，罔不弥纶。群妾惟仰，譬彼北辰。亦既青阳，鸣鸠告时。躬执桑曲，率导媵姬。修成蚕蔟，分茧理丝。女工是察，祭服是治。祗承宗庙，永言孝思。于彼六行，靡不蹈之。皇、英佐舜，涂山翼禹。惟卫惟樊，二霸是辅。明明我后，异世同轨。亦能有乱，谋及天府。内敷阴教，外毗阳化。绸缪庶政，密勿夙夜。恩从风翔，泽随雨播。中外禔福，遐迩咏歌。天祚贞吉，克昌克繁。则百斯庆，育圣育贤。教逾妊、姒，训迈姜嫄。堂堂太子，惟国之元。济济南阳，为屏为藩。本支菴蔼，四海荫焉。微斯皇妣，孰兹克臻？曰乾盖聪，曰圣允诚。积善之堂，五福所并。宜享高年，匪陨匪倾。如彭之齿，如聃之龄。云胡不造，丁兹祸殃？寝疾弥留，瘖瘵不康。巫咸骋术，和鹊奏方。祚祷无应，尝药无良。形神既离，载昏载荒。奄忽崩殂，湮精灭光。哀哀太子，南阳繁昌。攀援不瘵，擗踊摧伤。呜呼哀哉！阖宫号咷，宇内震惊。奔者填衢，赴者塞庭。哀恸雷骇，流涕雨零。嘘唏不已，若丧所生。惟帝与后，契阔在昔。比翼白屋，双飞紫阁。悼后伤后，早即窀穸。言斯既及，涕泗陨落。追惟我后，实聪实哲。通于性命，达于俭节。送终之礼，比素上世。襚无珍宝，含无明月。潜辉梓宫，永背昭晰。臣妾哀号，同此断绝。庭宇遏密，幽室增阴。空设帏帐，虚置衣衾。人亦有言，神道难寻。悠悠精爽，岂浮岂沉？丰奠日陈，冀魂之灵。孰云元后，不闻其音？乃议景行，景行以溢。乃考龟筮，龟筮袭吉。爰定爰兆，克成元室。魂之往矣，于以令日。仲秋之晨，启明始出。星陈夙驾，灵舆结驷。其舆伊何？金根玉箱。其驷维何？二骆双黄。习习容车，朱服丹章。隐隐辆轩，弁绖缌裳。华毂曜野，素盖被原。方相仡仡，旌旐翻翻。挽童引歌，白骥鸣辕。观者夹涂，士女涕涟。千乘万骑，迄彼峻山。峻山峨峨，层阜重阿。宏高显敞，据洛背河。左瞻皇姑，右睇帝家。推存揆亡，明神所嘉。诸姑姊妹，娣姒媵御。追送尘轨，号咷衢路。王侯卿士，云会星布。群官庶僚，缟盖无数。咨嗟通夜，东方云曙。百祇奉迎，我后安厝。中外俱临，同哀共慕。涕如连云，泪如湛露。扃闾既阖，窈窈冥冥。有夜无昼，曷用其明？不封不树，山坂同形。昔后之崩，大火西流。寒往暑过，今亦孟秋。自我衔恤，倏忽一周。夜服将变，痛心若抽。逼彼体制，惟以增忧。去此素衣，结恋灵丘。有始有终，天地之经。自非三光，谁能不零？存播令德，没图丹青。先哲之志，以此为荣。温温元后，实宣慈焉。抚育群生，恩惠滋焉。遗爱不已，永见思焉。悬名日月，垂万春焉。呜呼庶妾，感四时焉。言思言慕，涕涟洏焉。

万年公主诔

昔满衣早智，周晋夙成。咸以岐嶷，名存典经。猗欤公主，在幼剋哲。方德比齿，有邈先烈。何德之盛，而年或阙。何华之繁，而实不结。雨坠风逝，形影长灭。赫赫京室，河洛所经。阴精发曜，降兹淑灵。笃生公主，诞膺休祯。秀出紫微，日晖月明。红颜鬒发，金质玉形。既睇艳姿，徽音孔昭。盼茜其媚，婉曼其娇。宠玩轩陛，如琼如瑶。虽则弱齿，双德兼包。五福所集，闻之先民。积善钟庆，佑德辅仁。宜终淑美，光晖日新。云何降戾，景命不振？晔晔荣曜，英蕤始芳。何辜于天，猥遇降霜？茕茕稚魂，飘飘遐翔。於戏何辜，痛兹不福。生而何晚，没而何速！酷矣皇灵，谬哉司禄。呜呼哀哉。日月载驰，白露凝结。自主薨徂，奄离时节。吉凶乖邈，存亡异制。将迁幽都，潜神永翳。呜呼公主，魂岂是绥？岌岌灵辆，骏驷骓骓。挽童齐唱，悲音激摧。士女嘘唏，高风增哀。一日不见，采萧作歌。况我公主，形灭体讹。精灵迁逝，幽此中阿。言思言念，涕泪滂沱。呜呼哀哉！

左芬尤多为颂、赞之文，今传者颂二篇，而赞有十三篇，可谓多矣。录之如下：

纳杨后颂

峨峨华岳，峻极泰清。巨灵导流，河渎是经。惟渎之神，惟岳之灵。钟于杨族，载育盛明。穆穆我后，应期挺生。含聪履喆，岐嶷夙成。如兰之茂，如玉之荣。越在幼冲，休有令名。飞声八极，翕习紫庭。超任邈姒，比德皇、英。京室是嘉，备礼致聘。令月吉辰，百僚奉迎。周生归韩，诗人是咏。我后戾止，车服晖映。登位太微，明德日盛。群黎欣戴，函夏同庆。翼翼圣皇，睿喆孔纯。悯兹狂戾，阐惠播仁。蠲衅涤秽，与时惟新。沛然洪赦，恩诏遐震。后之践祚，囹圄虚陈。万国齐欢，六合同欣。坤神抃舞，天人载悦。兴顺降祥，表精日月。和气细煴，三光朗烈。既获嘉时，寻播甘雪。玄云晻蔼，灵液霏霏。既储既积，待阳而晞。曣晛沾濡，柔润中畿。长享丰年，福禄永绥。

郁金颂

伊此奇草，名曰郁金。越自殊域，厥珍来寻。芳香酷烈，悦目欣心。明德惟馨，淑人是钦。窈窕妃媛，服之褵衿。永垂名实，旷世弗沉。

巢父惠妃赞

泱泱长流，洒洒清波。思文巢惠，载咏载歌。垂纶一壑，万象匪多。神乎畅矣，缅同基阿。

虞舜二妃赞

妙矣二妃，体应灵符。奉嫔于妫，光此有虞。沉湘示教，灵德永敷。惟斯美善，谅无泯乎！

周宣王姜后赞

昭昭宣王，克复前制。亹亹姜后，乃激乃厉。执心至公，以恢明世。

荆武王夫人邓曼赞

天道恶盈，极数则微。邈哉邓曼，心映祸几！睹兆叹亡，考德知衰。贤智卓殊，邈哉难追！

鲁敬姜赞

邈矣敬姜，含德之英。于行则高，于礼斯明。垂训子宗，厉发奇声。宣尼三叹，万代遗馨。

齐义继母赞

圣教玄化，礼贵信诚。至哉继母，行合典经！不遗宿诺，义割私情。表德来裔，垂则后生。

齐杞梁妻赞

遭命不辰，逢时险屯。夫卒莒场，郊吊不宾。哀崩高城，诉情穹旻。遂赴淄川，托躯清津。

楚狂接舆妻赞

接舆高洁，怀道行谣。妻亦冰清，同味玄昭。遗俗荣津，志远神辽。

孟母赞

邹母善导，三徙成教。邻止庠序，俎豆是效。断织激子，广以坟奥。聪达知礼，敷述圣道。

班倢伃像赞

恂恂班女，恭让谦虚。辞辇进贤，辨祝理诬。形图丹青，名侔樊虞。

德刚赞

温温德刚，实秉道纯。履此圣义，体此敦仁。笃物博好，靡疏靡亲。九族怀附，邦邑望尘。贵实贱华，尚素安贫。虽在崇高，必若平民。匪道之崇，譬之生民。褒饰之誉，谓之谤身。惟义自存，惟道自遵。

德柔赞

邈邈德柔，越天之刚。神以知来，知以藏往。此下疑阙四字。含纯溥生。允矣君子，展也大成。执德纯粹，岳峻川停。履行高厉，荡乎其平。敦兴圣道，率正不倾。令闻不已，载路厥声。

纳杨后赞

清和协极，二仪降灵。启兹杨族，仁哲诞生。徽音内发，有馥其馨。玄符表运，作合圣明。文定厥祥，考卜惟贞。良辰纳币，三光清明。元公执贽，嘉礼告成。卿士庶僚，烂其充庭。赫赫华宗，奕世载荣。谦光其尊，在满戒盈。受兹介福，垂祚益龄。

左芬诗今仅传四言、五言各一首，而《答兄诗》在焉：

啄木诗

南山有鸟，自名啄木。饥则啄树，暮则巢宿。无干于人，惟志所欲。惟清者荣，惟浊者辱。

答兄感离诗

自我离膝下，倏忽逾载期。邈邈情弥远，再奉将何时？披省所赐告，寻玩悼离词。仿佛想容仪，嘘唏不自持。何时当奉面，娱目于诗书？何以诉厥苦，告情于文辞？

晋之宫廷文学，自左贵嫔外，盖无闻焉。唯康帝褚后，是褚裒女，好佛知书。穆帝、孝武帝时，俱以太后临朝称制。当五胡扰乱，国家艰难之际，归政诏下之词，多出手诏，见于《晋书》。虽其言质直，晋时后妃文学见传者，惟左嫔与褚后而已。今亦录其数诏：

答请临朝诏

帝幼冲，当赖群公卿士将顺匡救，以酬先帝礼贤之意。且是旧德世济之美，则莫重之命不坠，祖宗之基有奉，是其所以欲正位于内而已。所奏恳到，形于翰墨，执省未究，以悲以惧。先后允恭谦抑，思顺坤道，所以不距群情，固为国计。岂敢执守冲暗，以违先旨？辄敬从所奏。

归政诏

昔遭不造，帝在幼冲。皇绪之微，眇若赘旒。百辟卿士，率遵前朝，劝喻摄政。以社稷之重，先代成义，僶俛敬从，弗遑固守。仰凭七庙之灵，俯仗群后之力，帝加元服，礼成德备，当阳亲览，临御万国。今归事反政，一依旧典。

谕群公手诏

昔以皇帝幼冲，从群后之议。既以暗弱，又频丁极艰，衔恤历祀，沉忧在疚。司徒亲尊德重，训救其弊。王室之不坏，实公是凭。帝既备兹冠礼，而四海未一，五胡叛逆，豺狼当路。费役日兴，百姓困苦。愿诸君子思量远算，戮力一心，辅翼幼主，匡救不逮。未亡人永归别宫，以终余齿。仰惟家国，故以一言托怀。

答复请临朝诏

王室不幸，仍有艰屯。览省启事，感增悲叹。内外诸君，并以主上春秋冲富，加蒸蒸之慕，未能亲览，号令宜有所由。苟可安社稷、利天下，亦岂有所执？辄敬从所启。但暗昧之阙，望尽弼谐之道。

第四章

《子夜》与乐府诸体

晋世乐府传于今者，妇人之作，如《子夜歌》、绿珠《懊侬歌》、谢芳姿《团扇歌》《桃叶歌》，并“清商曲”也，且为吴声。“清商曲”者，盖九代之遗声，并汉魏已来旧曲，其辞皆古调。晋马南渡，其音亡散，宋武定关中，收其声伎。后魏孝文、宣武，相继南伐，得江左所传旧曲，及江南吴歌、荆楚西声，总谓之“清商”。至于殿庭飨宴，则兼奏之。隋平，陈文帝听之，善其节奏，曰：“此华夏正声也。”而《子夜》等盖出于女子。《唐书·乐志》曰：“《子夜歌》者，晋曲也。晋有女子名子夜，造此声，声过哀苦。”今传《子夜歌》四十二章。或云古辞如此，或云其中杂有宋齐之辞，今并录之。后人又广以为《子夜四时歌》《大子夜歌》《子夜警歌》《子夜变歌》，皆曲之变。而《子夜》实为之原矣。

子夜歌 四十二首

落日出前门，瞻瞩见子度。冶容多姿鬓，芳香已盈路。

芳是香所为，冶容不敢当。天不夺人愿，故使侬见郎。

宿昔不梳头，丝发被两肩。腕伸郎膝上，何处不可怜？

自从别欢来，奁器了不开。头乱不敢理，粉拂生黄衣。

崎岖相怨慕，始获风云通。玉林一作“床”。语石阙，悲思两心同。

见娘善一作“喜”。容媚，愿得结金兰。空织无经纬，求匹理自难。

始欲识郎时，两心望如一。理丝入残机，何悟不成匹？

前丝断缠绵，意欲结交情。春蚕易感化，思子已复生。

今日已欢别，合会在何时？明灯照空局，悠然未有期。

自从别郎来，何日不咨嗟？黄蘗郁成林，当奈苦心多。

高山种芙蓉，复经黄叶坞。果得一莲时，流离婴辛苦。

朝思出前门，暮思还后渚。语笑向谁道？腹中阴忆汝。

揽枕北窗卧，郎来就侬嬉。小喜多唐突，相怜能几时？

驻箸不能食，蹇蹇步帏里。投琼著局上，终日走博子。

郎为傍人取，负侬非一事。摛门不安横，无复相关意。

年少当及时，蹉跎日就老。若不信侬语，但看霜下草。

绿揽迮题锦，双裙今复开。已许腰中带，谁共解罗衣？

常虑有贰意，欢今果不齐。枯鱼就浊水，长与清流乖。

欢愁侬亦惨，郎笑我便喜。不见连理树，异根同条起。

感欢初殷勤，叹子后辽落。打金侧瑇瑁，外艳里怀薄。

别后涕流连，相思悲情满。忆子腹糜烂，肝肠尺寸断。

道近不得数，遂致盛寒违。不见东流水，何时复西归？

谁能思不歌，谁能饥不食？日冥当户倚，惆怅底不忆。

揽裙未结带，约眉出前窗。罗裳易飘扬，小开骂春风。

举酒待相劝，酒还杯亦空。愿因微觞会，心感色亦同。

夜觉百思缠，忧叹涕流襟。徒怀倾筐情，郎谁明侬心？

侬年不及时，共子作乖离。素不如浮萍，转动春风移。

夜长不得眠，转侧听更鼓。无故欢相逢，使侬肝肠苦。

欢从何处来？端然有忧色。三唤不一应，有何比松柏？

念爱情慊慊，倾倒无所惜。重帘持自障，谁知许厚薄？

气清明月朗，夜与君共嬉。郎歌妙意曲，妾亦吐芳词。

惊风急素柯，白日渐微蒙。郎怀幽闺性，侬亦恃春容。

夜长不得眠，明月何灼灼。想闻散唤声，虚应空中诺。

人各既畴匹，我志独乖违。风吹冬帘起，许时寒薄飞。

我念欢的的，子行犹豫情。雾露隐芙蓉，见莲不分明。

侬作北斗星，千年无转移。欢行白日心，朝东暮还西。

怜欢好情怀，移居作乡里。桐树生门前，出入见梧子。

遣信欢不来，自往复不出。金桐作芙蓉，莲子何能实？

初时非不密，其后日不如。回头批栉脱，转觉薄志疏。

寝食不相忘，同坐复俱起。玉藕金芙蓉，无称我莲子。

恃爱如欲进，含羞未肯前。朱口发艳歌，玉指弄娇弦。亦见《子夜警歌》。

朝日照绮钱，光风动纨素。巧笑茜两犀，美目扬双峨。

《懊侬歌》者，石崇姬绿珠所作，本只一曲，后人广为十四曲。其辞曰：

丝布涩难逢，令侬十指穿。黄牛细犊车，游戏出孟津。

石崇有爱婢翾风，尝作《怨诗》，自来亦录在《乐府》。盖崇得翾风于胡中，年方十五，绝艳，工文辞。年长宠衰，遂作是诗也。其辞曰：

春华谁不美？卒伤秋落时。突烟还自低，鄙退岂所期？
桂芳徒自蠹，失爱在蛾眉。坐见芳时歇，憔悴空自嗤。

桃叶者，王献之妾。献之歌曰："桃叶复桃叶，渡江不用楫。但渡无所苦，我自来迎接。"桃叶以《团扇歌》三首答之曰：

七宝画团扇，灿烂明月光。与郎却暄暑，相忆莫相忘。

青青林中竹，可作白团扇。动摇郎玉手，因风托方便。

团扇复团扇，许持自障面。憔悴无复理，羞与郎相见。

又《团扇郎中》二首，有云亦桃叶作。其辞曰：

团扇薄不摇，窈窕摇蒲葵。相怜中道罢，定是阿谁非？

手中白团扇，净如秋团月。清风任动生，娇声任意发。

《彤管集》又以《桃叶歌》二首为桃叶作，盖与子敬相答之词。其辞曰：

桃叶映红花，无风自婀娜。春风映何限？感郎独采我。

桃叶复桃叶，渡江不待橹。风波了无常，没命江南渡。

《古今乐录》又谓《团扇郎歌》出于谢芳姿，而后人广之。晋中书令王珉，好捉白团扇，与嫂婢谢芳姿有爱，情好甚笃。嫂捶挞婢过苦，王东亭闻而止之。芳姿素善歌，嫂令歌一曲，当赦之。是《团扇郎曲》之所昉也。其辞曰：

白团扇，辛苦五流连，是郎眼所见。
白团扇，憔悴非昔容，羞与郎相见。

刘妙容，字稚华，刘东明女，善箜篌。有《宛转歌》二首，亦《乐府》之遗。

宛转歌

月既明，西轩琴复清。寸心斗酒争芳夜，千秋万岁同一情！歌宛转，宛转凄以哀。愿为星与汉，形影共徘徊。

悲且伤，参差泪成行。低红掩翠方无色，金徽玉轸为谁锵？歌宛转，宛转清复悲。愿为烟与雾，氤氲对容姿。

第五章

苏蕙回文诗

世传回文始于晋苏蕙，盖苻秦时窦滔妻也，织锦为文，循环成诗。其工巧无比，古未有也。今先录唐武则天及宋朱淑真二记，以见苏蕙事略，及其诗之流传与其读法焉。

武后《织锦回文记》曰："前秦苻坚时，秦州刺史扶风窦滔妻苏氏，陈留令武功道质第三女也，名蕙字若兰。识知精明，仪容秀丽，谦默自守，不求显扬。行年十六，归于窦氏，滔甚敬之。然苏性近于急，颇伤嫉妒。滔字连波，右将军子真之孙，郎之第二子也。风神秀伟，该通经史，允文允武，时论高之。苻坚委以心膂之任。备历显职，皆有政闻，迁秦州刺史。以忤旨谪戍敦煌，会坚寇晋襄阳，虑有危逼，藉滔才略，乃拜安南将军，留镇襄阳焉。初，滔有宠姬赵阳台，歌舞之妙，无出其右。滔置之别所，苏氏知之，求而获焉，苦加捶辱。滔深以为憾。阳台又专形苏氏之短，谄毁交至，滔益忿焉。苏氏时年二十一，及滔将镇襄阳，邀其同往。苏氏忿之，不与偕行。滔遂携阳台之任，断其音问。苏氏悔恨自伤，因织锦回文，五彩相宣，莹心耀目。其锦纵横八寸，题诗二百余首，计八百余言，纵横反覆，皆成章句。其文点画无缺，才情之妙，超今迈古，名曰《璇玑图》。然读者不能尽通。苏氏笑而谓人曰：'徘徊宛转，自成文章。非我佳人，莫之能解。'遂发苍头赍致襄阳焉。滔省览锦字，感其妙绝，因送阳台之关中，而具车徒盛礼邀迎苏氏，归于汉南，恩好愈重。苏氏著文词五千余言，属隋季丧乱，文字散落，追求不获。而锦字回文盛见传写，是近代闺怨之宗旨，属文之士咸龟镜焉。朕听政之暇，留心坟典，散帙之次，偶见斯图。因述若兰之才，复美连波之悔过，遂制此记，聊以示将来也。如意元年五月一日大周天册金轮皇帝御制。”

又再叙曰：“回文诗图，古无悉通者。予因究璇玑之义，如日星之左右行天，故布为经纬。由中旋外，以旁循四旁，于其交会，皆契韵句，巡还反复，窈窕纵横，各能妙畅。又原五采相宣之说，傅色以开其篇章。其在经纬者始于‘玑’‘苏’‘诗’‘始’四字，其在节会者，右旋而出，随其所至，各成章什；外经则始于‘仁’‘真’，至于‘音’‘深’；中经自‘钦’‘深’至于‘身’‘殷’；内经自‘诗’‘情’至于‘终’‘始’，皆循方回文者也；四角之方，如‘仁’‘真’‘钦’‘心’，四韵成章而回文者也。至其经纬之间者，随色自分。则外四角，窈窕成文，而文皆六言也；四旁者相对成文，而文皆六言也；及交手成文，而文皆四言也。在中之四角者，一例横读而四言；在中之四旁者，随向横读而五言。唯‘璇’‘图’‘平’‘氏’四字，不入章句。观其宛转反复，皆才思精深融彻，如契自然。盖骚人才子所难，岂必女工之尤哉？诗编《载驰》，史美班扇，才女专静，用志不分。虽皆擅名，此为精赡者也。聊随分篇，掇其一隅，以为三隅之反。代久传讹，颇有误字，亦辄证改一二。其他阙谬，不欲以意足之。虽未能尽达元思，庶几不为滞塞云。”

朱淑真《璇玑图记》曰：“若兰名蕙，姓苏氏，陈留令道质季女也。年十六，归扶风窦滔。滔字连波，仕苻秦为安南将军，以若兰才色之美，甚敬爱之。滔有宠姬赵阳台，善歌舞，若兰苦加捶楚。由是阳台积恨，谗毁交至，滔大恚愤。时诏滔留镇襄阳，若兰不愿偕行，竞挈阳台之任。若兰悔恨自伤，因织锦字为回文，五彩相宣，莹心眩目，名曰《璇玑图》，亘古以来所未有也。乃命赍至襄阳。感其妙绝，遂送阳台之关中，具舆从迎若兰于汉南，恩好逾初。其著文字五千余首，世久湮没，独是图犹存。唐则天常序图首，今已鲁鱼莫辨矣。初，家君宦游浙西，好拾清玩。凡可人意者，虽重购不惜也。一日家君宴郡倅衙，偶于壁间见是图，偿其值，得归遗予。于是坐卧观究，因悟璇玑之理，试以经纬求之，文果流畅。盖'璇玑'者，天盘也；'经纬'者，星辰所行之道也；中留一眼者，天心也。极星不动，盖运转不离一度之中，所谓居其所而斡旋之。处中一方太微垣也，乃叠字四言诗；其二方紫微垣也，乃四言回文，二方之外四正乃五言回文，四维乃四言回文；三方之外四正乃交首四言诗，其文则不回也，四维乃三言回文；三方之经以至外四经皆七言回文诗，可周流而读者也。钱塘幽栖居士朱氏淑真书。

古今论《璇玑图》者甚多，但录武后、朱淑真二记，以其较详，且又皆出于妇人也。按图内诗，反读，横读，斜读，交互读，退一字读，叠一字读，皆成文章。计八百四十一字，得三、四、五、六、

仁	智	怀	德	圣	虞	唐	真	妙	显	华	重	荣	章	臣	贤	惟	圣	配	英	皇	伦	匹	离	飘	浮	江	湘	津
伤	嗟	情	家	明	葩	荣	志	庭	闱	乱	作	人	谗	佞	奸	凶	害	我	忠	贞	桑	凶	慈	雍	思	恭	基	河
惨	叹	中	无	镜	纷	为	笃	明	难	受	肤	原	祸	因	所	恃	恣	极	骄	盈	榆	顽	孝	和	淑	自	为	隔
怀	怀	伤	君	朗	光	谁	终	荣	苟	不	义	姬	班	女	倢	仔	辞	辇	汉	成	薄	浸	休	家	贞	记	孝	塞
慕	所	路	房	容	珠	感	誓	城	倾	在	戒	后	孽	嬖	赵	氏	飞	燕	实	生	景	谗	退	远	敦	贞	敬	殊
增	离	旷	帏	饰	曜	思	穹	荧	犹	炎	盛	兴	渐	至	大	伐	用	昭	丹	青	昭	愚	谦	危	节	所	是	山
忧	经	遐	清	华	英	多	苍	形	未	在	慎	深	虑	微	察	远	祸	在	防	萌	西	滋	蒙	疑	容	持	从	梁
心	荒	淫	忘	想	感	所	钦	岑	幽	岩	峻	嵯	峨	深	渊	重	涯	经	网	罗	林	光	流	电	逝	推	生	民
堂	妃	闱	飞	衣	谁	追	何	思	情	时	形	寒	岁	识	凋	松	愆	居	叹	如	阳	移	陂	施	为	祇	差	士
空	后	中	奋	衮	为	相	如	感	伤	在	劳	贞	物	知	终	始	咎	独	怀	何	潜	西	不	何	谁	神	无	感
惟	自	节	能	我	容	声	将	自	孜	君	想	颜	衰	改	华	容	是	为	女	贱	曜	日	日	激	与	通	者	旷
思	兴	厉	不	歌	冶	同	情	宁	孜	侧	梦	仁	贤	别	行	士	念	谁	贱	鄙	翳	白	无	愤	将	上	采	悲
咏	风	樊	叹	发	观	羽	缠	龙	旂	容	衣	诗	情	明	显	怨	衰	情	时	倾	英	殊	衰	殊	身	节	菲	路
和	周	楚	长	双	华	宫	忧	虎	雕	饰	绣	始	璇	玑	图	义	年	劳	叹	奇	华	年	有	志	饬	忘	莳	长
音	南	郑	歌	商	流	徵	殷	繁	华	观	曜	终	始	心	诗	兴	感	远	殊	浮	沉	时	盛	意	丽	哀	遗	身
藏	召	卫	咏	齐	曜	清	多	文	曜	壮	颜	无	平	苏	氏	理	往	忧	岁	异	浮	惟	必	心	华	惟	下	微
摧	伯	女	志	兴	荣	商	患	藻	荣	丽	允	端	此	作	丽	辞	日	思	暮	世	异	逝	倏	违	荣	感	体	惘
悲	窈	河	遐	硕	翠	感	生	婴	漫	丁	冤	诗	风	兴	鹿	鸣	怀	悲	哀	谁	游	倏	无	一	俯	忧	作	己
声	窕	广	路	人	粲	我	艰	是	漫	是	何	桑	翳	感	孟	宣	伤	感	情	者	颓	然	盈	体	仰	情	者	处
发	淑	思	逶	其	威	情	惟	幽	何	艰	生	时	盛	昭	业	倾	思	永	戚	我	流	若	不	患	容	何	成	幽
曲	姿	归	逶	颀	蕤	悲	苦	怀	思	苦	我	章	徽	恨	微	玄	悼	叹	戚	知	沙	驰	亏	离	仪	赀	辞	房
秦	王	怀	士	思	旧	乡	身	加	兼	愁	悴	少	精	神	遐	幽	远	旷	离	凤	麟	龙	昭	德	怀	圣	皇	人
商	游	桑	鸠	扬	仇	伤	荣	身	我	乎	集	殃	愆	辜	何	因	备	尝	苦	辛	当	神	飞	文	遗	分	归	贱
弦	西	翳	双	激	好	摧	君	深	日	润	浸	愆	思	罪	积	怨	其	根	难	寻	所	明	轻	殊	孤	乖	雁	为
激	阶	阴	巢	水	悉	容	仁	均	物	品	育	施	生	天	地	德	贵	乎	均	匀	专	通	身	粲	妾	殊	翔	女
楚	步	林	燕	清	恳	发	离	滨	汉	之	步	飘	飘	离	微	隔	乔	木	谁	阴	一	感	寄	饰	散	声	应	有
流	东	桃	飞	泉	君	叹	殊	心	改	者	惑	昵	亲	间	远	离	殊	我	同	衾	志	精	浮	光	离	哀	伤	柔
清	厢	休	翔	流	长	愁	方	禽	伯	在	诚	故	遗	旧	废	故	君	子	惟	新	贞	微	云	辉	群	悲	春	刚
琴	房	兰	凋	茂	熙	阳	春	墙	面	殊	意	惑	故	新	霜	冰	齐	洁	志	清	纯	望	谁	思	想	怀	所	亲

璇玑图

七言诗三千八百余首。唯其读法，自古即以为难。今先列其图，次示读法大例。图本有五色，可以记推知之。旧释读法，皆以经纬方位为主。今则以三言至七言类读之。此是古今绝作，故不厌求详也。

读法详例

三言诗

嗟叹怀，所离经。遐旷路，伤中情。家无君，房帏清。华饰容，朗镜明。葩纷光，珠曜英。多思感，谁为荣？

“荣为”至“叹嗟”“经离”至“思多”“多思”至“离经”。各得诗一首，读法准此。

怀叹嗟，所离经。路旷遐，伤中情。君无家，房帏清。容饰华，朗镜明。光纷葩，珠曜英。感思多，谁为荣？

“谁为”至“叹嗟”“所离”至“思多”“感思”至“离经”。各得诗一首，读法准此。

嗟叹怀，伤中情。家无君，朗镜明。葩纷光，谁为荣？

“荣为”至“叹嗟”“经离”至“思多”“多思”至“离经”。各得诗一首，读法准此。

怀叹嗟，伤中情。君无家，朗镜明。光纷葩，谁为荣？

“谁为”至“叹嗟”“所离”至“思多”“感思”至“离经”。各得诗一首，读法准此。

嗟叹怀，路旷遐。家无君，容饰华。葩纷光，感思多。

“荣为”至“离经”“经离”至“为荣”“多思”至“叹嗟”。各得诗一首，读法准此。

怀叹嗟，路旷遐。君无家，容饰华。光纷葩，感思多。

“所离”至“为荣”“谁为”至“离经”“感思”至“叹嗟”。各得诗一首，读法准此。

游西阶，步东厢。休桃林，阴翳桑。鸠双巢，燕飞翔。流泉清，水激扬。仇好悲，思君长。愁叹发，容摧伤。

“伤摧”至“西游”“厢东”至“叹愁”“愁叹”至“东厢”。各得诗一首，读法准此。

阶西游，步东厢。林桃休，阴翳桑。巢双鸠，燕飞翔。清泉流，水激扬。悲好仇，思君长。发叹愁，容摧伤。

“容摧”至“西游”“步东”至“叹愁”“发叹”至“东厢”。各得诗一首，读法准此。

游西阶，阴翳桑。鸠双巢，水激扬。仇好悲，容摧伤。

“伤摧”至“西游”“厢东”至“叹愁”“愁叹”至“东厢”。各得诗一首，读法准此。

阶西游，阴翳桑。巢双鸠，水激扬。悲好仇，容摧伤。

“容摧”至“西游”“步东”至“叹愁”“发叹”至“东厢”。各得诗一首，读法准此。

游西阶，林桃休。鸠双巢，清泉流。仇好悲，发叹愁。

“伤摧”至“东厢”“厢东”至“摧伤”“愁叹”至“西游”。各得诗一首，读法准此。

阶西游，林桃休。巢双鸠，清泉流。悲好仇，发叹愁。

“步东”至“摧伤”“容摧”至“东厢”“发叹”至“西游”。各得诗一首，读法准此。

凶顽浸，谗愚滋。蒙谦退，休孝慈。雍和家，远危疑。容节敦，贞淑思。恭自记，贞所持。从是敬，孝为基。

“基为”至“顽凶”“滋愚”至“是从”“从是”至“愚滋”。各得诗一首，读法准此。

浸顽凶，谗愚滋。退谦蒙，休孝慈。家和雍，远危疑。敦节容，贞淑思。记自恭，贞所持。敬是从，孝为基。

“孝为”至“顽凶”“谗愚”至“是从”“敬是”至“愚滋”。各得诗一首，读法准此。

凶顽浸，休孝慈。雍和家，贞淑思。恭自记，孝为基。

“基为”至“顽凶”“滋愚”至“是从”“从是”至“愚滋”。各得诗一首，读法准此。

浸顽凶，休孝慈。家和雍，贞淑思。记自恭，孝为基。

“孝为”至“顽凶”“谗愚”至“是从”“敬是”至“愚滋”。各得诗一首，读法准此。

凶顽浸，退谦蒙。雍和家，敦节容。恭自记，敬是从。

“滋愚”至“为基”“基为”至“愚滋”“从是”争“顽凶”。各得诗一首，读法准此。

浸顽凶，退谦蒙。家和雍，敦节容。记自恭，敬是从。

“谗愚”至“为基”“孝为”至“愚滋”“敬是”至“顽凶”。各得诗一首，读法准此。

神明通，感精微。云浮寄，身轻飞。文殊粲，饰光辉。群离散，妾孤遗。分乖殊，声哀悲。春伤应，翔雁归。

“归雁”至“明神”“微精”至“伤春”“春伤”至“精微”。各得诗一首，读法准此。

通明神，感精微。寄浮云，身轻飞。粲殊文，饰光辉。散离群，妾孤遗。殊乖分，声哀悲。应伤春，翔雁归。

“翔雁”至“明神”“感精”至“伤春”“应伤”至“精微”。各得诗一首，读法准此。

神明通，身轻飞。文殊粲，妾孤遗。分乖殊，翔雁归。

“归雁”至“明神”“微精”至“伤春”“春伤”至“精微”。各得诗一首，读法准此。

通明神，身轻飞。粲殊文，妾孤遗。殊乖分，翔雁归。

“翔雁”至“明神”“感精”至“伤春”“应伤”至“精微”。各得诗一首，读法准此。

神明通，寄浮云。文殊粲，散离群。分乖殊，应伤春。

“归雁”至“精微”“微精”至“雁归”“春伤”至“明神”。各得诗一首，读法准此。

通明神，寄浮云。粲殊文，散离群。殊乖分，应伤春。

“感精”至“雁归”“翔雁”至“精微”“应伤”至“明神”。各得诗一首，读法准此。

四言诗

召南周风，兴自后妃。卫郑楚樊，厉节中闱。咏歌长叹，不能奋飞。齐商双发，歌我衮衣。曜流华观，冶容为谁？清徵宫羽，同声相追。

“周南”至“情悲”“清徵”至“后妃”“宫徵”至“淑姿”。各得诗一首，读法准此。

兴自后妃，厉节中闱。不能奋飞，歌我衮衣。冶容为谁？同声相追。

“同声”至“后妃”“窈窕”至“情悲”“感我”至“淑姿”。各得诗一首，读法准此。

兴自后妃，窈窕淑姿。厉节中闱，河广思归。不能奋飞，遐路逶迤。歌我衮衣，硕人其颀。冶容为谁？翠粲葳蕤。同声相追，感我情悲。

“同声”至“淑姿”“窈窕”至“相追”“感我”至“后妃”。各得诗一首，读法准此。

召南周风，兴自后妃。楚郑卫女，河广思归。咏歌长叹，不能奋飞。双商齐兴，硕人其颀。曜流华观，冶容为谁？宫徵清商，感我情悲。

“周南”至“相追”“清徵”罕“淑姿”“宫徵”至“后妃”。各得诗一首，读法准此。

兴自后妃，河广思归。不能奋飞，硕人其颀。冶容为谁？感我情悲。

“窈窕”至“相追”“同声”至“淑姿”“感我”至“后妃”。各得诗一首，读法准此。

窈窕淑姿，兴自后妃。厉节中闱，河广思归。遐路逶迤，不能奋飞。歌我衮衣，硕人其颀。翠粲威蕤，冶容为谁？同声相追，感我情悲。

“兴自”至“相追”“同声”至“后妃”“感我”至“淑姿”。各得诗一首，读法准此。

周南召伯，兴自后妃。楚郑卫女，厉节中闱。长歌咏志，不能奋飞。双商齐兴，歌我衮衣。华流曜荣，冶容为谁？宫徵清商，同声相追。

“召南”至“情悲”“宫徵”至“后妃”“清徵”至“淑姿”。各得诗一首，读法准此。

年时惟逝，倏然若驰。有盛必倏，无盈不亏。志意心违，一体患离。饬丽华荣，俯仰容仪。忘哀惟感，忧情何赀？葑遗下体，作者成辞。

“惟时”至“无差”“下遗”至“西移”“葑遗”至“若驰”。各得诗一首，读法准此。

白日西移，无日不陂。愤激何施？将与谁为？上通神祇，采者无差。

“采者”至“西移”“倏然”至“成辞”“作者”至“若驰”。各得诗一首，读法准此。

白日西移，倏然若驰。无日不陂，无盈不亏。愤激何施？一体患离。将与为谁？俯仰容仪。上通神祇，忧情何赀？采者无差，作者成辞。

“倏然”至“无差”“采者”至“若驰”“作者”至“西移”。各得诗一首，读法准此。

惟时年殊，白日西移。有盛必倏，无盈不亏。心意志殊，愤激何施？饬丽华荣，俯仰容仪。惟哀忘节，上通神祇。葑遗下体，作者成辞。

“年时”至“无差”“下遗”至“若驰”“葑遗”至“西移”。各得诗一首，读法准此。

白日西移，无盈不亏。愤激何施？俯仰容仪。上通神祇，作者成辞。

“倏然”至“无差”“采者”至“若驰”“作者”至“西移”。各得诗一首，读法准此。

白日西移，倏然若驰。无盈不亏，无日不陂。愤激何施？一体患离。俯仰容仪，将与谁为？上通神祇，忧情何赀？作者成辞，采者无差。

“倏然”至“成辞”“采者”至“西移”“作者”至“若驰”。各得诗一首，读法准此。

惟时年殊，倏然若驰。必盛有衰，无盈不亏。心意志殊，一体患离。华丽饬身，俯仰容仪。惟哀忘节，忧情何赀？下遗葑菲，作者成辞。

“年时”至“无差”“葑遗”至“西移”“下遗”至“若驰”。各得诗一首，读法准此。

谗佞奸凶，害我忠贞。祸因所恃，恣极骄盈。班女倢伃，辞辇汉成。孽嬖赵氏，飞燕实生。渐至大伐，用昭丹青。虑微察远，祸在防萌。

“奸佞”至“未形”“察微”至“闱庭”“虑微”至“忠贞”。各得诗一首，读法准此。

作乱闱庭，肤受难明。义不苟荣，戒在倾城。盛炎犹荧，慎在未形。

“慎在”至“闱庭”“害我”至“防萌”“祸在”至“忠贞”。各得诗一首，读法准此。

作乱闱庭，害我忠贞。受肤难明，恣极骄盈。义不苟荣，辞辇汉成。戒在倾城，飞燕实生。盛炎犹荧，用昭丹青。慎在未形，慎在防萌。

“害我”至“未形”“祸在”至“闱庭”“慎在”至“忠贞”。各得诗一首，读法准此。

奸佞谗人，作乱闱庭。祸因所恃，恣极骄盈。倢女班姬，义不苟荣。孽嬖赵氏，飞燕实生。大至渐兴，盛炎犹荧。虑微察远，祸在防萌。

“谗佞”至“未形”“察微”至“忠贞”“虑微”至“闱庭”。各得诗一首，读法准此。

害我忠贞，肤受难明。辞辇汉成，戒在顷城。用昭丹青，慎在未形。

“作乱”至“防萌”“祸在”至“闱庭”“慎在”至“忠贞”。各得诗一首，读法准此。

害我忠贞，作乱闱庭。肤受难明，恣极骄盈。辞辇汉成，义不苟荣。戒在倾城，飞燕实生。用昭丹青，盛炎犹荧。慎在未形，祸在防萌。

“作乱”至“未形”“祸在”至“忠贞”“慎在”至“闱庭”。各得诗一首，读法准此。

谗佞奸凶，作乱闱庭。祸因所恃，肤受难明。班女婕伃，义不苟荣。孽嬖赵氏，戒在倾城。渐至大伐，盛炎犹荧。虑微察远，慎在未形。

“奸佞”至“防萌”“察微”至“忠贞”“虑微”至“闱庭”。各得诗一首，读法准此。

遗旧废故，君子惟新。亲间远离，殊我同衾。飘离微隔，乔木谁阴？生天地德，贵乎均匀。思罪积怨，其根难寻。愆辜何因？备尝苦辛。

“废旧”至“我身”“何辜”至“伯禽”“愆辜”至“惟新”。各得诗一首，读法准此。

诚在伯禽，惑者改心。步之汉滨，育品物均。浸润日深，集乎我身。

“君子”至“苦辛”“集乎”至“伯禽”“备尝”至“惟新”。各得诗一首，读法准此。

诚在伯禽，君子惟新。惑者改心，殊我同衾。步之汉滨，乔木谁阴？育品物均，贵乎均匀。浸润日深，其根难寻。集乎我身，备尝苦辛。

“君子”至“我身”“集乎”至“惟新”“备尝”至“伯禽”。各得诗一首，读法准此。

废旧遗故，诚在伯禽。亲间远离，殊我同衾。微离飘飖，步之汉滨。生天地德，贵乎均匀。积罪思愆，浸润日深。愆辜何因？备尝苦辛。

“遗旧”至“我身”“何辜”至“惟新”“愆辜”至“伯禽”。各得诗一首，读法准此。

君子惟新，惑者改心。乔木谁阴？育品物均。其根难寻，集乎我身。

“诚在”至“苦辛”“集乎”至“惟新”“备尝”至“伯禽”。各得诗一首，读法准此。

君子惟新，诚在伯禽。惑者改心，殊我同衾。乔木谁阴？步之汉滨。育品物均，贵乎均匀。其根难寻，浸润日深。集乎我身，备尝苦辛。

“诚在”至“我身”“备尝”至“惟新”“集乎”至“伯禽”。各得诗一首，读法准此。

遗旧废故，诚在伯禽。亲间远离，惑者改心。飘离微隔，步之汉滨。生天地德，育品物均。思罪积怨，浸润日深。愆辜何因？集乎我身。

“废旧”至“苦辛”“愆辜”至“伯禽”“何辜”至“惟新”。各得诗一首，读法准此。

诗情明显，怨义兴理。辞丽作此，端无终始。

“始终”至“情诗”“辞丽”至“兴理”“理兴”至“丽辞”“情明”至“始诗”“丽作”至“理辞”“无终”至“此端”“义兴”至“显怨”“显明”至“义怨”“此作”至“无端”。各得诗一首，读法准此。

始终无端，显明情诗。理兴义怨，此作丽辞。

“显明”至“无端”“理兴”至“情诗”“此作”至“义怨”。各得诗一首，读法准此。

丽作此端，义兴理辞。情明显怨，无终始诗。

“无终”至“显怨”“情明”至“理辞”“义兴”至“此端”。各得诗一首，读法准此。

思感自宁，孜孜伤情。时在君侧，梦想劳形。

“形劳”至“感思”“宁自”至“劳形”“梦想”至“感思”。各得诗一首，读法准此。

宁自感思，梦想劳形。侧君在时，孜孜伤情。

“梦想”至“在时”。得诗一首。

孜孜伤情，侧君在时。梦想劳形，宁自感思。

“侧君”至“劳形”。得诗一首。

孜孜伤情，宁自感思。梦想劳形，侧君在时。

“侧君”至“伤情”。得诗一首。

愆咎是念，谁为独居？叹怀女贱，鄙贱何如？

“如何”至“咎愆”“念是”至“何如”“鄙贱”至“咎愆”。各得诗一首，读法准此。

念是咎愆，鄙贱何如？贱女怀叹，谁为独居？“鄙贱”至“怀叹”。得诗一首。

贱女怀叹，谁为独居？念是咎愆，鄙贱何如？

“谁为”至“咎愆”。得诗一首。

贱女怀叹，鄙贱何如？念是咎愆，谁为独居？

“谁为”至“怀叹”。得诗一首。

婴是幽怀，思何漫漫！丁是艰苦，我生何冤！

“冤何”至“是婴”“怀幽”至“何冤”“我生”至“是婴”。各得诗一首，读法准此。

怀幽是婴，我生何冤！苦艰是丁，思何漫漫！

“我生”至“是丁”。得诗一首。

思何漫漫！苦艰是丁。我生何冤！怀幽是婴。

“苦艰”至“何冤”。得诗一首。

思何漫漫！怀幽是婴。我生何冤！苦艰是丁。

“苦艰”至“漫漫”。得诗一首。

怀伤思悼，叹永感悲。衷情戚戚，知我者谁？

“谁者”至“伤怀”“悼思”至“者谁”“知我”至“伤怀”。各得诗一首，读法准此。

悼思伤怀，知我者谁？戚戚情哀，叹永感悲。

“知我”至“情哀”。得诗一首。

叹永感悲，戚戚情哀。知我者谁？悼思伤怀。

“戚戚”至“者谁”。得诗一首。

叹永感悲，悼思伤怀。知我者谁？戚戚情哀。

“戚戚”至“感悲”。得诗一首。

怀所离经，伤路旷遐。君房帏清，朗容饰华。光珠曜英，谁感思多？

“谁感”至“离经”“所怀”至“为荣”“感谁”至“叹嗟”。各得诗一首，读法准此。

怀所离经，路伤中情。君房帏清，容朗镜明。光珠曜英，感谁为荣？

“谁感”至“叹嗟”“所怀”至“思多”“感谁”至“离经”。各得诗一首，读法准此。

步阶西游，林阴翳桑。燕巢双鸠，清水激扬。思悲好仇，发容摧伤。

“发容”至“西游”“阶步”至“叹愁”“容发”至“东厢”。各得诗一首，读法准此。

步阶西游，阴林桃休。燕巢双鸠，水清泉流。思悲好仇，容发叹愁。

“容发”至“西游”“阶步”至“摧伤”“发容”至“东厢”。各得诗一首，读法准此。

浸谗愚滋，休退谦蒙。家远危疑，贞敦节容。记贞所持，孝敬是从。

“谗浸”至“为基”“孝敬”至“愚滋”“敬孝”至“顽凶”。各得诗一首，读法准此。

浸谗愚滋，退休孝慈。家远危疑，敦贞淑思。记贞所从，敬孝为基。

“谗浸”至“是从”“敬孝”至“愚滋”“孝敬”至“顽凶”。各得诗一首，读法准此。

感通明神，寄身轻飞。饰粲殊文，散妄孤遗。声殊乖分，应翔雁归。

“通感”至“伤春”“应翔”至“明神”“翔应”至“精微”。各得诗一首，读法准此。

感通明神，身寄浮云。饰粲殊文，妾散离群。声殊乖分，翔应伤春。

“通感”至“雁归”“应翔”至“精微”“翔应”至“明神”。各得诗一首，读法准此。

五言诗

寒岁识凋松，贞物知终始。颜衰改华容，仁贤别行士。

“士行”至“岁寒”“松凋”至“贤仁”“仁贤”至“凋松”。各得诗一首，读法准此。

寒岁识凋松，始终知物贞。颜衰改华容，士行别贤仁。

“仁贤”至“岁寒”“松凋”至“行士”“士行”至“凋松”。各得诗一首，读法准此。

寒岁识凋松，仁贤别行士。颜衰改华容，贞物知终始。

“仁贤”至“华容”“松凋”至“物贞”“士行”至“衰颜”。各得诗一首，读法准此。

贞物知终始，颜衰改华容。仁贤别行士，寒岁识凋松。

“颜衰”至“行士”“始终”至“岁寒”“容华”至“贤仁”。各得诗一首，读法准此。

诗风兴鹿鸣，桑翳感孟宣。时盛昭业倾，章徽恨微玄。

“玄微”至“风诗”“鸣鹿”至“徽章”“章徽”至“鹿鸣”。各得诗一首，读法准此。

诗风兴鹿鸣，宣孟感翳桑。时盛昭业倾，玄微恨徽章。

“章徽”至“风诗”“鸣鹿”至“微玄”“玄微”至“鹿鸣”。各得诗一首，读法准此。

诗风兴鹿鸣，章徽恨微玄。时盛昭业倾，桑翳感孟宣。

“章徽”至“业倾”“鸣鹿”至“翳桑”“玄微”至“盛时”。各得诗一首，读法准此。

桑翳感孟宣，时盛昭业倾。章徽恨微玄，诗风兴鹿鸣。

“时盛”至“微玄”“宣孟”至“风诗”“倾业”至“徽章”。各得诗一首，读法准此。

龙虎繁文藻，荣曜华雕旂。容饰观壮丽，允颜曜绣衣。

“衣绣”至“虎龙”“藻文”至“颜允”。各得诗一首，读法准此。

藻文繁虎龙，荣曜华雕旂。丽壮观饰容，允颜曜绣衣。

“允颜”至“虎龙”“龙虎”至“颜允”。各得诗一首，读法准此。

藻文繁虎龙，允颜曜绣衣。丽壮观饰容，荣曜华雕旂。

“允颜”至“饰容”“龙虎”至“曜荣”。各得诗一首，读法准此。

荣曜华雕旂，丽壮观饰容。允颜曜绣衣，藻文繁虎龙。

“丽壮”至“绣衣”“容饰”至“颜允”。各得诗一首，读法准此。

衰年感往日，思忧远劳情。时叹殊岁暮，世异浮奇倾。

“倾奇”至“年衰”“日往”至“异世”。各得诗一首，读法准此。

日往感年衰，思忧远劳情。暮岁殊叹时，世异浮奇倾。

“世异”至“年衰”“衰年”至“异世”。各得诗一首，读法准此。

日往感年衰，世异浮奇倾。暮岁殊叹时，思忧远劳情。

“世异”至“叹时”“衰年”至“忧思”。各得诗一首，读法准此。

思忧劳远情，暮岁殊叹时。世异浮奇倾，日往感年衰。

“暮岁”至“奇倾”“时叹”至“异世”。各得诗一首，读法准此。

诗情明显怨，怨义兴理辞。辞丽作此端，端无终始诗。

“诗始”至“情诗”“辞丽”至“理辞”“辞理”至“丽辞”“端此”至“无端”“怨显”至“义怨”“端无”至“此端”“怨义”至“显怨”。各得诗一首，读法准此。

叹怀所离经，中伤路旷遐。无君房帏清，镜朗容饰华。纷光珠曜英，为谁感思多？

“为谁”至“离经”“离所”至“为荣”“思感”至“叹嗟”。各得诗一首，读法准此。

叹怀所离经，旷路伤中情。无君房帏清，饰容朗镜明。纷光珠曜英，思感谁为荣？

“为谁”至“叹嗟”“离所”至“思多”“思感”至“离经”。各得诗一首，读法准此。

东步阶西游，桃林阴翳桑。飞燕巢双鸠，泉清水激扬。君思悲好仇，叹发容摧伤。

“叹发”至“西游”“西阶”至“叹愁”“摧容”至“东厢”。各得诗一首，读法准此。

东步阶西游，翳阴林桃休。飞燕巢双鸠，激水清泉流。君思悲好仇，摧容发叹愁。

“叹发”至“东厢”“西阶”至“摧伤”“摧容”至“西游”。各得诗一首，读法准此。

愚谗浸顽凶，谦退休孝慈。危远家和雍，节敦贞淑思。所贞记自恭，是敬孝为基。

“顽浸”至“是从”“为孝”至“愚滋”“是敬”至“顽凶”。得诗一首，读法准此。

顽浸谗愚滋，谦退休孝慈。和家远危疑，节敦贞淑思。自记贞所持，是敬孝为基。

“愚谗”至“是从”“是敬”至“愚滋”“为孝”至“顽凶”。各得诗一首，读法准此。

明通感精微，轻身寄浮云。殊粲饰光辉，孤妾散离群。乖殊声哀悲，雁翔应伤春。

“精感”至“雁归”“伤应”至“明神”“雁翔”至“精微”。各得诗一首，读法准此。

精感通明神，轻身寄浮云。光饰粲殊文，孤妾散离群。哀声殊乖分，雁翔应伤春。

“明通”至“雁归”“伤应”至“精微”“雁翔”至“明神”。各得诗一首，读法准此。

六言诗

周风兴自后妃，楚樊厉节中闱。长叹不能奋飞，双发歌我衮衣。华观冶容为谁？宫羽同声相追。

“召伯”至“情悲”“宫羽”至“后妃”“清商”至“淑姿”。各得诗一首，读法准此。

周风兴自后妃，召伯窈窕淑姿。楚樊厉节中闱，卫女河广思归。长叹不能奋飞，咏志遐路逶迤。双发歌我衮衣，齐兴硕人其颀。华观冶容为谁？曜荣翠粲威蕤。宫羽同声相追，清商感我情悲。

“召伯”至“相追”“清商”至“后妃”“宫羽”至“淑姿”。各得诗一首，读法准此。

召伯窕窈淑姿，周风兴自后妃。楚樊厉节中闱，卫女河广思归。咏志遐路逶迤，长叹不能奋飞。双发歌我衮衣，齐兴硕人其颀。曜荣翠粲威蕤，华观冶容为谁？宫羽同声相追，清商感我情悲。

“清商”至“淑姿”“周风”至“相追”“宫羽”至“后妃”。各得诗一首，读法准此。

召伯窈窕淑姿，楚樊厉节中闱。咏志遐路逶迤，双发歌我衮衣。曜荣翠粲威蕤，宫羽同声相追。

“周风”至“情悲”“宫羽”至“淑姿”“清商”至“后妃”。各得诗一首，读法准此。

年殊白日西移，有衰无日不陂。志殊愤激何施？饬身将与谁为？忘节上通神祇，莳菲采者无差。

“惟逝”至“成辞”“莳菲”至“西移”“下体”至“若驰”。各得诗一首，读法准此。

年殊白日西移，惟逝倏然若驰。有衰无日不陂，必倏无盈不亏。志殊愤激何施？心违一体患离。饬身将与谁为？华荣俯仰容仪。忘节上通神祇，惟感忧情何赀？莳菲采者无差，下体作者成辞。

“惟逝”至“无差”“下体”至“西移”“莳菲”至“若驰”。各得诗一首，读法准此。

惟逝倏然若驰，年殊白日西移。有衰无日不陂，必倏无盈不亏。心违一体患离，志殊愤激何施？饬身将与谁为？华荣俯仰容仪。惟感忧情何赀？忘节上通神祇。莳菲采者无差，下体作者成辞。

“下体”至“若驰”“年殊”至“无差”“莳菲”至“西移”。各得诗一首，读法准此。

年殊白日西移，必倏无盈不亏。志殊愤激何施？华荣俯仰容仪。忘节上通神祇，下体作者成辞。

“惟逝”至“无差”“莳菲”至“若驰”“下体”至“西移”。各得诗一首，读法准此。

奸凶害我忠贞，所恃恣极骄盈。倢伃辞辇汉成，赵氏飞燕实生。大伐用昭丹青，察远祸在防萌。

“谗人”至“未形”“察远”至“忠贞”“虑深”至“闱庭”。各得诗一首，读法准此。

奸凶害我忠贞，谗人作乱闱庭。所恃恣极骄盈，祸原肤受难明。倢伃辞辇汉成，班姬义不苟荣。赵氏飞燕实生，孽后戒在倾城。大伐用昭丹青，渐兴盛炎犹荧。察远祸在防萌，虑深慎在未形。

“谗人”至“防萌”“虑深”至“忠贞”“察远”至“闱庭”。各得诗一首，读法准此。

奸凶害我忠贞，谗人作乱闱庭。祸原肤受难明，所恃恣极骄盈。倢伃辞辇汉成，班姬义不苟荣。孽后戒在倾城，赵氏飞燕实生。大伐用昭丹青，渐兴盛炎犹荧。虑深慎在未形，察远祸在防萌。

“察远”至“忠贞”“谗人”至“未形”“虑深”至“闱庭”。各得诗一首，读法准此。

奸凶害我忠贞，祸原肤受难明。倢伃辞辇汉成，孽后戒在倾城。大伐用昭丹青，虑深慎在未形。

“察远”至“闱庭”“谗人”至“防萌”“虑深”至“忠贞”。各得诗一首，读法准此。

废故君子惟新，远离殊我同衾。微隔乔木谁阴？地德贵乎均匀。积怨其根难寻，何因备尝苦辛？

“遗故”至“我身”“何因”至“惟新”“愆殃”至“伯禽”。各得诗一首，读法准此。

废故君子惟新，遗故诫在伯禽。远离殊我同衾，亲昵惑者改心。微隔乔木谁阴？飘飖步之汉滨。地德贵乎均匀，生施育品物均。积怨其根难寻，思愆浸润日深。何因备尝苦辛？愆殃集乎我身。

“遗故”至“苦辛”“愆殃”至“惟新”“何因”至“伯禽”。各得诗一首，读法准此。

废故君子惟新，遗故诚在伯禽。亲昵惑者改心，远离殊我同衾。微隔乔木谁阴？飘飖步之汉滨。生施育品物均，地德贵乎均匀。积怨其根难寻，思愆浸润日深。愆殃集乎我身，何因备尝苦辛？

“何因”至“惟新”“遗故”至“我身”“愆殃”至“伯禽”。各得诗一首，读法准此。

遗故诚在伯禽，远离殊我同衾。飘飖步之汉滨，地德贵乎均匀。思愆浸润日深，何因备尝苦辛？

“废故”至“我身”“何因”至“伯禽”“愆殃”至“惟新”。各得诗一首，读法准此。

七言诗

仁智怀德圣虞唐，真妙显华重荣章。臣贤惟圣配英皇，伦匹离飘浮江湘。

仁智怀德圣虞唐，真志笃终誓穹苍。钦所感想忘淫荒，心忧增慕怀惨伤。

真志笃终誓穹苍，钦所感想忘淫荒。心忧增慕怀惨伤，仁智怀德圣虞唐。

钦所感想忘淫荒，心忧增慕怀惨伤。仁智怀德圣虞唐，真志笃终誓穹苍。

钦所感想忘淫荒，心忧增慕怀惨伤。仁智怀德圣虞唐，真妙显华重荣章。

“心忧”至“淫荒”“心忧”至“英皇”。各得诗一首，读法准此。

真妙显华重荣章，臣贤惟圣配英皇。伦匹离飘浮江湘，津河隔塞殊山梁。

臣贤惟圣配英皇，伦匹离飘浮江湘。津河隔塞殊山梁，民士感旷悲路长。

臣贤惟圣配英皇，伦匹离飘浮江湘。津河隔塞殊山梁，民生推逝电流光。

伦匹离飘浮江湘，津河隔塞殊山梁。民士感旷悲路长，身微悯已处幽房。

伦匹离飘浮江湘，津河隔塞殊山梁。民生推逝电流光，林西昭景薄榆桑。

津河隔塞殊山梁，民士感旷悲路长。身微悯已处幽房，人贱为女有柔刚。

津河隔塞殊山梁，民生推逝电流光。林西昭景薄榆桑，伦匹离飘浮江湘。

民生推逝电流光，林西昭景薄榆桑。伦匹离飘浮江湘，津河隔塞殊山梁。

林西昭景薄榆桑，伦匹离飘浮江湘。津河隔塞殊山梁，民生推逝电流光。

林西昭景薄榆桑，伦匹离飘浮江湘。津河隔塞殊山梁，民士感旷悲路长。

民士感旷悲路长，身微悯已处幽房。人贱为女有柔刚，亲所怀想思谁望？

身微悯已处幽房，人贱为女有柔刚。亲所怀想思谁望？纯贞志一专所当。

身微悯己处幽房，人贱为女有柔刚。亲所怀想思谁望？纯清志洁齐冰霜。

人贱为女有柔刚，亲所怀想思谁望？纯贞志一专所当，麟龙昭德怀圣皇。

人贱为女有柔刚，亲所怀想思谁望？纯清志洁齐冰霜，新故惑意殊面墙。

“亲所”至“兰房”“琴清”至“惨伤”。各得诗一首，读法准此。

钦岑幽岩峻嵯峨，深渊重涯经网罗。林阳潜曜翳英华，沉浮异游颓流沙。

深渊重涯经网罗，林阳潜曜翳英华。沉浮异游颓流沙，麟凤离旷远幽遐。

林阳潜曜翳英华，沉浮异游颓流沙。麟凤离旷远幽遐，神精少悴愁兼加。

沉浮异游颓流沙，麟凤离旷远幽遐。神精少悴愁兼加，身苦惟艰生患多。

麟凤离旷远幽遐，神精少悴愁兼加。身苦惟艰生患多，殷忧缠情将如何？

“神精”至“嵯峨”“身苦”至“网罗”“殷忧”至“英华”。各得诗一首，读法准此。

智怀德圣虞唐真，妙显华重荣章臣。贤惟圣配英皇伦，匹离飘浮江湘津。

智怀德圣虞唐真，妙显华重荣章臣。贤惟圣配英皇伦，桑榆薄景昭西林。

智怀德圣虞唐真，妙显华重荣章臣。佞因女孌至微深，渊重涯经网罗林。

智怀德圣虞唐真，妙显华重荣章臣。佞因女孌至微深，识知改别明玑心。

智怀德圣虞唐真，妙显华重荣章臣。佞因女孌至微深，峨嵯峻岩幽岑钦。

智怀德圣虞唐真，志笃终誓穹苍钦。岑幽岩峻嵯峨深，微至孌女因佞臣。

智怀德圣虞唐真，志笃终誓穹苍钦。岑幽岩峻嵯峨深，渊重涯经网罗林。

智怀德圣虞唐真，志笃终誓穹苍钦。岑幽岩峻嵯峨深，识知改别明玑心。

智怀德圣虞唐真，志笃终誓穹苍钦。思伤君梦诗璇心，玑明别改知识深。

智怀德圣虞唐真，志笃终誓穹苍钦。思伤君梦诗璇心，图怨念为怀如林。

智怀德圣虞唐真，志笃终誓穹苍钦。思伤君梦诗璇心，诗兴感远殊浮沉。

智怀德圣虞唐真，志笃终誓穹苍钦。思伤君梦诗璇心，氏辞怀感戚知麟。

智怀德圣虞唐真，志笃终誓穹苍钦。思伤君梦诗璇心，苏作兴感昭恨神。

智怀德圣虞唐真，志笃终誓穹苍钦。思伤君梦诗璇心，平端冤是何怀身？

智怀德圣虞唐真，志笃终誓穹苍钦。思伤君梦诗璇心，始终曜观华繁殷。

智怀德圣虞唐真，志笃终誓穹苍钦。何如将情缠忧殷？繁华观曜终始心。

智怀德圣虞唐真，志笃终誓穹苍钦。何如将情缠忧殷？多患生艰惟苦身。

智怀德圣虞唐真，志笃终誓穹苍钦。何如将情缠忧殷？徵流商歌郑卫音。

智怀德圣虞唐真，志笃终誓穹苍钦。所感想忘淫荒心，堂空惟思咏和音。

智怀德圣虞唐真，志笃终誓穹苍钦。所感想忘淫荒心，忧增慕怀惨伤仁。

智怀德圣虞唐真，志笃终誓穹苍钦。多曜容君中嗟仁，伤惨怀慕增忧心。

智怀德圣虞唐真，志笃终誓穹苍钦。多曜容君中嗟仁，智怀德圣虞唐真。

“河隔”至“刚亲”“所怀”至“房琴”“清流”至“伤仁”。以上三段，各得诗二十二首。

“妙显”至“梁民”“士感”至“望纯”“清志”至“商秦”“曲发”至“唐真”。以上四段，各得诗二十四首。

“贤惟”至“长身”“微悯”至“霜新”“敉感”至“藏音”“和咏”至“章臣”。以上四段，各得诗二十四首。

“匹离”至“房人”“贱为”至“墙春”“阳熙”至“堂心”“忧增”至“皇伦”。以上四段，各得诗二十四首，读法准此。

伤惨怀慕增忧心，堂空惟思咏和音。藏摧悲声发曲秦，商弦激楚流清琴。

伤惨怀慕增忧心，堂空惟思咏和音。藏摧悲声发曲秦，王怀士思旧乡身。

伤惨怀慕增忧心，堂空惟思咏和音。南郑歌商流徵殷，多患生艰惟苦身。

伤惨怀慕增忧心，堂空惟思咏和音。南郑歌商流徵殷，繁华观曜终始心。

伤惨怀慕增忧心，堂空惟思咏和音。南郑歌商流徵殷，忧缠情将如何钦？

伤惨怀慕增忧心，荒淫忘想感所钦。何如将情缠忧殷？徵流商歌郑南音。

伤惨怀慕增忧心，荒淫忘想感所钦。何如将情缠忧殷？多患生艰惟苦身。

伤惨怀慕增忧心，荒淫忘想感所钦。何如将情缠忧殷？繁华观曜终始心。

伤惨怀慕增忧心，荒淫忘想感所钦。思伤君梦诗璇心，始终曜观华繁殷。

伤惨怀慕增忧心，荒淫忘想感所钦。思伤君梦诗璇心，平端冤是何怀身?

伤惨怀慕增忧心，荒淫忘想感所钦。思伤君梦诗璇心，苏作兴感昭恨神。

伤惨怀慕增忧心，荒淫忘想感所钦。思伤君梦诗璇心，氏辞怀感戚知麟。

伤惨怀慕增忧心，荒淫忘想感所钦。思伤君梦诗璇心，诗兴感远殊浮沉。

伤惨怀慕增忧心，荒淫忘想感所钦。思伤君梦诗璇心，图怨念为怀如林。

伤惨怀慕增忧心，荒淫忘想感所钦。思伤君梦诗璇心，玑明别改知识深。

伤惨怀慕增忧心，荒淫忘想感所钦。岑幽岩峻嵯峨深，识知改别明玑心。

伤惨怀慕增忧心，荒淫忘想感所钦。岑幽岩峻嵯峨深，渊重涯经网罗林。

伤惨怀慕增忧心，荒淫忘想感所钦。岑幽岩峻嵯峨深，微至嬖女因佞臣。

伤惨怀慕增忧心，荒淫忘想感所钦。苍穹誓终笃志真，妙显华重荣章臣。

伤惨怀慕增忧心，荒淫忘想感所钦。苍穹誓终笃志真，唐虞圣德怀智仁。

伤惨怀慕增忧心，荒淫忘想感所钦。多曜容君中嗟仁，智怀德圣虞唐真。

伤惨怀慕增忧心，荒淫忘想感所钦。多曜容君中嗟仁，伤惨怀慕增忧心。

“房兰”至“所亲”“刚柔”至“河津”“湘江”至“智仁”。各得诗二十二首，读法准此。

“堂空”至“阳春”“墙面”至“贱人”“房幽”至“匹伦”“皇英”至“忧心”。各得诗二十四首，读法准此。

“藏推”至“故新”“霜冰”至“微身”“长路”至“贤臣”“章荣”至“和音”“商弦”至“清纯”“望谁”至“士民”“梁山”至“妙真”“唐虞”至“曲秦”。各得诗二十四首，读法准此。

荒淫忘想感所钦，岑幽岩峻嵯峨深。渊重涯经网罗林，光流电逝推生民。

荒淫忘想感所钦，岑幽岩峻嵯峨深。渊重涯经网罗林，西昭景薄榆桑伦。

荒淫忘想感所钦，岑幽岩峻嵯峨深。渊重涯经网罗林，阳潜曜翳英华沉。

荒淫忘想感所钦，岑幽岩峻嵯峨深。渊重涯经网罗林，如怀为念怨图心。

荒淫忘想感所钦，岑幽岩峻嵯峨深。渊重涯经网罗林，滋谦远贞自基津。

荒淫忘想感所钦，岑幽岩峻嵯峨深。微至嬖女因佞臣，贤惟圣配英皇伦。

荒淫忘想感所钦，岑幽岩峻嵯峨深。微至嬖女因佞臣，章荣重华显妙真。

荒淫忘想感所钦，岑幽岩峻嵯峨深。识知改别明玑心，苏作兴感昭恨神。

荒淫忘想感所钦，岑幽岩峻嵯峨深。识知改别明玑心，诗兴感远殊浮沉。

荒淫忘想感所钦，岑幽岩峻嵯峨深。识知改别明玑心，始终曜观华繁殷。

荒淫忘想感所钦，岑幽岩峻嵯峨深。识知改别明玑心，平端冤是何怀身？

荒淫忘想感所钦，岑幽岩峻嵯峨深。识知改别明玑心，氏辞怀感戚知麟。

荒淫忘想感所钦，岑幽岩峻嵯峨深。识知改别明玑心，图怨念为怀如林。

荒淫忘想感所钦，岑幽岩峻嵯峨深。识知改别明玑心，璇诗梦君伤思钦。

荒淫忘想感所钦，苍穹誓终笃志真。妙显华重荣章臣，贤惟圣配英皇伦。

荒淫忘想感所钦，苍穹誓终笃志真。妙显华重荣章臣，佞因女嬖至微深。

荒淫忘想感所钦，苍穹誓终笃志真。唐虞圣德怀智仁，伤惨怀慕增忧心。

荒淫忘想感所钦，苍穹誓终笃志真。唐虞圣德怀智仁，嗟中君容曜多钦。

荒淫忘想感所钦，多曜容君中嗟仁。智怀德圣虞唐真，妙显华重荣章臣。

荒淫忘想感所钦，多曜容君中嗟仁。智怀德圣虞唐真，志笃终誓穹苍钦。

荒淫忘想感所钦，多曜容君中嗟仁。伤惨怀慕增忧心，堂空惟思咏和音。

荒淫忘想感所钦，多曜容君中嗟仁。伤惨怀慕增忧心，荒淫忘想感所钦。

荒淫忘想感所钦，何如将情缠忧殷？繁华观曜终始心，诗兴感远殊浮沉。

荒淫忘想感所钦，何如将情缠忧殷？繁华观曜终始心，巩明别改知识深。

荒淫忘想感所钦，何如将情缠忧殷？繁华观曜终始心，苏作兴感昭恨神。

荒淫忘想感所钦，何如将情缠忧殷？繁华观曜终始心，图怨念为怀如林。

荒淫忘想感所钦，何如将情缠忧殷？繁华观曜终始心，平端冤是何怀身？

荒淫忘想感所钦，何如将情缠忧殷？繁华观翟终始心，璇诗梦君伤思钦。

荒淫忘想感所钦，何如将情缠忧殷？繁华观曜终始心，氏辞怀感戚知麟。

荒淫忘想感所钦，何如将情缠忧殷？多患生艰惟苦身，荣君仁离殊方春。

荒淫忘想感所钦，何如将情缠忧殷？多患生艰惟苦身，乡旧思士怀王秦。

荒淫忘想感所钦，何如将情缠忧殷？多患生艰惟苦身，加兼愁悴少精神。

荒淫忘想感所钦，何如将情缠忧殷？多患生艰惟苦身，怀何是冤端平心。

荒淫忘想感所钦，何如将情缠忧殷？多患生艰惟苦身，伤好水燕桃厢琴。

荒淫忘想感所钦，何如将情缠忧殷？徽流商歌郑南音，和咏思惟空堂心。

荒淫忘想感所钦，何如将情缠忧殷？徽流商歌郑南音，藏摧悲声发曲秦。

荒淫忘想感所钦，思伤君梦诗璇心。诗兴感远殊浮沉，时盛意丽哀遗身。

荒淫忘想感所钦，思伤君梦诗璇心。诗兴感远殊浮沉，华英翳曜潜阳林。

荒淫忘想感所钦，思伤君梦诗璇心。诗兴感远殊浮沉，浮异游颓流沙麟。

荒淫忘想感所钦，思伤君梦诗璇心。玑明别改知识深，微至嬖女因佞臣。

荒淫忘想感所钦，思伤君梦诗璇心。玑明别改知识深，峨嵯峻岩幽岑钦。

荒淫忘想感所钦，思伤君梦诗璇心。玑玥别改知识深，渊重涯经网罗林。

荒淫忘想感所钦，思伤君梦诗璇心。图怨念为怀如林，光流电逝推生民。

荒淫忘想感所钦，思伤君梦诗璇心。图怨念为怀如林，西昭景薄榆桑伦。

荒淫忘想感所钦，思伤君梦诗璇心。图怨念为怀如林，阳潜曜翳英华沉。

荒淫忘想感所钦，思伤君梦诗璇心。图怨念为怀如林，罗网经涯重渊深。

荒淫忘想感所钦，思伤君梦诗璇心。图怨念为怀如林，滋谦远贞自基津。

荒淫忘想感所钦，思伤君梦诗璇心。苏作兴感昭恨神，遐幽远旷离凤麟。

荒淫忘想感所钦，思伤君梦诗璇心。苏作兴感昭恨神，精少悴愁兼加身。

荒淫忘想感所钦，思伤君梦诗璇心。苏作兴感昭恨神，辜罪天离间旧新。

荒淫忘想感所钦，思伤君梦诗璇心。氏辞怀感戚知麟，神轻粲散哀春亲。

荒淫忘想感所钦，思伤君梦诗璇心。氏辞怀感戚知麟，龙昭德怀圣皇人。

荒淫忘想感所钦，思伤君梦诗璇心。氏辞怀感戚知麟，沙流颓游异浮沉。

荒淫忘想感所钦，思伤君梦诗璇心。氏辞怀感戚知麟，当所专一志贞纯。

荒淫忘想感所钦，思伤君梦诗璇心。氏辞怀感戚知麟，凤离旷远幽遐神。

荒淫忘想感所钦，思伤君梦诗璇心。始终曜观华繁殷，徵流商歌郑南音。

荒淫忘想感所钦，思伤君梦诗璇心。始终曜观华繁殷，忧缠情将如何钦？

荒淫忘想感所钦，思伤君梦诗璇心。始终曜观华繁殷，多患生艰惟苦身。

荒淫忘想感所钦，思伤君梦诗璇心。平端冤是何怀身？加兼愁悴少精神。

荒淫忘想感所钦，思伤君梦诗璇心。平端冤是何怀身？乡旧思士怀王秦。

荒淫忘想感所钦，思伤君梦诗璇心。平端冤是何怀身？苦惟艰生患多殷。

荒淫忘想感所钦，思伤君梦诗璇心。平端冤是何怀身？荣君仁离殊方春。

荒淫忘想感所钦，思伤君梦诗璇心。平端冤是何怀身？伤好水燕桃厢琴。

“王怀”至“皇人”“志笃”至“方春”“褕桑”至“贞纯”“生推”至“荒心”“皇圣”至“王秦”“方殊”至“志贞”“贞志”至“桑伦”。各得诗六十三首。

“岑幽”至“长身”“加兼”至“刚亲”“何如”至“故新”“阳潜”至“所亲”“罗网”至“和音”“凤离”至“清琴”“苦惟”至“章臣”“沙流”至“湘津”。各得诗四十九首。

“渊重”至“房人”“遐幽”至“望纯”“多患”至“清纯”“浮异”至“墙春”“峨嵯”至“曲秦”“精少”至“阳春”“忧缠”至“皇伦”“华英”至“梁民”。各得诗五十三首。

“光流”至“刚亲”“龙昭”至“霜新”“当所”至“芳琴”“荣君”至“所亲”“乡旧”至“故新”“所感”至“清琴”“苍穹”至“湘津”“西昭”至“长身”。各得诗十二首，读法准此。

南郑歌商流徵殷，繁华观曜终始心。诗兴感远殊浮沉，时盛意丽哀遗身。

南郑歌商流徵殷，繁华观曜终始心。诗兴感远殊浮沉，华英翳曜潜阳林。

南郑歌商流徵殷，繁华观曜终始心。诗兴感远殊浮沉，浮异游颓流沙麟。

南郑歌商流徵殷，繁华观曜终始心。巩明别改知识深，微至嬖女因佞臣。

南郑歌商流徵殷，繁华观曜终始心。巩明别改知识深，峨嵯峻岩幽岑钦。

南郑歌商流徵殷，繁华观曜终始心。巩明别改知识深，渊重涯经网罗林。

南郑歌商流徵殷，繁华观曜终始心。苏作兴感昭恨神，辜罪天离间旧新。

南郑歌商流徵殷，繁华观曜终始心。苏作兴感昭恨神，遐幽远旷离凤麟。

南郑歌商流徵殷，繁华观曜终始心。苏作兴感昭恨神，精少悴愁兼加身。

南郑歌商流徵殷，繁华观曜终始心。璇诗梦君伤思钦，多曜容君中嗟仁。

南郑歌商流徵殷，繁华观曜终始心。璇诗梦君伤思钦，岑幽岩峻嵯峨深。

南郑歌商流徵殷，繁华观曜终始心。璇诗梦君伤思钦，所感想忘淫荒心。

南郑歌商流徵殷，繁华观曜终始心。璇诗梦君伤思钦，何如将情缠忧殷？

南郑歌商流徵殷，繁华观曜终始心。璇诗梦君伤思钦，苍穹誓终笃志真。

南郑歌商流徵殷，繁华观曜终始心。图怨念为怀如林，光流电逝推生民。

南郑歌商流徵殷，繁华观曜终始心。图怨念为怀如林，西昭景薄榆桑伦。

南郑歌商流徵殷，繁华观曜终始心。图怨念为怀如林，阳潜曜翳英华沉。

南郑歌商流徵殷，繁华观曜终始心。图怨念为怀如林，滋谦远贞自基津。

南郑歌商流徵殷，繁华观曜终始心。图怨念为怀如林，罗网经涯重渊深。

南郑歌商流徵殷，繁华观曜终始心。平端冤是何怀身？伤好水燕桃厢琴。

南郑歌商流徵殷，繁华观曜终始心。平端冤是何怀身？乡旧思士怀王秦。

南郑歌商流徵殷，繁华观曜终始心。平端冤是何怀身？加兼愁悴少精神。

南郑歌商流徵殷，繁华观曜终始心。平端冤是何怀身？苦惟艰生患多殷。

南郑歌商流徵殷，繁华观曜终始心。平端冤是何怀身？荣君仁离殊方春。

南郑歌商流徵殷，繁华观曜终始心。氏辞怀感戚知麟，神轻粲散哀春亲。

南郑歌商流徵殷，繁华观曜终始心。氏辞怀感戚知麟，龙昭德怀圣皇人。

南郑歌商流徵殷，繁华观曜终始心。氏辞怀感戚知麟，凤离旷远幽遐神。

南郑歌商流徵殷，繁华观曜终始心。氏辞怀感戚知麟，沙流颓游异浮沉。

南郑歌商流徵殷，繁华观曜终始心。氏辞怀感戚知麟，当所专一志贞纯。

南郑歌商流徵殷，忧缠情将如何钦？所感想忘淫荒心，堂空惟思咏和音。

南郑歌商流徵殷，忧缠情将如何钦？所感想忘淫荒心，忧增慕怀惨伤仁。

南郑歌商流徵殷，忧缠情将如何钦？多曜容君中嗟仁，智怀德圣虞唐真。

南郑歌商流徵殷，忧缠情将如何钦？多曜容君中嗟仁，伤惨怀慕增忧心。

南郑歌商流徵殷，忧缠情将如何钦？苍穹誓终笃志真，唐虞圣德怀智仁。

南郑歌商流徵殷，忧缠情将如何钦？苍穹誓终笃志真，妙显华重荣章臣。

南郑歌商流徵殷，忧缠情将如何钦？岑幽岩峻嵯峨深，渊重涯经网罗林。

南郑歌商流徵殷，忧缠情将如何钦？岑幽岩峻嵯峨深，微至嬖女因佞臣。

南郑歌商流徵殷，忧缠情将如何钦？岑幽岩峻嵯峨深，识知改别明玑心。

南郑歌商流徵殷，忧缠情将如何钦？思伤君梦诗璇心，氏辞怀感戚知麟。

南郑歌商流徵殷，忧缠情将如何钦？思伤君梦诗璇心，诗兴感远殊浮沉。

南郑歌商流徵殷，忧缠情将如何钦？思伤君梦诗璇心，始终曜观华繁殷。

南郑歌商流徵殷，忧缠情将如何钦？思伤君梦诗璇心，图怨念为怀如林。

南郑歌商流徵殷，忧缠情将如何钦？思伤君梦诗璇心，平端冤是何怀身？

南郑歌商流徵殷，忧缠情将如何钦？思伤君梦诗璇心，玑明别改知识深。

南郑歌商流徵殷，忧缠情将如何钦？思伤君梦诗璇心，苏作兴感昭恨神。

南郑歌商流徵殷，多患生艰惟苦身。乡旧思士怀王秦，曲发声悲摧藏音。

南郑歌商流徵殷，多患生艰惟苦身。乡旧思士怀王秦，商弦激楚流清琴。

南郑歌商流徵殷，多患生艰惟苦身。怀何是冤端平心？图怨念为怀如林。

南郑歌商流徵殷，多患生艰惟苦身。怀何是冤端平心？璇诗梦君伤思钦。

南郑歌商流徵殷，多患生艰惟苦身。怀何是冤端平心？氏辞怀感戚知麟。

南郑歌商流徵殷，多患生艰惟苦身。怀何是冤端平心？苏作兴感昭恨神。

南郑歌商流徵殷，多患生艰惟苦身。怀何是冤端平心？始终曜观华繁殷。

南郑歌商流徵殷，多患生艰惟苦身。怀何是冤端平心？诗兴感远殊浮沉。

南郑歌商流徵殷，多患生艰惟苦身。怀何是冤端平心？巩明别改知识深。

南郑歌商流徵殷，多患生艰惟苦身。荣君仁离殊方春，墙面殊意惑故新。

南郑歌商流徵殷，多患生艰惟苦身。荣君仁离殊方春，阳熙茂凋兰房琴。

南郑歌商流徵殷，多患生艰惟苦身。伤好水燕桃厢琴，清流楚激弦商秦。

南郑歌商流徵殷，多患生艰惟苦身。伤好水燕桃厢琴，房兰凋茂熙阳春。

南郑歌商流徵殷，多患生艰惟苦身。加兼愁悴少精神，遐幽远旷离凤麟。

南郑歌商流徵殷，多患生艰惟苦身。加兼愁悴少精神，恨昭感兴作苏心。

南郑歌商流徵殷，多患生艰惟苦身。加兼愁悴少精神，辜罪天离间旧新。

“佞因”至“旧新”“遗哀”至“南音”“旧间”至“佞臣”。各得诗六十一首。

“繁华”至“房人”“识知”至“清纯”“浮殊”至“曲秦”“恨昭”至“皇伦”。各得诗八十四首。

“诗兴”至“刚亲”“苏作”至“所亲”“始终”至“清琴”“玑明”至“湘津”。各得诗三十四首。

“时盛”至“望纯”“辜罪”至“贱人”“徵流”至“阳春”“微至”至“梁民”。各得诗十四首，读法准此。

嗟中君容曜多钦，思伤君梦诗璇心。氏辞怀感戚知麟，神轻粲散哀春亲。

嗟中君容曜多钦，思伤君梦诗璇心。氏辞怀感戚知麟，龙昭德怀圣皇人。

嗟中君容曜多钦，思伤君梦诗璇心。氏辞怀感戚知麟，当所专一志贞纯。

嗟中君容曜多钦，思伤君梦诗璇心。氏辞怀感戚知麟，沙流颓游异浮沉。

嗟中君容曜多钦，思伤君梦诗璇心。氏辞怀感戚知麟，凤离旷远幽遐神。

嗟中君容曜多钦，思伤君梦诗璇心。诗兴感远殊浮沉，时盛意丽哀遗身。

嗟中君容曜多钦，思伤君梦诗璇心。诗兴感远殊浮沉，华英翳曜潜阳林。

嗟中君容曜多钦，思伤君梦诗璇心。诗兴感远殊浮沉，浮异游颓流沙麟。

嗟中君容曜多钦，思伤君梦诗璇心。苏作兴感昭恨神，辜罪天离间旧新。

嗟中君容曜多钦，思伤君梦诗璇心。苏作兴感昭恨神，遐幽远旷离凤麟。

嗟中君容曜多钦，思伤君梦诗璇心。苏作兴感昭恨神，精少悴愁兼加身。

嗟中君容曜多钦，思伤君梦诗璇心。图怨念为怀如林，滋谦远贞自基津。

嗟中君容曜多钦，思伤君梦诗璇心。图怨念为怀如林，西昭景薄榆桑伦。

嗟中君容曜多钦，思伤君梦诗璇心。图怨念为怀如林，光流电逝推生民。

嗟中君容曜多钦，思伤君梦诗璇心。图怨念为怀如林，罗网经涯重渊深。

嗟中君容曜多钦，思伤君梦诗璇心。图怨念为怀如林，阳潜曜翳英华沉。

嗟中君容曜多钦，思伤君梦诗璇心。平端冤是何怀身？伤好水燕桃厢琴。

嗟中君容曜多钦，思伤君梦诗璇心。平端冤是何怀身？荣君仁离殊方春。

嗟中君容曜多钦，思伤君梦诗璇心。平端冤是何怀身？乡旧思士怀王秦。

嗟中君容曜多钦，思伤君梦诗璇心。平端冤是何怀身？加兼愁悴少精神。

嗟中君容曜多钦，思伤君梦诗璇心。平端冤是何怀身？苦惟艰生患多殷。

嗟中君容曜多钦，思伤君梦诗璇心。巩明别改知识深，微至嬖女因佞臣。

嗟中君容曜多钦，思伤君梦诗璇心。巩明别改知识深，峨嵯峻岩幽岑钦。

嗟中君容曜多钦，思伤君梦诗璇心。巩明别改知识深，渊重涯经网罗林。

嗟中君容曜多钦，思伤君梦诗璇心。始终曜观华繁殷，多患生艰惟苦身。

嗟中君容曜多钦，思伤君梦诗璇心。始终曜观华繁殷，忧缠情将如何钦？

嗟中君容曜多钦，思伤君梦诗璇心。始终曜观华繁殷，徽流商歌郑南音。

嗟中君容曜多钦，岑幽岩峻嵯峨深。渊重涯经网罗林，光流电逝推生民。

嗟中君容曜多钦，岑幽岩峻嵯峨深。渊重涯经网罗林，滋谦远贞自基津。

嗟中君容曜多钦，岑幽岩峻嵯峨深。渊重涯经网罗林，阳潜曜翳英华沉。

嗟中君容曜多钦，岑幽岩峻嵯峨深。渊重涯经网罗林，西昭景薄榆桑伦。

嗟中君容曜多钦，岑幽岩峻嵯峨深。渊重涯经网罗林，如怀为念怨图心。

嗟中君容曜多钦，岑幽岩峻嵯峨深。微至嬖女因佞臣，章荣重华显妙真。

嗟中君容曜多钦，岑幽岩峻嵯峨深。微至嬖女因佞臣，贤惟圣配英皇伦。

嗟中君容曜多钦，岑幽岩峻嵯峨深。识知改别明玑心，苏作兴感昭恨神。

嗟中君容曜多钦，岑幽岩峻嵯峨深。识知改别明玑心，氏辞怀感戚知麟。

嗟中君容曜多钦，岑幽岩峻嵯峨深。识知改别明玑心，平端冤是何怀身？

嗟中君容曜多钦，岑幽岩峻嵯峨深。识知改别明玑心，诗兴感远殊浮沉。

嗟中君容曜多钦，岑幽岩峻嵯峨深。识知改别明玑心，始终曜观华繁殷。

嗟中君容曜多钦，岑幽岩峻嵯峨深。识知改别明玑心，图怨念为怀如林。

嗟中君容曜多钦，岑幽岩峻嵯峨深。识知改别明玑心，璇诗梦君伤思钦。

嗟中君容曜多钦，何如将情缠忧殷？多患生艰惟苦身，荣君仁离殊方春。

嗟中君容曜多钦，何如将情缠忧殷？多患生艰惟苦身，加兼愁悴少精神。

嗟中君容曜多钦，何如将情缠忧殷？多患生艰惟苦身，伤好水燕桃厢琴。

嗟中君容曜多钦，何如将情缠忧殷？多患生艰惟苦身，怀何是冤端平心？

嗟中君容曜多钦，何如将情缠忧殷？多患生艰惟苦身，乡旧思士怀王秦。

嗟中君容曜多钦，何如将情缠忧殷？繁华观曜终始心，平端冤是何怀身？

嗟中君容曜多钦，何如将情缠忧殷？繁华观曜终始心，苏作兴感昭恨神。

嗟中君容曜多钦，何如将情缠忧殷？繁华观曜终始心，氏辞怀感戚知麟。

嗟中君容曜多钦，何如将情缠忧殷？繁华观曜终始心，璇诗梦君伤思钦。

嗟中君容曜多钦，何如将情缠忧殷？繁华观曜终始心，巩明别改知识深。

嗟中君容曜多钦，何如将情缠忧殷？繁华观曜终始心，图怨念为怀如林。

嗟中君容曜多钦，何如将情缠忧殷？繁华观曜终始心，诗兴感远殊浮沉。

嗟中君容曜多钦，何如将情缠忧殷？徽流商歌郑南音，藏摧悲声发曲秦。

嗟中君容曜多钦，何如将情缠忧殷？徽流商歌郑南音，和咏思惟空堂心。

嗟中君容曜多钦，苍穹誓终笃志真。唐虞圣德怀智仁，伤惨怀慕增忧心。

嗟中君容曜多钦，苍穹誓终笃志真。唐虞圣德怀智仁，嗟中君容曜多钦。

嗟中君容曜多钦，苍穹誓终笃志真。妙显华重荣章臣，贤惟圣配英皇伦。

嗟中君容曜多钦，苍穹誓终笃志真。妙显华重荣章臣，佞因女嬖至微深。

嗟中君容曜多钦，所感想忘淫荒心。堂空惟思咏和音，藏摧悲声发曲秦。

嗟中君容曜多钦，所感想忘淫荒心。堂空惟思咏和音，南郑歌商流徵殷。

嗟中君容曜多钦，所感想忘淫荒心。忧增慕怀惨伤仁，智怀德圣虞唐真。

嗟中君容曜多钦，所感想忘淫荒心。忧增慕怀惨伤仁，嗟中君容曜多钦。

“厢桃”至“基津”“春哀”至“嗟仁”“基自”至“厢琴”。各得诗三十六首。

“思伤”至“望纯”“怀何”至“梁民”“知戚”至“忧心”“如怀”至“阳春”。各得诗八十四首。

“氏辞”至“霜新”“图怨”至“长身”“璇诗”至“和音”“平端”至“故新”。各得诗四十首。

“神轻”至“墙春”“滋谦”至“房人”“多曜”至“曲秦”“伤好”至“清纯”。各得诗十四首，读法准此。

第六章

晋之妇女杂文学

晋世故多贤母，而历祀久远，篇章泯灭。虽当时有集行世，而今或蔑如焉。姑就其遗文散见他书者，裒而次之。

杜预《女记》曰：“二寡妇者，淑也，昺也。寡妇淑丧其夫，兄弟欲嫁之，誓而不许。”今传其《与兄弟书》曰：

> 盖闻君子导人以德，矫俗以礼。是以烈士有不移之志，贞女无回二之行。淑虽妇人，窃慕杀身成义，死而后已。夙遘祸罚，丧其所天，男弱未冠，女幼未笄，是以僶俛求生，将欲长育二子。上奉祖宗之嗣，下继祖祢之礼。然后觐于黄泉，永无惭色。仁兄德弟，既不能厉高节于弱志，发明明于暗昧，许我他人，逼我于上，乃命官人讼之简书。夫智者不可惑以事，仁者不可胁以死。晏婴不以白刃临颈，改正直之辞；梁寡不以毁形之痛，忘执节之义。高山景行，岂不思齐？计兄弟备托学门，不能匡我以道，博我以文，虽曰既学，吾谓之未也。

此外如卫瓘女之《致国臣》，严宪之《戒从子》，陶侃母湛氏之《责子》，虽见史籍，而省约其辞，但得数语，不可以文章论也，故不著焉。东莞杨苕华者，杨德慎女，有才貌，许字同郡王晞，字元宗。未及成礼，晞舍俗出家，法名度。苕华初以书劝之归，不从。

苕华见度志坚，亦感悟入道。其始《劝夫书》曰："发肤不可毁伤，宗祀不可顿废。"令其"顾世教，改远志，曜翘烁之姿，于盛明之世，远安祖考之灵，近慰人神之愿"。又寄以诗曰：

大道自无穷，天地长且久。巨石故因消，芥子亦难数。人生一世间，飘若风过牖。荣华岂不茂，日夕就凋朽。川上有余吟，日斜思鼓缶。清音可娱耳，滋味可适口。罗纨可饰躯，华冠可曜首。安事自翦削，耽空以害有？不道妾区区，但令君恤后。

许迈妻孙氏，句容人，吴郡散骑常侍孙宏女也。迈好道，立精舍于悬溜山，遣妻还家，为书以谢绝之。孙氏答书曰：

愚下不才，侍执巾栉，荣华福禄，相与共之。如何君子，驾其大义，轻见斥逐？若以此处遐旷，非妇人所便。昔梁生陟岭，孟光是携；箫史登台，秦女不舍；卫人修义，夫妻同行；老莱逃名，伉俪俱逝。岂非古人嘉遁之举者？许君乖离矣！

松阳令钮滔母孙琼，有集二卷，今不传。其遗文尚多传者，计赋二首、赞一首、书二首。

悼艰赋

伊禀命之不辰，遭天难之靡忱。夙无父之何怙，哀痗瘁以抽心！览蓼莪之遗咏，咏肥泉之余音。经四位之代谢，虽积祀而思深。伊三从而有归，爰奉嫔于他族。仰慈姑之惠和，荷仁泽之陶渥。释鞶服以斩衣，代罗帷以缟布。仰慈尊以饮泣，抚孤影以协慕。遇飞廉之暴骸，触惊风之所会。扶摇奋而上跻，颓云下而无际。顿余邑之当春，望峻陵而郁青。瞻空宇之寥廓，悯宿草之发生。顾南枝以永哀，向北风以饮泣。情无触而不悲，思无感而不集。

箜篌赋

考兹器之所起，实侯氏之所营。远不假于琴瑟，顾无取乎竽笙。尔乃陟九峻之增岩，晞承温之朝日。剖峄阳之孤桐，代楚宫之椅漆。

征班输之造器，命伶伦而调律。浮音穆以遐畅，沉响幽而若绝。乐操则寒条早荣，哀曼则晨华朝灭。邈渐离之清角，超子野之白雪。然思超梁甫，愿登华岳；路险悲秦，道难怨蜀。遗逸悼行迈之离，秋风哀年时之速。陵危柱以颉颃，凭哀弦以踯躅。于是数转难测，声变无方。或冉弱以飘沉，或顿挫以抑扬；或散角以放羽，或摅徵以骋商。

公孙夫人序赞

夫人姓公孙氏，会稽剡人也。夫人资三灵之淳懿，诞华宗之澄粹。奇朗昭于髫龀，四教成于弱笄。慈恩温恭，行有秋霜之洁；祇心制节，性同青春之和。敦悦宪章，动遵礼规。居室则道齐师氏，有行则德配女仪。礼服有盈，笾豆无阙。猗欤夫人，天姿特挺。行高冰洁，操与霜整。性扬兰芳，德振玉颖。猗彼琼林，奇翰有集。展彼硕媛，令德来绮。动与礼游，静以义立。

与虞定夫人书

琼闻兴贤崇德，圣主令典；旌善表操，有邦盛务。伏见族祖吴国亡民富春孙彦妻环，少厉令节，服膺道教。逮适孙氏，恪居妇职，宗姻有声。奉礼未周，彦母丧殒。丧殒半年，彦奄亡没。环率礼奉终，抗义明节。倾竭私产，以供葬送。礼服既终，前无立子。家欲改醮，誓而不许。

与从弟孝徵书

省尔讥我以养鹄，古同“鹤”。乃戒以卫懿灭毙之祸。斯言惑矣，吾未之取。彼卫懿之好，民无役车之载，鹤有乘轩之饰。祸败之由，由乎失所。若乃开圃即于灵囿，沃地矩乎神沼，文鱼跃于白水，素鸟翔乎神州，岂非周文之德，大雅所修哉？夫嘉肴旨酒，非不美也，夏禹盛以陶豆，殷纣著以玉杯，而此圣以兴，彼愚以灭，盖置之失所，如其无失，来难可施乎？

《隋志》有刘柔妻王劭之集十卷。刘柔妻一作刘和妻，又有处士刘参妻亦王氏。然王劭之所作有《春花》《怀思》等赋，及《启母姜颂》；刘参妻则仅诔夫一文而已。今并著之：

春花赋　王劭之

千葩粲其昭晰兮，百卉茜而同荣。兰圃翘以含芳兮，芝薄振而沉馨。翠颖竞臻，众条频英。或异色同形，或齐芳殊制，自然神杳，不可胜计。烂若罗秀之垂光，灼若隋珠之宵列，爽若翡翠之群翔，练若珊瑚之映月。诗人咏以托讽，良喻美而光德。准工女于妙规，饰王后之首则。

怀思赋　王劭之

超离亲而独寄，与忧愦而长俱。虽亮分以自勉，曾无间乎须臾。思遥遥而忡惙，疾结滞乎肌肤。忆昔日之欢侍，奉膝下而怡裕。集同生而从容，常欣泰以逸豫。何运遇之偏否，独辽隔于修路？彼恒鸟之将分，犹哀鸣以告离。况游子之眷慕，孰殷思之可靡！于是仲秋萧索，蓐收西御。寒露宵零，落叶晨布。羡归鸿之提提，振轻翼而高举；志眇眇而远驰，悲离思而呜咽。彼迈物而推移，何予思之难泄？聊揽翰以寄怀，怅辞鄙而增结。

启母涂山颂　王劭之

涂山静居，玄朗悟几。大禹至公，过门不归。明此道训，孩胤是绥。仁哲以成，永系天晖。

姜嫄颂　王劭之

英英姜嫄，实德之纯。肇承灵瑞，武敏是遵。诞育岐嶷，毗赞皇纶。播殖之训，万叶攸循。

灵寿杖铭　王劭之

篧篧鲜干，秀彼崇嶚。下泽兰液，上莹芳霄。贞劲内固，鲜粲外昭。耀质灵荟，作珍华朝。杖之身安，越龄松乔。

正朔诗　王劭之

稔冉冥机运，迅矣四节经。太簇应玄律，青阳兆初正。

刘参诔非全篇，以妇人为诔者少，故亦著之。　王　氏刘参妻

猗猗嘉颖，朝阳方翘。烈风严霜，陨此秀条。璇玑倏忽，四序竞征。清商激宇，蟋蟀吟枨。

刘臻妻陈氏，《晋书》有传。谓其聪慧能属文，尝正旦献《椒花颂》，又撰元日及冬至进见之仪行于世。今传其文数首：

筝　赋

伊夫筝之为体，惟高亮而殊特。应六律之修和，与七始乎消息。括八音之精要，超众器之表式。后夔创制，子野考成。列柱成律，既和且平。度中楷模，不缩不盈。总八风而熙泰，羌贯微而洞灵。牙氏攘袂而奋手，钟期倾耳以静听。奏清角之要妙，咏《驺虞》与《鹿鸣》。兽连轩而率舞，凤跟跄而集庭。泛滥浮沉，逸响发挥。翕然若绝，皎如复回。尔乃秘艳曲，卓砾殊异。周旋去留，千变万态。

元日献椒花颂

旋穹周回，三朝肇建。青阳散晖，澄景载焕。美哉灵葩！爰采爰献。圣容映之，永万于万。

午时画扇颂

炎后飞轨，引曜丹逵。蕤宾应律，融精协曦。五象列位，品物以垂。兑降素兽，震升青螭。日月澄晖，仙章来仪。仰憩翠岩，俯映兰池。灵柯幽蔼，神卉参差。如山之寿，如松之猗。永锡难老，与时推移。

答舅母书

元方春秋始富，德业亦隆，宏道博文，才质兼备。冀志与时畅，荣耀当年。岂意一朝冥然长往？元方冲幼，过庭莫闻。圣善明训，业成三徙。亦既冠婚，双誉允集。庶几偕老，色养膝下。而殃厉横流，艰祸仍遘。媛姊倾逝，宗模永绝。姊方玄华，并夭戚年。岂图祸降弥酷，良才夭于始立，崇基殒于一篑。仰痛殄灭，俯悼二弟。斯人斯命，当可奈何？母年逾耳顺，备经百罹。一纪之中，四遘至痛。目前廓然，三从靡托。穷悼中发，情驰难处。

与妹刘氏书

伏见伟方所作《先君诔》，其述咏勋德则仁风靡坠，其言情诉哀则孝心以叙。自非挺生之才，孰能克隆聿修若斯者乎？执咏反覆，触言流泪。感赖交集，悲慰并至。元方、伟方并年少而有盛才，文辞富艳，冠于此世。窃不自量，有疑一言，略陈所怀，庶备起予。先君既体宏仁义，又动则圣检，奉亲极孝，事君尽忠，行己也恭，养民也惠，可谓立德立功，示民轨仪者也。但道长祚短，时乏识真，荣位未登，高志不遂，本不标方外迹也。老庄者绝圣弃智，浑齐万物，等贵贱，忘哀乐，非经典所贵，非名教所取，何必辄引以为喻耶？可共详之。

《隋志》有常侍傅伉妻《辛萧集》一卷。传者亦作傅统妻辛氏，疑即一人也。今存颂三首、诗一首。

燕　颂

翩翩玄鸟，载飞载扬。颉颃庭宇，遂集我堂。衔泥啄草，造作室房。避彼湫隘，处此高凉。孕育五子，靡夭靡伤。羽翼既就，纵心翱翔。顾影逸豫，其乐难忘。

芍药花颂

晔晔芍药，植此前庭。晨润甘露，昼晞阳灵。曾不逾时，荏苒繁茂。绿叶青葱，应期吐秀。缃蕊攒挺，素华菲敷。光譬朝日，色艳芙蕖。媛人是采，以厕金翠。发彼妖容，增此婉媚。唯昔风人，抗兹荣华。聊用兴思，染翰作歌。

菊花颂

英英丽草，禀气灵和。春茂翠叶，秋曜金华。布濩高原，蔓衍陵阿。阳芳吐馥，载芬载葩。爰采爰拾，投之醇酒。御于王公，以介眉寿。服之延年，佩之黄耇。文园宾客，乃用不朽。

元正诗

元正启令节，嘉庆肇自兹。咸奏万年觞，小大咸悦熙。

此外如北汉刘聪后名娥，字丽华，苻坚妾张氏，并有文见于史籍。今附载之。刘娥为太保殷之女，聪将起凰仪殿以居之，陈元达切谏。聪怒，将斩之。娥私敕左右停刑，上疏救之。聪览疏色变，以示元达曰："外辅如公，内辅如后，朕无忧矣。"其疏曰：

伏闻将为妾营殿，今昭德足居，凰仪非急。四海未一，祸难尤繁，动须人力，资财尤宜慎之。廷尉之言国家大政，夫忠臣之谏，岂为身哉？帝王距。拒。之，亦非顾身也。妾仰谓陛下上寻明君纳谏之昌，下忿暗主距谏之祸，宜赏廷尉以美爵，酬廷尉以列土，如何不惟不纳，而反欲诛之？陛下此怒，由妾而起；廷尉之祸，由妾而招。人怨国疲，咎归于妾；距谏害忠，亦妾之由。自古败国丧家，未始不由妇人者也。妾每览古事，忿之忘食，何意今日妾自为之？后人之观妾，亦犹妾之视前人也，复何面目仰侍巾栉？请归死北堂，以塞陛下误惑之过。

苻坚妾张氏，明辨有才识。坚将伐晋，群臣切谏不从，张氏进言，坚亦不听。遂兴师，果大败于寿春，张氏自杀。其谏苻坚疏曰：

妾闻天地之生万物，圣王之驭天下，莫不顺其性而畅之。故黄帝服牛乘马，因其性也；禹凿龙门决洪河，因水之势也；后稷之播殖百谷，因地之气也；汤武之灭夏商，因人之欲也。是以有因成，无因败。今朝臣上下皆言不可，陛下复何所因也？《书》曰："天聪明自我民聪明。"天犹若此，况于人主乎？妾闻人君有伐国之志者，必上观乾象，下采众祥。天道崇远，非妾所知。以人事言之，未见其可。谚言："鸡夜鸣者不利行师，犬群嗥者宫室必空。""兵动马惊，军败不归。"秋冬已来，每夜群犬大嗥，众鸡夜鸣。伏闻厩马惊逸，武库兵器有声。吉凶之理，诚非微妾所论，愿陛下详而思之。

晋世女子多宅心玄远。缙绅之家，其妇人类能习为名辩，亦或服膺儒业，词旨可观。苻秦割据山东，亦置五经博士。初未有《周官》，韦逞之母宋氏，家传《周官音义》，诏即其家讲堂，置生员百二十人受业，号宋母曰“宣文君”。故妇学晋世最盛，不独江左为然。宋、齐以后，遽不逮远甚。

当时又传诸仙女诗，如《杜兰香》之类，大抵文士依托，故兹不取也。

第七章

宋齐妇女文学

宋、齐之际，钟嵘《诗品》以鲍令晖、韩兰英并称。而兰英作罕传，令晖亦仅得数诗而已。宋、齐宫廷文学亦不振，唯宋萧后有一《遗令》，临川主有一《乞归表》，齐世则无闻焉。萧皇后讳文寿，兰溪人，宋高祖继母，高祖受晋禅，称太后，少帝时称太皇太后。史载其《遗令》曰：

> 孝皇背世，五十余年。古不祔葬，且汉世帝后陵皆异处，今可于茔域之内，别为一圹。孝皇陵坟，本用素门之礼，与王者制度，奢俭不同。妇人礼有所从，可一遵往式。

临川长公主名英媛，太祖第六女，适东阳太守王藻。性妒。藻别有所爱，主谗之废帝，藻坐下狱死。主与王氏离婚。太宗朝，主复上表乞归王氏，许之。其表曰：

> 妾遭随奇薄，绝于王氏。弘庭嚣戾，致此分异。今孤疾茕然，假息朝夕。情寄所钟，唯在一子。契阔荼炭，特兼怜悯。否泰枯荣，系以为命。实愿申其门衅，还为母子。推迁僶俛，未及自闻。先朝慈爱，鉴妾丹衷。若赐使息彻，归第定省，仰揆天旨，或有可寻。今事迫诚切，不顾典宪，敢缘恩焘，触冒披闻。特乞还身王族，守养弱嗣。虽死之日，实甘于生。

鲍令晖，东海人，鲍照之妹，《诗品》曰：“齐鲍令晖歌诗，往往崭绝清巧，拟古尤胜，唯《百愿》淫矣。”照尝答孝武云：“臣妹才自亚于左芬，臣才不及太冲尔。”今《百愿》不传，所传诗数篇而已。

拟青青河畔草

袅袅凌窗竹，蔼蔼垂门桐。灼灼青轩女，泠泠高堂中。明志逸秋霜，玉颜掩春红。人生谁不别？恨君早从戎。鸣弦惭夜月，绀黛羞春风。

拟客从远方来

客从远方来，赠我漆鸣琴。木有相思文，鸣有别离音。终身执此调，岁寒不改心。愿作《阳春曲》，宫商长相寻。

拟自君之出矣

自君之出矣，临轩不解颜。砧杵夜不发，高门昼常关。帐中流熠耀，庭前华紫兰。杨枯识节异，鸿来知客寒。游暮冬尽月，除春待君还。

古意赠今人

寒乡无异服，毡褐待文练。日日望君归，年年不解綖。荆扬春早和，幽冀犹霜霰。北寒妾已知，南心君不见。谁为道辛苦，寄情双飞燕？形迫杼煎丝，颜落风催电。容华一朝改，惟余心不变。

代葛沙门妻郭小玉作

明月何皎皎，垂幌照罗茵。若共相思夜，知同忧怨晨。芳华岂矜貌，霜露不怜人。君非青云逝，飘迹事咸秦。妾持一生泪，经秋复度春。

君子将遥役，遗我双题锦。临当欲去时，复留相思枕。题用常著心，枕以忆同寝。行行日已远，转觉思弥甚。

寄行人

桂吐两三枝，兰开四五叶。是时君不归，春风徒笑妾。

乐府有《华山畿》，盖其首章，是宋时一女子作。好事者从而广之，遂有二十余章。《古今乐录》曰：宋少帝时，南徐有一士子，从华山畿往云阳，见客舍有女子，年十八九，悦之无因，遂感心疾。母问其故，具以启母。母为至华山寻访，见女具说，女闻感之，因脱蔽膝，令母密置其席下，卧之当已。少日果差。忽举席，见蔽膝而抱持，遂吞食而死。气欲绝，谓母曰："葬时车载从华山度。"母从其意。比至女门，牛不肯前，打拍不动。女曰："且待须臾。"妆点沐浴，既而出歌曰：

华山畿，君既为侬死，独活为谁施？欢若见怜时，棺木为侬开。

歌毕，棺应声开，女遂入棺。家人叩打，无如之何，乃合葬焉。其歌即《华山畿》之首章也。

宋世又有《青溪小姑歌》。青溪小姑者，秣陵尉蒋子文第三妹，青溪，所居地名也。其歌曰：

日暮风吹，落叶依枝。丹心寸意，愁君未知。
歌阕夜已久，繁霜侵晓幕。何意空相守，坐待繁霜落？

韩兰英，吴郡妇人，齐时尚存，为后宫司仪。有集四卷，今不传。《南齐书》曰："兰英宋孝武世献《中兴赋》，被赏入宫。明帝世用为宫中职僚，世祖以为博士，教六宫书学。以其年老多识，呼为韩公。"《宫闺小名录》有《兰英诗》一首，不类，故不录。又苏小小相传为齐钱塘名倡，有《西陵歌》曰：

妾乘油壁车，郎骑青骢马。何处结同心？西陵松柏下。

第八章

梁陈妇女文学

永明以后，文章日就藻丽，宫商声病，研讨清新，六朝作者，斯为盛矣。而妇人文学，反不逮前代。岂其篇章散亡，遂致罕所考征欤？梁时刘氏三妹，并有才名，盖瑯邪刘绘之女，而孝绰之妹也。长适王淑英，次适张嵊，幼适徐悱。唯王淑英妻与徐悱妻，犹有遗文可见。徐悱妻名令娴，尤冠绝二姊也。王淑英妻诗，仅存三首：

昭君怨

一生竟何定？万事最难保。丹青失旧仪，玉匣成秋草。想妾辞关泪，至今犹未燥。汉使汝南还，殷勤为人道。

暮　寒

梅花自烂熳，百舌早迎春。逾寒衣逾薄，未肯惜腰身。

赠　夫

妆铅点黛拂轻红，鸣环动佩出房栊。看梅复看柳，泪满春衫中。

徐悱妻刘令娴，世称刘三娘，《隋志》称其有集二卷，善诗文，尤清拔。悱为晋安郡卒，丧还建业。令娴为祭文，词甚凄惋。父勉本欲为哀词，及见此文，乃阁笔。其文曰：

维梁大同五年新妇谨荐少牢于徐府君之灵曰：惟君德成礼智，才兼文雅；学比山成，辨同河泻；明经擢秀，光朝振野；调逸许中，声高洛下；含潘度陆，超终迈贾。二仪既肇，判合始分。简贤依德，乃隶夫君。外治徒举，内佐无闻。幸移蓬性，颇习兰薰。式传琴瑟，相酬典坟。辅仁难验，神情易促。雹碎春红，霜凋夏绿。躬奉正衾，亲观启足。一见无期，百身何赎？呜呼哀哉！生死虽殊，情亲犹一。敢遵先好，手调姜橘。素俎空干，奠觞徒溢。昔奉齐眉，异于今日。从军暂别，且思楼中。薄游未反，尚比飞蓬。如当永诀，永痛无穷。百年几何？泉穴方同。

令娴诗存者余十章，具录于下：

倢伃怨

日落应门闭，愁思百端生。况复昭阳近，风传歌吹声。宠移终不恨，谗枉太无情。只言争分理，非妒舞腰轻。

春闺怨

花庭丽景斜，兰牖轻风度。落日更新妆，开帘对芳树。鸣鹂叶中舞，戏蝶花间骛。调琴本要欢，心愁不成趣。良会诚非远，佳期今不遇。欲知幽怨多，春闺深且暮。

答唐娘七夕所穿针

倡人效汉女，靓妆临月华。连针学并蒂，萦缕作开花。孀闺绝绮罗，揽镜自伤嗟。虽言未相识，闻道出良家。曾停霍君骑，经过柳惠车。无由一共语，暂看日升霞。

咏佳人

东家挺奇丽，南国擅容辉。夜月方神女，朝霞喻洛妃。还看镜中色，比艳似知非。摛词徒妙好，连类顿乖违。知夫虽已丽，倾城未敢希。

听百舌

庭树且新晴，临镜出雕楹。风吹桃李气，过传春鸟声。尽写山阳笛，全作洛滨笙。注意留欢听，误令妆不成。

摘同心栀子赠谢娘因附此诗

两叶虽为赠，交情永未因。同心何处恨？栀子最关人。

有期不至

黄昏信使断，衔怨心凄凄。回灯向下榻，转面暗中啼。

代陈庆之美人为咏

临妆欲含涕，羞畏家人知。还代粉中絮，拥泪不听垂。

光宅寺

长廊欣送目，广殿悦逢迎。何当曲房里，幽隐无人声？

题甘蕉叶示人

夕泣似非疏，梦啼真太数。唯当夜枕知，过此无人觉。

梦见故人

觉罢方知恨，人心定不同。谁能对角枕，长夜一边空？

梁卫敬瑜妻王氏，霸城王整之姊，适敬瑜。年十六而夫亡，父母舅姑，咸欲嫁之，乃截耳置盘中为誓，乃止。应州刺史晋昌侯藻嘉其节，题曰“精义卫妇之门”。或曰敬瑜妻名姚玉京，或又曰玉京，即姚氏之乳名，加姚者从母姓也。亡婿种树百株，墓前柏树忽成连理，一年许还复分散，乃为诗曰：

墓前一株柏，连根复并枝。妾心能感木，颓城何足奇！

王氏所居，尝有双燕巢梁间。一日雄死，其雌孤飞。至秋，翔集王氏臂，若告别然。氏以红缕系其足曰：“新春复来，为吾侣也。”

明年复来，因赠以诗。自尔秋返春来，凡六七年。氏病卒。明年燕来，绕梁哀鸣。家人语曰："王氏死矣，坟在南郭。"燕遂至坟所，亦死。先是王氏《赠燕诗》曰：

昔年无偶去，今春犹独归。故人恩义重，不忍复双飞。

梁范靖妻沈满愿，所著甚富，尤长于诗。"范靖"一作"范静"。《唐书·艺文志》有《范靖妻沈满愿集》三卷。

晨风行

理楫令舟人，停舻息旅薄河津。念君劬劳冒风尘，临路挥袂泪沾襟。飙流劲润逝若飞，山高帆急绝音徽。留子句句独言归，中心茕茕将依谁？风弥叶落永离索，神往形返情错漠。循带易缓愁难却，心之忧矣颇销铄。

昭君怨

早信丹青巧，重货洛阳师。千金买蝉鬓，百万写蛾眉。
今朝犹汉地，明旦入胡关。高堂歌吹远，游子梦中还。

挟琴歌

逶迤起尘唱，宛转绕梁声。调弦可以进，蛾眉画不成。

映水曲

轻鬓觉浮云，双蛾初拟月。水澄正落钗，萍开理垂发。

登楼曲

冯高川陆近，望远阡陌多。相思隔重岭，相忆隔长河。

越城曲

别怨凄欢响，离啼湿舞衣。愿假乌栖曲，翻从南向飞。

戏萧娘

明珠翠羽帐，金薄绿销帷。因风时暂举，想像见芳姿。清晨插步摇，向晚解罗衣。托意风流子，佳情讵自私？

咏　灯

绮筵日已暮，罗帏月未归。开花散鹤采，含光出九微。风轩动丹焰，水槛淡清晖。不畏轻蛾绕，唯恐晓蝇飞。

咏五彩竹火笼

可怜润霜质，纤剖复毫分。织作回风苣，制为萦绮文。含芳出珠被，耀彩接湘裙。徒令嗟丽饰，岂念欲凌云！

咏步摇花

珠花萦翡翠，宝叶间金琼。剪荷不似制，为花如自生。低枝拂绣领，微步动瑶英。但令云鬓插，蛾眉本易成。

咏残灯

残灯犹未灭，将尽更扬辉。唯余一两焰，才得解罗衣。

《古今乐录》曰："吴声十曲，一曰《子夜》，二曰《上柱》，三曰《凤将雏》，四曰《上声》，五曰《欢闻》，六曰《欢闻变》，七曰《前溪》，八曰《阿子》，九曰《丁督护》，十曰《团扇郎》，并梁所用曲。《凤将雏》以上三曲，古有歌，今不传。《上声》以下七曲，内人包明月制《舞前溪》一曲，余并王金珠所制。"《彤管新咏》作"刘令娴"。盖包明月与王金珠，其他文学无可考，专以乐府著称于梁者也。

前溪歌　包明月

当曙与未曙，百鸟啼前窗。独眠抱被叹，单情何时双？

子夜四时歌　王金珠

春　歌

朱日光素冰，黄花映白雪。折梅待佳人，共迎阳春月。
阶上香入怀，庭中花照眼。春心郁如此，情来不可限。
吹漏不可停，断弦当更续。俱作双思引，共奏同心曲。

夏歌

玉盘贮朱李，金杯乘白酒。本欲亲自持，复恕不甘口。
垂帘倦烦热，卷幌乘清阴。风吹合欢帐，直动相思琴。

秋歌

叠素兰房中，劳情桂杵侧。朱颜润红粉，香汗光玉色。
紫茎垂玉露，绿叶落金樱。著锦如言重，衣罗始觉轻。

冬歌

寒闺周黼帐，锦衣连理文。怀情入夜月，含笑出朝云。

子夜变歌

七彩紫金柱，九华白玉梁。但歌绕不去，含吐有余香。

上声歌

花色过桃杏，名称黄金琼。名歌非下里，含笑作上声。

欢闻歌

艳艳金楼女，心如玉池莲。持底报郎恩，俱期游楚天。

欢闻变歌

南有相思木，合影复同心。游女不可求，谁能识得音?

团扇郎

手中白团扇，净如秋潭月。清风任动生，娇声任意发。

丁督护歌

黄河流无极，洛阳数千里。辘轲戎旅间，何由见欢子?

阿子歌

可怜双飞凫，飞集野田中。饥食野田草，渴饮清河流。

陈后主多内宠，恣意声色。以宫人有文学者袁大舍等为女学士，而江总等十余人，并为狎客。后主每引宾客，对贵妃等游宴，则使诸贵人及女学士与狎客共赋新诗，互相赠答，采其尤艳丽者，以为曲词，被以新声。选宫女有容色者，以千百数，习而歌之。其曲有《玉树后庭花》《临春乐》等。大指所归，皆美张贵妃、孔贵嫔之容色也。其略曰："璧月夜夜满，琼树朝朝新。"当时男女唱和，竞以绮艳相高，极于轻荡。然所谓女学士篇章，至今无有存者。后主沈后，亦有文才。后主崩，自为哀辞，文甚酸切，今不传。惟存《答后主诗》一首曰：

谁言不相忆？见罢倒成羞。情知不肯住，教遣若为留。

陈后主妹乐昌公主，嫁徐德言。陈政方乱，德言谓妇："国亡，卿必入豪家。"乃破一镜，各执一半，约他时以正月望日，卖于都市。及隋代陈，公主归杨越公家，德言如期访之。有苍头卖半镜，大高其价。德言以半镜合之，题诗付苍头。公主得诗悲泣，越公询得其实，召德言与饮，令公主作诗，遂厚遗送还江南。公主在越公席间见德言时赋诗曰：

今日何迁次？新官对旧官。笑啼俱不敢，方信作人难。

陈时妇女为诗者，有陈新涂妻李氏《冬至诗》曰：

灵象寻数回，四气平运散。阴律鼓微阳，大明启修旦。感与时来兴，心随逝化叹。式宴集中堂，宾客迎朝馆。此诗《古诗纪》录在晋世。

又有陈少女《寄夫诗》曰：

自君上河梁，蓬首卧兰房。安得一樽酒，慰妾九回肠？

第九章

北朝妇女文学

六朝文学，南北异趣。江左习于清绮，河朔贵乎气质。然妇女文学，则自晋以后，南北俱为不振。今就北朝妇人篇章略可见者，考而录之。

北魏起于河朔，未遑文雅。宣武灵后胡氏，肃宗立，尊为皇太后，临朝听政，尝于都亭曲水宴群臣赋诗。武都人杨白花者，太后通之。白花畏祸奔梁，太后思之，作《杨白花歌》，使宫人连臂踏足歌之，声甚凄惋。其歌曰：

> 阳春二三月，杨柳齐作花。春风一夜入闺闼，杨花飘荡落南家。含情出户脚无力，拾得杨花泪沾臆。秋去春来双燕子，愿衔杨花入窠里。

魏文明冯太后，善诗赋，登台见雀啄食，作《青台歌》曰：

> 青台雀，青台雀，缘山采花额。

后魏王肃妻谢氏，江南人。初肃为齐秘书丞，聘谢氏。及北归后魏，为尚书令，复尚公主。谢氏入道为尼，以诗及书贻肃。肃为造正觉寺以憩之。其《贻肃诗》曰：

本为箔上蚕，今作机上丝。得络逐胜去，颇忆缠绵时。

又《贻肃书》曰：

妾以陋姿，获侍巾栉。结褵之后，心协琴瑟。每从刺绣之余，间及诗歌之事。煮凤嘴以联吟，燕龙涎而吊古。当此之时，君怀金石之贞，妾慕松筠之节。虽菡萏之并蒂，比翼之双飞，未足方其情谊也。顷缘谗隙之生，远适异国。犹忆临歧分袂，言与涕零，亲戚送者皆为感叹。呜呼！岁月易迁，山川间隔，君留蓟北，妾在江南，鸿帛杳然，鱼书不至。言念及此，未尝不顾影徘徊，泣数行下也！迩年以来，益复情怀恍惚，镜台寂寞。披览往牒，见画眉之胜事，则膏沐无光；想举案之休风，则珍羞不旨。阅未终篇，废书长想。春花空艳，秋月徒圆。子规时助其哀，寒蛩亦增其戚。秦嘉徐淑，岂伊异人？妾之薄命，一至于斯！前者北使至南，闻君爵列尚书，联姻帝室。夫尚书为喉舌之司，典领枢机，参赞庶务，银章紫绶，煜耀一时。况以萧史之才名，配弄玉之芳姿，或携手于花前，或弹琴于月下。回视牛衣对泣之日，不啻人间天上。独可叹者，既有丝麻，遂弃菅蒯。糟糠之妻，白首饮恨！使宋宏高义，专美千秋。妾独何心，能不悲哉？呜呼已矣，衰秋蒲柳，倍加憔悴。昔日缠绵，总成幻影。感连理之分枝，悼盛衰之变态。晨钟一叩，万境皆空，自兹而往，妾惟绣佛长斋，参稽三乘，借菩提之杨枝，洗铅华之繁艳。岂更盼鸂鶒于水中，望鸳鸯于塘上乎？但念机上之丝，本为箔上之蚕，虽云得络，讵属无情？况修途困顿，达人所怜。不敢望窦滔之迎，庶少鉴若兰之志，得假片刻，以罄鄙怀，妾之愿也，惟君图之。

王肃后妻陈留长公主，代王肃《答谢氏诗》曰：

针是贯丝物，目中当纴丝。得帛缝新去，何能纳故时？

又魏咸阳王禧，谋逆伏诛。后宫人为之歌曰：

可怜咸阳王，奈何作事误？金床玉儿不能眠，夜起踏霜露。洛水湛湛弥岸长，行人那得度？

北齐冯淑妃，名小怜，齐后主拜为淑妃。齐亡，为周师所获，以侍代王达。侍王弹琵琶，因弦断作诗曰：

虽蒙今日宠，犹忆昔时怜。欲知心断绝，应看膝上弦。

北齐卢士琛妻崔氏，崔林义女也，有才学。春日以花和雪，与儿醴面，为词祝之曰：

取红花，取白雪，与儿洗面作光悦。取白雪，取红花，与儿洗面作妍华。取花红，取雪白，与儿洗面作光泽。取雪白，取花红，与儿洗面作华容。

北周宇文护之母曰阎姬，有《遗子书》，文辞凄楚。其辞曰：

天地隔塞，子母异所。三十余年，存亡断绝。肝肠之痛，不能自胜。想汝悲思之怀，复何可处？吾自念十九入汝家，今已八十矣。既逢丧乱，备尝艰阻。恒冀汝等长成，得见一日安乐。何期罪衅深重，存殁分离。吾凡生汝辈三男三女，今日目下不睹一人。兴言及此，悲缠肌骨。赖皇齐恩恤，差安衰暮。又得汝杨氏姑，及汝叔母纥干、汝嫂刘新妇等同居，颇亦自适。但为微有耳疾，大语方闻。行动饮食，幸无多恙。今大齐圣德远被，特降鸿慈。既许归吾于汝，又听先致音耗，积稔长悲，豁然获展。此乃仁侔造化，将何报德？汝与吾别之时，年尚幼小，以前家事或不委曲。昔在武川镇生汝兄弟，大者属鼠，次者属兔，汝身属蛇。鲜于修礼起日，吾之阖家大小，先在博陵郡住，相将欲向左入城。行至唐河之北，被定州官军打败。汝祖及二叔时俱战亡，汝叔母贺拔及儿元宝，汝叔母纥干及儿菩提，并吾与汝六人，同被擒捉，入定州城。未几间将吾及汝送与元宝掌，贺拔、纥干各别分散。宝掌见汝，云："我识其祖翁，形状相似。"时宝掌营在唐城内经停三日。宝掌所掠得男夫妇女，可六七十人，悉送向京。吾时与汝同被送。限至定州城南，夜宿同乡人姬库根家。茹茹奴望见鲜于修礼营火，语吾云：“我今走向本军。”既至营，遂告吾辈在此。明旦日出，汝叔将兵邀截吾及汝等，还得向营。汝时年十二，共吾并乘马随军，可不记此事缘由也。于后吾共汝受阳住，时元宝、菩提，及汝姑儿贺兰盛洛，并汝身四人同学。博士姓成，为人最恶，汝等四人谋欲加害。吾与汝叔母等闻之，各捉其儿打之。惟盛洛无母，独不被打。其后尔朱天柱亡岁，贺拔阿斗泥在关西，遣人迎家。累时汝叔亦遣奴来富迎汝及盛洛等。汝时著绯绫袍银装带，盛洛著紫织成缬通身袍黄绫里，并乘骡同去。盛洛小于汝，汝等三人并呼吾作阿摩敦。如此之事，当分明记之耳。今又寄汝小时所著锦袍表一领，至宜检看，知吾含悲戚，多历年祀。属千载之运，逢大齐之德，矜老开恩，许得相见。一闻此言，死犹不朽！况如今者，势必聚集。禽兽草木，母子相依。吾有何罪？与汝分离！今复何福？还望见汝！言此悲喜，死而更苏！世间所有，求皆可得，母子异国，何处可求？假汝贵极王公，富过山海，有一老母八十之年，飘然千里，死亡旦夕，不得一朝暂见，不得一日同处，寒不得汝衣，饥不得汝食，汝虽穷荣极盛，光耀世间，汝何用为？于吾何益？吾今日之前，汝既不得申其供养，事往何论？今日以后，吾之残命，惟系于汝。尔戴天履地，中有鬼神，勿云冥昧而可欺负。汝杨氏姑，今虽炎暑，犹能先发。关河阻远，隔绝多年，书依常体，虑汝致惑，是以每存款质，兼亦载吾姓名。当识此理，不以为怪。

周赵王宇文昭女千金公主，嫁为突厥沙钵略妻。隋灭周，主自伤宗祀绝灭，每怀复仇之志。日夜言于沙钵略，悉众为寇。后力弱内附，赐姓杨氏，改封大义公主。隋平陈后，以陈叔宝屏风赐主。主心不平，因书屏风为诗曰：

盛衰等朝暮，世道若浮萍。荣华实难守，池台中自平。富贵今何在？空事写丹青。杯酒恒无乐，弦歌讵有声！余本皇家子，飘流入虏庭。一朝睹成败，怀抱忽纵横。古来共如此，非我独中名。惟有明君曲，偏伤远嫁情。

隋炀帝萧皇后，梁明帝岿之女，有才识，知占验。见帝失德，心知不可，不敢厝言，因为《述志赋》以自寄。及隋亡，入于突厥。唐贞观初破突厥，乃以礼致之，归于京师。其《述志赋》曰：

承积善之余庆，备箕帚于皇庭。恐修名之不立，将负累于先灵。乃夙夜而匪懈，实寅惧于玄冥。虽自强而不息，亮愚蒙之多滞。思竭节于天衢，才追心而弗逮。实庸薄之多幸，荷隆宠之嘉惠。赖天高而地厚，属王道之升平。均二仪之覆载，与日月而齐明。乃春生而夏长，等品物而同荣。愿立志于恭俭，私自竞于诫盈。孰有念于知足，苟无希于滥名。惟至德之宏深，情不迩于声色。感怀旧之余恩，求故剑于宸极。叨不世之殊盼，谬非才而奉职。何宠禄之逾分？抚胸襟而未识。虽沐浴于恩光，内惭惶而累息。顾微躬之寡昧，思令淑之良难。实不遑于启处，将何情而自安？若临深而履薄，心战栗其如寒。夫居高而必危，每处满而防溢。知恣夸之非道，乃摄生于冲谧。嗟宠辱之易惊，尚无为而抱一。履谦光而守志，且愿安乎容膝。珠帘玉箔之奇，金屋瑶台之美。虽时俗之崇丽，盖哲人之所鄙。愧绨绤之不工，岂丝竹而喧耳？知道德之可尊，明善恶之由己。屏嚣烦之俗虑，乃服膺于经史。综箴戒以训心，观女图而作轨。遵古贤之令范，冀福禄之能绥。时循躬而三省，觉今是而昨非。嗤黄老之损思，信为善之可归。慕周姬之遗风，美虞妃之圣则。仰先哲之高才，贵至人之休德。质菲薄而难踪，心恬愉而去惑。乃平生之耿介，实礼义之所遵。虽生质之不敏，庶积行以成仁。惧达人之盖寡，谓何求而自陈？诚素志之难写，同绝笔于获麟。

隋炀帝侯夫人，有美色。一日自经死，臂扎锦囊有文。左右取以进，帝见之伤感，厚葬之。自诵其诗，令乐府歌焉。今择录数首：

目　伤

初入承明日，深深报未央。长门七八载，无复见君王。寒春入骨清，独卧愁空房。蹝履步庭下，幽怀空感伤。平日所爱惜，自待却非常。色美反成弃，命薄何可量！君恩实疏远，妾意徒徬徨。家岂无骨肉？偏亲老北堂。此身无羽翼，何计出高墙？性命诚所重，弃割诚可伤！悬帛朱栋上，肝肠如沸汤。引颈又自惜，有若丝牵肠。毅然就死地，从此归冥乡。

妆成

妆成多自惜，梦好却成悲。不及杨花意，春来到处飞。

自遣

秘洞扃仙卉，雕房锁玉人。毛君诚可戮，不肯写昭君。一作“无金赠延寿，妄自误平生”。

庭绝玉辇迹，芳草渐成窠。隐隐闻箫鼓，君恩何处多？

炀帝宫人，又有吴绛仙。其《谢赐合欢水果诗》曰：

驿使传来果，君王宠念深。宁知辞帝里，无复合欢心。

又杭静亦炀帝宫人。时李渊已盛，而炀帝淫乐不悟。故静作《江都迷楼夜半歌》以讽之曰：

河南杨柳树，江南李花营。杨柳飞绵何处去？李花结果自然成。

此外隋时女子，如丁六娘、苏蝉翼、张碧兰、罗爱爱、秦玉鸾，并有诗传于后。而里居家世，不可考矣。

十索曲　丁六娘

裙裁孔雀罗，红绿相参对。映以蛟龙锦，分明奇可爱。粗细君自知，从郎索衣带。

为性爱风光，生憎良夜促。曼眼腕中娇，相看无厌足。欢情不奈眠，从郎索花烛。

君言花胜人，人今去花近。寄语落花风，莫吹花落尽。欲作胜花娇，从郎索红粉。

二八好容颜，非意得相关。逢桑欲采折，寻枝倒懒攀。欲呈纤纤手，从郎索指环。

含娇不自转，送眼劳相望。无那关情伴，共入同心帐。欲防人眼多，从郎索锦幛。

因故人归有感　苏蝉翼

郎去何太速，郎来何太迟！欲借一樽酒，共叙十年悲。

寄阮郎　张碧兰

郎如洛阳花，妾似武昌柳。两地惜春风，何时一携手？

闺思　罗爱爱

几当孤月夜，遥望七香车。罗带因腰缓，金钗逐鬓斜。

忆情人　秦玉鸾

兰幕虫声切，椒庭月影斜。可怜秦馆女，不及洛阳花。

第二编下
中古妇女文学（唐五代）

第一章

唐之宫廷文学

唐时后妃，多娴文艺。而徐贤妃、上官昭容，几于作者之选矣。武后以雄才称制，几易唐祚，文章特其余事。虽其制作，不无狎客为之假手，固当自能属词，辄以武后别出一章。武后而外，唐世宫廷文学，则并著于此：

太宗长孙皇后，河南洛阳人，幼习文艺。及为皇后，益尚约素，服御取给则止。好观书，虽容栉不废。从幸九成宫，方属疾，太子欲请大赦，泛度道人，祓塞灾会。后曰："死生有命，非人力所支。若修福可延，吾不为恶。使善无效，我尚何求？且赦令国大事，佛老异方教耳，皆上所不为，岂宜以吾乱天下法？"帝闻嗟美。尝采古妇人事著《女则》十篇，今不传。唯传其《春游曲》云：

> 上苑桃一作"杏"。花朝日明，兰闺艳妾动春情。井上新桃偷面色，檐边嫩柳学身轻。花中来去看舞蝶，树上长短听啼莺。林下何须远借问，出众风流旧有名。

太宗徐贤妃，名惠，生五月能言。四岁通《论语》《诗》，八岁自晓属文。父孝德尝试使拟《离骚》，为《小山篇》曰："仰幽岩而流盼，抚桂枝以凝想。将千龄兮此遇，荃何为兮狙往？"太宗闻之，召为才人。手未尝废卷，而辞致赡蔚，又无淹思，帝益礼顾。后迁充容，卒赠贤妃。

贞观末，数调兵讨定四夷，稍稍治宫室，百姓劳怨。贤妃上疏极谏曰：

自贞观以来二十有二载，风调雨顺，年登岁稔。人无水旱之弊，国无饥馑之灾。昔汉武守文之常主，犹登刻玉之符；齐桓小国之庸君，尚图泥金之事。望陛下推功损己，让德不居。亿兆倾心，犹阙告成之礼；云亭伫谒，未展升中之仪。此之功德足以咀嚼百王，网罗千代者矣。古人有言："虽休勿休，良有以也；守初保末，圣哲罕兼。"是知业大者易骄，愿陛下难之；善始者难终，愿陛下易之。窃见顷年以来，力役兼总，东有辽海之军，西有昆丘之役，士马疲于甲胄，舟车倦于转输。且召募役戍，去留怀死生之痛；因风阻浪，往来有漂溺之危。一夫力耕，卒无数十之获；一船致损，则倾数百之粮。是犹运有尽之农工，填无穷之巨浪；图未获之他众，丧已成之我军。虽除凶伐暴，有国常规，然黩武玩兵，先哲所戒。昔秦王并吞六国，反速危亡之基；晋武奄有三方，翻成覆败之业。岂非矜功恃大，弃德而轻邦？图利忘害，肆情而纵欲？遂使悠悠六合，虽广不救其亡；嗷嗷黎庶，因弊以成其祸。是知地广非常安之术，人劳乃易乱之源。愿陛下布泽流仁，矜弊恤乏，减行役之烦，增湛露之惠。妾又闻："为政之本，贵在无为。"窃见土木之功，不可兼遂。北阙初建，南营翠微。曾未逾时，玉华创制。虽复因山借水，非无架筑之劳。损之又损，颇有工力之费。终以茅茨示约，犹兴木石之疲。假使和雇取人，不无烦扰之弊。是以卑宫菲食，圣王之所安；金屋瑶台，骄主之为丽。故有道之君以逸逸人，无道之君以乐乐身。愿陛下使之以时，则力无竭矣；用而息之，则人斯悦矣。夫珍玩伎巧，乃丧国之斧斤；珠玉锦绣，实迷心之酖毒。窃见服玩纤靡，如变化于自然；织贡珍奇，若神仙之所制。虽驰华于季俗，实败素于淳风。是知漆器非延叛之方，桀造之而人叛；玉杯岂招亡之术？纣用之而国亡。方验侈丽之源，不可不遏。作法于俭，犹恐其奢；作法于奢，何以制后？伏惟陛下明鉴未形，智周无际，穷奥秘于麟阁，尽探赜于儒林。千王治乱之踪，百代安危之迹，兴衰祸福之数，得失成败之机，固亦包吞心府之中，循环目围之内。乃宸衷之久察，无假一二言焉。唯恐知之非难，行之不易。志骄于业泰，体逸于时安。伏愿抑志裁心，慎终如始。削轻过以添重德，循今是以替前非。则令名与日月无穷，盛德与乾坤永大。

徐贤妃所著诗赋，亦略录于下：

奉和御制小山赋

惟圣皇之驭宇，鉴败德于前规。裁广知以从狭，抑高心而就卑。惧逸情之有泰，欣静虑于无为。于时季春移序，初光入暑。露潯池台，烟霏林籞。睿情悒以无欢，怀仁知而延伫。思寓赏以登临，非搜丽于茅宇。殊华岳之削成，异罗浮之移所。尔其表玩宸衷，故作离宫。含仁自下，带险非崇。分上林之卉木，点重峦之翠红。叶新抽而不树，花散植而无丛。杂当窗之带柳，交约砌之珪桐。纤尘集兮朝岭峻，宵露晞兮夕涧空。影促圆峰三寸日，声低叠嶂一寻风。风轻兮拂兰蕙，日斜兮荫阶砌。蝶留粉于岩端，蜂寻香于岭际。草临波而侧影，石莹流而倒势。虽蓬瀛之蕴奇，故未留于神睇。彼昆阆之称美，讵有述于天制？岂若数篑之形，托于掖庭。俯依丹槛，仰映朱楹。耻岩崖之鄙薄，荷眺瞩之恩荣。期保终于一国，奉天眷于千龄。

秋风函谷关应诏

秋风起函谷，朔气动河山。偃松千岭上，杂雨二陵间。低云愁广湿，落日惨重关。此时飘紫气，应念真人还。

长门怨

旧爱柏梁台，新宠昭阳殿。守分辞芳辇，含情泣团扇。一朝歌舞荣，夙昔诗书贱。颓恩诚已矣，覆水难重荐。

赋得北方有佳人

由来称独立，本是号倾城。柳叶眉间发，桃花脸上生。腕摇金钏响，步转玉环鸣。纤腰宜宝袜，红衫艳织成。悬知一顾重，别觉舞腰轻。

唐初诗人，犹沿梁陈宫体。而上官仪为诗，尤属辞绮错，学者竞效之，号曰“上官体”。盖缛丽过于四杰，而沈、宋之前驱也。有孙曰婉儿，能世其学。天后时，配入掖庭。性韶警，善文章。年十四，后召见。自通天以来，内掌诏命。中宗即位，大被信任，进拜昭容。劝帝侈大书馆，增学士员。引大臣名儒充选数，赐宴赋诗，君臣赓和。婉儿常代帝及后、长宁、安乐二主，众篇并作，词旨益新。又差第群臣所赋，赐金爵，故朝廷靡然成风。当时属辞者，大抵虽浮艳，然皆有可观，婉儿力也。后临淄王起兵，被杀。开元初，裒次其文章，诏张说题篇，集二十卷，今不传。兹录其诗数首如下：

彩书怨

叶下洞庭初，思君万里余。露浓香被冷，月落锦屏虚。欲奏江南曲，贪封蓟北书。书中无别意，惟怅久离居。

九月九日上幸慈恩寺

帝里重阳节，香园万乘来。却邪萸入一作“结”。佩，献寿菊传杯。塔类承天涌，门疑待佛开。睿词悬日月，长得仰昭回。

游长宁公主流杯池

三环腾远创，金埒荷殊荣。弗玩珠玑饰，仍留仁智情。凿山便作室，凭树即为楹。公输与班尔，从此遂韬声。

登山一长望，正遇九春初。结驷填街术一作“衕”。闾阎满邑居。斗雪梅先吐，惊风柳未舒。直愁斜日落，不畏酒尊虚。

霁晓气清和，披襟赏薜萝。玳瑁凝春色，琉璃漾水波。跋石聊长啸，攀松乍短歌。除非物外者，谁就此经过？

暂尔游山第，淹留惜未归。霞一作“水”。窗明月满，涧户白云飞。书引藤为架，人将薜作衣。此真攀玩所，一作“桂府”。临睨赏光辉。

放旷出烟云，萧条自不群。漱流清意府，隐几避嚣氛。石画妆苔色，风梭织水纹。山室一作“空”。何为贵？唯余兰桂熏。

策杖临霞岫，危步下霜蹊。志逐深山静，途随曲涧迷。渐觉心神逸，俄看云雾低。莫怪人题树，只为赏幽栖。

驾幸三会寺应制

释子谈经处，轩臣刻字留。故台遗老识，残简圣皇一作“君”。求。驻跸怀千古，开襟望九州。四山缘塞合，二水夹城流。宸翰陪瞻仰，天杯接献酬。太平词藻盛，长愿纪鸿休。

驾幸新丰温泉宫

三冬季月景隆年，万乘观风出灞川。遥看电跃龙为马，回瞩霜原玉作田。

鸾旂掣曳拂空回，羽骑骖驔蹑景来。隐隐骊山云外耸，迢迢御帐日边开。

翠幕珠帏敞月营，金罍玉斝泛兰英。岁岁年年常扈跸，长长久久乐升一作“承”。平。

武后时有宫人者，本士人妻。士人陷冤狱，遂配掖庭，善吹觱篥，乃撰《别离难曲》以寄情。初名《大郎神》，盖取良人弟行也。既畏人知，虽三易其名曰《悲切子》，终号《怨回鹘》。其辞曰：

此别难重陈，花飞复恋人。来时梅覆雪，去日柳含春。物候催行客，归途淑景新。刘川今已远，魂梦胜相亲。

明皇杨贵妃，蒲州永乐人。今传其《赠张云容舞诗》曰：

罗袖动香香不已，红蕖袅袅秋烟里。轻云岭上乍摇风，嫩柳池边初拂水。

明皇江妃，字采蘋，莆田人。开元初，高力士选归侍明皇，大见宠幸。属文自比谢女，所居悉植梅花。帝因其所好，戏名梅妃。后失宠，欲仿《长门赋》故事，求工为文者作赋以悟主上。高力士畏贵妃，不敢代求。乃自撰《楼东赋》。其他诗文，今罕传者。

楼东赋

玉鉴尘生，凤奁香殄。懒蝉发之巧梳，闲缕衣之轻练。苦寂寞于蕙宫，但凝思乎兰殿。信飘落之梅花，隔长门而不见。况乃花心扬恨，柳眼弄愁。暖风习习，春鸟啾啾。楼上黄昏兮，听凤吹而回首；碧云日暮兮，对素月而凝眸。温泉不到，忆拾翠之旧游；长门深闭，嗟青鸾之信修。忆昔太液清波，水光荡浮。笙歌燕赏，陪从宸旒。奏舞鸾之妙曲，乘画鹢之仙舟。君情缱绻，深叙绸缪。誓山海而长在，似日月而无休。奈何嫉色庸庸，妒气冲冲。夺我之爱幸，斥我于幽宫。思旧欢之莫得，梦想著乎朦胧。度花朝与月夕，若懒对乎春风。欲相如之奏赋，奈世才之不工。属愁吟之未尽，已响动乎疏钟。空长叹而掩袂，踌躇步于楼东。

谢赐珍珠

桂叶双眉久不描，残妆和泪污红绡。长门尽日无梳洗，何必珍珠慰寂寥。

开元中，赐边事纩衣，制自宫人。有兵士于袍中得诗，白于帅。帅上之朝，明皇以诗遍示六宫。一宜人自称万死，明皇怜之，以妻得诗者，曰：“朕与尔结今生缘也。”其诗曰：

沙场征戍客，寒苦若为眠。战袍经手作，知落阿谁边？蓄意多添线，含情更著绵。今生已过也，愿结后生缘。

唐宫人题诗红叶凡三见，不知是一事，而传闻异词与？兹并录之：天宝末，洛苑宫娥，题诗梧叶，随御沟流出。顾况见之，亦题诗叶上，自上流投于波中。后十余日，又得诗一首。后闻于朝，遂得遣出，此一事也。其二诗曰：

旧宠悲秋扇，新恩寄早春。聊题一片叶，将寄接流人。上第一首。一叶题诗出禁城，谁人酬和独含情？自嗟不及波中叶，荡漾来春取次行。上第二首。

又德宗宫人，奉恩院王才人养女凤儿也，亦题诗于叶上。贞元中，进士贾全虚得之，见诗悲想，裴回沟上，为街吏所获。金吾奏其事，德宗询之，知为凤儿所作。因召全虚授金吾卫兵曹，遂以妻之。其诗曰：

一入深宫里，无由得见春。题诗花叶上，寄与接流人。

又宣宗宫人，姓韩氏。卢偓应举时，偶临御沟，得一红叶，上有绝句，置于巾箱。及出宫人，偓得韩氏。睹红叶，吁嗟久之曰："当时偶题，不谓郎君得之。"其诗曰：

流水何太急，深宫尽日闲。殷勤谢红叶，好去到人间。

顺宗王皇后，宪宗之母，有遗令；宪宗郭皇后，有《命江王即位册文》；昭宗何皇后，有《命皇太子即位册文》，及《命皇太子即位令》。诸后并不以文学显名，册令之文，宜出自廷臣，故不录也。

金城公主，邠王守礼女，出降吐蕃弃绪缩赞，太和中，归国薨。其在吐蕃有数表，犹是家人语也。

谢恩赐锦帛器物表

金城公主奴奴言：仲夏盛热，伏维皇帝兄起居万福，御膳胜常！奴奴奉见舅甥平章书云，还依旧日重为和好，既奉如此进止，奴奴还同再生，下情不胜喜跃。伏蒙皇帝兄所赐信物，并依数奉领。谨献金盏羚羊衫、假青长毛毡各一，奉表以闻。

乞许赞普请和表

金城公主奴奴言：季夏极热，伏维皇帝兄御膳胜常！奴奴甚平安，愿皇帝兄勿忧。此间宰相向奴奴道，赞普甚欲得和好，亦宜亲署誓文。往者皇帝兄不许亲署誓文，奴奴降番事缘和好。今乃骚动，实将不安和好。矜怜奴奴远在他国，皇帝兄亲署誓文，亦非常事。即得两国久长安稳。伏惟念之！

请置府表

妹奴奴言：李行袆至，奉皇帝兄正月敕书，伏承皇帝万福，奴惟加喜跃。今得舅甥和好，永无改张，天下黔庶，并加安乐。然去年崔琳回日，请置府。李行袆至及，尚他辟回，其府事不蒙进止。望皇帝兄商量，矜奴所请。

第二章

武则天

高宗武皇后，并州文水人，荆州都督士彟之女。中宗立，称皇太后临朝。寻自称皇帝，改国号曰周，自名曌，在位二十二年。中宗反正，谥则天顺圣皇后。事迹具见《唐书》。武后在高宗朝，已大集诸儒内禁，撰定《列女传》《臣轨》《百僚新诫》《乐书》等，大抵千余篇。后又集学士撰《三教珠英》，弘文尚艺，于斯为盛。又自著《垂拱集》百卷，《金轮集》六卷。史称后所为诗文，率皆元万顷、崔融等代作。然固自晓书，亦多自为者。今不能致辨，辄略择著数篇于下。盖以武后之雄才大略，诗文宜无所不能，是以自来录宫闺文者，武后恒为一大家也。

武后所为乐府，有《唐飨昊天乐》《唐明堂乐章》《唐大飨拜洛乐章》，古质典雅，说者以比之唐山夫人之《安世房中歌》。其《唐飨昊天乐》曰：

太阴凝至化，真耀蕴轩仪。德迈娥台敞，仁高似幄披。扪天遂启极，梦日乃升曦。

瞻紫极，望玄穹。翘至恳，罄深衷。听虽远，诚必通。垂厚泽，降云宫。

乾仪混成，冲邃天道。下济高明，闿阳晨披。紫阙太一，晓降黄庭。圆坛敢由，昭报方璧。冀展虔情，丹襟式敷。衷恳玄鉴，庶察微诚。

巍巍睿业广，赫赫圣基隆。菲德承先顾，祯符萃眇躬。铭开武岩侧，图荐洛川中。微诚讵幽感，景命忽昭融。有怀惭紫极，无以谢玄穹。

朝坛雾卷，曙岭烟沉。爰设筐币，式表诚心。筵辉丽璧，乐畅和音。仰惟灵鉴，俯察翘襟。

昭昭上帝，穆穆下临。礼崇备物，乐奏锵金。兰羞委荐，桂醑盈斟。敢希灵德，聿罄庄心。

尊浮九酝，礼备三周。陈诚菲奠，契福神猷。

奠璧郊坛昭大礼，锵金拊石表虔诚。始奏《承云》娱帝赏，复歌《调露》畅韶英。

荷恩承顾托，执契恭临抚。庙略静边荒，天兵曜神武。有截资先化，无为遵旧矩。祯符降昊穹，大业光寰宇。

肃肃祀典，邕邕礼秩。三献已周，九成斯毕。爰撤其俎，载迁其实。或升或降，惟诚惟质。

礼终肆类，乐阕九成。仰惟明德，敢荐非馨？顾惭菲奠，久驻云軿。瞻荷灵泽，悚恋兼盈。

式乾路，辟天扉。回日驭，动云衣。登金阙，入紫微。望仙驾，仰恩徽。

《唐会要》曰：万岁通天元年，铸九鼎成，上各写本州山川物产之象。令著作郎贾膺福、殿中丞薛昌容、凤阁主事李元振、司农录事钟绍京等分题，左尚令曹元廨画。令南北卫士十余万人，并仗内大牛白象曳之，白玄武门入。武后自制《蔡州永昌鼎歌》曰：

羲农首出，轩昊膺期。唐虞继踵，汤禹乘时。天下光宅，海内雍熙。上玄降鉴，方建隆基。

武后诗，传于今者不多。然有庄厚处，有流丽处，居然作者。自《如意娘》一首，则是其本色也。

从驾幸少林寺

陪銮游禁苑，侍赏出兰闱。云偃攒峰盖，霞低插浪旗。日宫疏涧户，月殿启岩扉。金轮转金地，香阁曳香衣。铎吟轻吹发，幡摇薄雾霏。昔遇焚芝火，山红连野飞。花台无半影，莲塔有全辉。实赖能仁力，攸资善世威。慈缘兴福绪，于此欲皈依。风枝不可静，泣血竟何追？

同太平公主游九龙潭

山窗游玉女，涧户对琼峰。岩顶翔双凤，潭心倒九龙。酒中浮竹叶，杯上写芙蓉。故验家山赏，唯有入松风。

如意娘

看朱成碧思纷纷，憔悴支离为忆君。不信比来长下泪，开箱验取石榴裙。

武后临朝二纪，其制诏之文，故宜近臣所作。自余诸体，并有传者，矞皇宏丽，率有可观。兹亦略录数篇于此：

高宗天皇大帝哀册文

维弘道元年，岁次癸未，十二月甲寅朔，四日丁巳，大行天皇，崩于洛阳宫之贞观殿，殡于乾元殿之西阶。粤以文明元年五月壬午朔，十五日景申，发自瀍、洛，旋于镐京。以其年八月庚辰朔，十一日庚寅，将迁座于乾陵，礼也。晓雾收碧，晨霞泛丹。庭分羽卫，肂启龙攒。哀子嗣皇帝轮，攀诉容车，崩号扆殿，悲蜃辂之空严，感凤樽之虚荐。擗摽縻溃，充穷殒裂。刿思攀而还迷，羸喘兴而复绝。俯惟茕悫，荼毒交侵。瞻白云而茹泣，望苍野而摧心。怆游冠之日远，哀坠剑之年深。泪有变于湘竹，恨方缠于縠林。念兹孤幼，哽咽荒襟。肠与肝而共断，忧与痛而相寻。顾慕丹楹，回环紫掖。抚眇嗣而伤今，想宸颜而恸昔。寄柔情于简素，播天声于金石。其词曰：

月瑶诞庆，云丘降祥。仙源汉远，圣绪天长。绕枢飞电，丽室腾光。乌庭开象，龙德含章。六艺生知，四聪神授。晦迹登序，韬光齿胄。缀玉词条，绢琼文囿。发挥绿错，牢笼紫宙。鉴符敦敏，量本疏通。宾门表誉，纳麓彰功。始潜朱邸，或跃青宫。夏余钦德，周诵倾风。粤自铜闱，虔膺宝命。惠沾动植，信洽翔泳。淳化有敷，至仁无竞。教溢璇寓，道光金镜。五龙开运，六羽升年。西云应吕，南风散弦。晷符羲日，荫广尧天。贲园旌士，焚林苳贤。溶明上格，财成下济。问寝承亲，在原申悌。戒盈茅宇，蠲奢土砌。衢室禋宗，云门飨帝。以圣承圣，资明嗣明。礼崇殷夏，乐盛咸英。时和俗泰，天平地成。永同文轨，长垂颂声。德动乾符，威清地纪。澄氛襚穴，扫沴濛汜。推毂六师，坐知千里。亭毒寰县，莹镜图史。霜戟林耸，月旗云亘。叠鼓萧关，鸣笳松嶝。追凉水殿，避暑山楹。霞翻浪并，树响层城。务简通三，神凝得一。元池肆赏，青丘伫逸。访道顺风，养真乘日。拜牧襄野，尊师石室。宝献河宗，赆归王会。浮毳交影，飞轮系轪。云封荐款，日观申虔。告成七庙，归功九天。无事无为，爰游爰豫。胥域延想，汾川涤虑。仪凤巢阿，飞鳞在驭。火林归朔，烛乡移曙。所冀元寿，齐年紫皇。祲兴旅馆，灾缠未央。遽脱屣于宸极，奄乘云于帝乡。亘天维而落构，匝日寓而沉光。殉百身而靡赎，积万古而徒伤。魂销志殒，裂骨抽肠。受玉几之遗顾，托宝业于穷荒。嗣君孝切，谅暗居丧。集大务于残喘，积众忧于未亡。所以割深哀而克励，力迷衿而自强。呜呼哀哉！泱埏遏密，绵区缟素。恨钧天之不归，瞻鼎湖以凝慕。呜呼哀哉！攀圣滋远，恋德滋深。诉昊穹而雨泗，擗厚载而崩心。泣人灵而洒悲霰，晦宇宙而起愁阴。呜呼哀哉！缇琯移序，朱明应律。蛩窾方营，龟谋献吉。背九洛而移驭，傣八川而从跸。列璧羽之逶迤，动钟挽之萧瑟。顾园邑之苍翠，望岩墜之纡郁。乔阳之舄不追，茂陵之书方出。呜呼哀哉！迹图悬圃，神降长流。去重阳之奕奕，袭大夜之悠悠。同霸茔之薄窆，契纪匶而莫修。思门山于夕月，悲陇树于新秋。呜呼哀哉！想驾轩之攀龙，思作翕之恋凤。矧承眷于先房，誓牵毁而哀送。岂谓务切至綦，事违深倥。仍徇公而抑己，遂夺情以从众。悲千罔极之悲，痛万终天之痛。呜呼哀哉！恭惟圣烈，实镂微衷。敬因彤管，载撰元功。业弥遥而道弥著，时益远而声益隆。播二仪而不极，横四海而焉穷？呜呼哀哉！

赐少林寺僧书

暑候将阑，炎序弥溽。山林静寂，梵宇清虚。宴坐经行，想当休愈。弟子前随凤驾，过谒鹫岩。观宝塔以徘徊，睹先妃之净业。薰修之所，犹未毕功。一见悲惊，万感兼集。攀光宝树，载深风树之哀；吊影珠泉，更积寒泉之思。弟子自惟薄祐，镇切茕怀。每届秋期，倍轸摧心之痛；炎凉递运，逾添切骨之哀。未极三旬，频钟二忌。恨乘时而更恨，悲践露而逾悲。惟托福田，少申荒思。今欲续成先志，重置庄严。故遣三思赍金绢等物往彼，就师平章。幸识斯意，即务修营。望及讳辰，终此功德。所冀罄斯诚恳，以奉津梁。稍宣资助之怀，微慰茕迷之绪。略书示意，指不多云。

《夏日游石淙诗》序

若夫圆峤方壶，涉沧波而靡际；金台玉阙，陟县圃而无阶。唯闻山海之经，空览神仙之记。爰有石淙者，即平乐涧也。尔其近接嵩岭，俯届箕峰。瞻少室兮若莲，睇颍川兮如带。既而蹑崎岖之山径，荫蒙密之藤萝。汹涌洪湍，落虚潭而送响；高低翠壁，列幽涧而开筵。密叶舒帷，屏梅氛而荡燠；疏松引吹，清麦候以含凉。就林薮而王心神，对烟霞而涤尘累。森沉丘壑，即是桃源。淼漫平流，还浮竹箭。纫薜荔而成帐，耸莲石而如楼。洞口全开，溜千年之芳髓；山腰半坼，吐十里之香粳。无烦昆阆之游，自然形胜之所。当使人题彩翰，各写琼篇。庶无滞于幽栖，冀不孤于泉石。各题四韵，咸赋七言。

大周新译《大方广佛华严经》序

盖闻造化权舆之首，天道未分；龟龙系象之初，人文始著。虽万八千岁，同临有截之区；七十二君，讵识无边之义？由是人迷四忍，轮回于六趣之中；家缠五盖，没溺于三途之下。及夫鹫岩西峙，象驾东驱。慧日法王，超四大而高视；中天调御，越十地以居尊。包括铁围，延促沙劫。其为体也，则不生不灭；其为相也，则无去无来。念处正勤，三十七品为其行；慈悲喜舍，四无量法运其心。方便之力难思，圆对之机多绪。混太空而为量，岂算数之能穷？入纤芥之微区，匪名言之可述。无得而称者，其唯大觉欤？朕曩劫植因，叨承佛记。金山降旨，大云之偈先彰；玉扆披祥，宝雨之文后及。加以积善余庆，俯集微躬。遂得地平天成，河清海晏，殊祥绝瑞。既日至而月书，贝牒灵文，亦时臻而岁洽。逾海越漠，献赆之礼备焉；架险航深，重译之词罄矣。《大方广佛华严经》者，斯乃诸佛之密藏，如来之性海。视之者莫识其指归，挹之者罕测其涯际。

有学无学，志绝窥觎；二乘三乘，宁希听受。最胜种智，庄严之迹既隆；普贤文殊，愿行之因斯满。一句之内，包法界之无边；一毫之中，置刹土而非隘。摩竭陀国，肇兴妙会之缘；普光法堂，爰敷寂灭之理。缅惟奥义，译在晋朝。时逾六代，年将四百。然一部之典，才获三万余言。唯启半珠，未窥全宝。朕闻其梵本先在于阗国中，遣使奉迎，近方至此。既睹百千之妙颂，乃披十万之正文。粤以证圣元年，岁次乙未，月旅姑洗，朔惟戊申，以其十四日辛酉，于大遍空寺亲授笔削，敬译斯经。遂得甘露流津，预梦庚申之夕；膏雨洒润，后覃壬戌之辰。式开实相之门，还符一味之泽。以圣历二年，岁次己亥，十月壬午朔，八日己丑，缮写毕功。添性海之波澜，廓法界之疆域。大乘顿教，普被于无穷；方广真诠，遐该于有识。岂谓后五百岁，忽奉金口之言？娑婆界中，俄启珠函之秘？所冀阐扬沙界，宣畅尘区。并两曜而长悬，弥十方而永布。一窥宝偈，庆溢心灵；三复幽宗，喜盈身意。虽则无说无示，理符不二之门；然因言显言，方阐大千之意。辄申鄙作，爰题序云。

升仙太子碑 并序

朕闻天地权舆，混玄黄于元气；阴阳草昧，征造化于洪炉。万品于是资生，三才以之肇建。然则春荣秋落，四时变寒暑之机；玉兔金乌，两曜递行藏之运。是知乾坤至大，不能无倾缺之形；日月至明，不能免盈亏之数。岂若混成为质，先二仪以开元；兆道标名，母万物而为称。惟恍惟惚，窈冥超言象之端；无去无来，寥廓出寰区之外。骖鸾驭凤，升八景而戏仙庭；驾月乘云，驱百灵而朝上帝。元都迥辟，玉京为不死之乡；紫府旁开，金阙乃长生之地。吸朝霞而饮甘露，控白鹿而化青龙。鱼腹神符，已效征于涓子；管中灵药，方演术于封君。从壶公而见玉堂，召卢敖而赴元阙。炎皇少女，剩往仙家；负局先生，来过吴市。或排烟而长往，或御风而不旋。既化饭以成蜂，亦变枯而生叶。费长房之缩地，目览遐荒；赵简子之宾天，亲聆广乐。怀中设馔，标许彦之奇方；座上钓鱼，呈左慈之妙技。遥升阁道，远睇平衢。鼓琴瑟而驾辎軿，出西关而游北海。登昆仑而一息，期汗漫于九垓。湘东遗鸟迹之书，济北致鱼山之会。拂虹旌于日路，飞羽盖于烟郊。既入无穷之门，遂游无极之野。青虬吐甲，爰披五岳之文；丹凤衔符，式受三皇之诀。濑乡九井，漾德水而澄漪；淮南八仙，著真图而阐秘。自非天姿拔俗，灵骨超凡，岂能访金策于玄门，寻玉皇于碧落者矣？升仙太子者，字子乔，周灵王之太子也。原夫补天益地之崇基，三分有二之洪业。神宗启胄，先承履帝之祥；圣考兴源，幼表灵须之相。白鱼标于瑞典，赤雀降于祯符。屈叔誉于三穷，锡师旷以四马。縠洛之斗，严父申欲壅之规；匡救之诚，仙储切犯颜之谏。播臣子之懿范，显图史之芳声。而灵应难窥，冥征罕测。紫云为盖，见嘉贶于张陵；白蜺成质，遗神丹于崔子。凤笙流响，恒居伊洛之间；鹤驾腾镳，俄陟神仙之路。嵩高岭上，虽借浮丘之迎；缑氏峰前，终待桓良之告。傍稽素篆，仰叩玄经。时将玉帝之游，乍洽琳宫之宴。仙冠岌岌，表嘉称于芙蓉；右弼巍巍，效灵官于桐柏。九丹可挹，仍标延寿之诚；千载方传，尚纪仙人之祀。辞青宫而归九府，弃苍震而慕重元。无劳羽翼之功，坐致云霄之赏。虽黄庭众圣，未接于末尘；紫洞群灵，岂骖于后乘！斯乃腾芳万古，擅美千龄，宜与夫松子、陶公同年而语者也。我国家先天纂业，辟地裁基。正八柱于乾纲，纽四维于坤载。山鸣鹫鹫，爰彰受命之祥；洛出图书，式兆兴王之运。廓提封于百亿，声教洽于无垠；被正朔于三千，文轨同于有截。茫茫宇宙，掩沙界以疏疆；眇眇寰区，笼铁围而划境。坐明堂以崇严祀，大礼攸陈；谒清庙而展因心，洪规更阐。文山西峙，上耸于圆清；武井东流，下凝于方浊。骈柯连理，恒骋异于彤墀；九穗两岐，每呈祥于翠亩。神芝吐秀，宛成轮盖之形；历草抽英，还司朔望之候。山车泽马，充仞于郊畿；瑞表祥图，洋溢于中外。乾坤交泰，阴阳和而风雨调；远肃迩安，兵戈戢而爟烽静。西鹣东鲽，已告太平之符；鄗黍江茅，屡荐升中之应。而王公卿士，百辟群僚，咸诣阙以披陈，请登封而告禅。敬陈严配之典，用展禋宗之仪。泥金而叶于告成，瘗玉而腾于茂实。千龄盛礼，一旦咸申。尔乃凤辇排虚，既造云霞之路；龙旗拂迥，方驰日月之扃。后殿萦山，先锋蔽野。千乘万骑，钩陈指灵岳之前；谷邃川停，羽驾陟仙坛之所。既而驰情烟路，系想元门。遥临松寝之前，近瞰桂岩之下。重峦绝磴，空留落景之晖；复庙连甍，徒见浮云之影。山扉半毁，才睹昔年之规；涧牖全倾，更创今辰之制。乃为子晋重立庙焉，仍改号为升仙太子之庙。方依福地，肇启仙居。开庙后之新基，获藏中之古剑。昆吾挺质，巨阙标名。白虹将紫电争锋，飞景共流星竞彩。去夜惊而除众毒，轻百户而却三军。空劳望气之人，自遇象天之宝。岩岩石室，纪黄老五千之文；赫赫灵坛，披碧洞三元之箓。爰于去岁尝遣内史往祠，虽人祇有路隔之言，而冥契著潜通之兆。遂于此日频感殊祯。迢递云间，闻凤笙之度响；徘徊空里，瞻鹤驾之来仪。瑞气氤氲，异香芬馥。钦承景贶，目击休征。尔其近对缑岑，遥临嵩岭。变维城之往庙，建储后之今祠。穷工匠之奇精，傍临绝壑；建山川之体势，上冠云霓。其地则测景名都，交风胜壤。仰观元纬，星文当太室之邦；俯瞩黄舆，地理处均霜之境。膏腴宇宙，通百越之楼船；穴险山原，控八方之车骑。危峰切汉，德水横川。实天下之枢机，极域中之壮观。于是扪危凿阯，越壑裁基。命般尔而开筵，召公输而缀思。梅梁瞰迥，近架烟霞；桂栋临虚，上连日月。窗明云母，将曙景而同晖；户挂琉璃，共晴天而合色。曲阁乘九霄之表，重檐架八景之中。湛休水于天池，发祥花于奇树。珠阙据纵峰之外，瑶坛接嵩峤之隈。素女乘云，窥步檐而不逮；青童驾羽，仰层槛而何阶。茂躅郁兮若生，灵仪肃兮如在。昔岘山堕泪，犹见钜平之碑；襄水沉波，尚有当阳之碣。况乎上宾天帝，摇山之风乐不归；下接浮丘，洛浦之笙歌斯远。岂可使芳猷懿躅，与岁月而推迁？霞宇星坛，共风烟而歇灭？乃刊碑勒颂，用纪徽音。庶亿载而惟新，齐两仪而配久。方伫乘龙使者，为降还龄之符；驾羽仙人，曲垂驻寿之药。使璇玑叶度，玉烛调时。百谷喜于丰年，兆庶安于泰俗。虔敷短制，乃作铭云：邈矣元始，悠哉浑成。傍该万类，仰契三精。至神不测，大象难名。出入太素，驱驰上清。其一。黄庭仙室，丹阙灵台。银宫雪合，玉树花开。夕游云路，朝挹霞杯。霓旌仿佛，羽驾徘徊。其二。树基创业，迁朝立市。四险天中，三川地纪。白鱼呈贶，丹乌荐社。灵骨仙才，芳猷不已。其三。遐瞻帝系，仰眷仙储。遥驰月域，高步烟墟。名超紫府，职迈玉虚。飘飖芝盖，容与云车。其四。远集昆仑，遥期汗漫。金浆玉液，雾宫霞馆。瑶草扶疏，珠林璀璨。万劫非久，二仪何算？其五。栖心大道，托迹长生。三山可陟，九转方成。凫飞舄影，凤引歌声。永升金阙，恒游玉京。其六。青童素女，浮丘赤松。位称桐柏，冠号芙蓉。寻真御辩，控鹤乘龙。高排云雾，轻举遐踪。其七。岁往年移，天长地久。霄汉为室，烟霞作友。舞鹤飞盖，歌鸾送酒。绝迹氛埃，芳名不朽。其八。粤我大周，上膺元命。补天立极，重光累圣。嘉瑞屡臻，殊祥叠映。归功苍昊，升中表庆。其九。爰因展礼，送接灵居。年载超忽，庭宇凋疏。更安珠敦，重开玉虚。方依翠壁，敬勒丹书。其十。新基建趾，古剑腾文。凤笙飞韵，鹤驾凌云。休符杂沓，嘉瑞氤氲。仙仪靡见，逸响空闻。其十一。仰圣思元，求真怀昔。霞轩月殿，星宫雾驿。万岁须臾，千龄朝夕。纪盛德于芳翰，勒鸿名于贞石。其十二。

上录文数首，虽不能定其决为武后自作，然流传已久，当时固宜并在武后集中。且其工丽如出一手，唐初文士，未能或之先也。武后诗文集，多至百余卷，为古今妇人之冠。如《升仙太子碑》等，自来妇人，亦无此大手笔。此外尚有《大福光寺浮图碑》《庄严楞伽诸经序》等，制诏传者，余数十通，并不复著云。

第三章

“五宋”与鲍君徽附牛应贞

“五宋”固亦宫人，今以其家学为历朝尊礼，别著于此。贝州宋廷芬者，之问裔孙也。能辞章，生五女，皆警慧善属文。长若华，次若昭、若伦、若宪、若荀，华、昭文尤高。皆性素洁，鄙薰泽靓妆。不愿归人，欲以学名家，家亦不欲与寒卿凡裔为姻对，听其学。若华诲诸妹如严师，著《女论语》十篇，大抵准《论语》，以韦逞母宣文君代孔子，曹大家等为颜冉，推明妇道所宜。若昭又为传申释之。贞元中，李抱真表其才。德宗召入禁中试文章，并问经史大义，帝咨美，悉留宫中。帝能诗，每与侍臣赓和，五人皆预，凡进御未尝不蒙赏。又高其风操，不以妾侍命之，呼学士。宪宗元和末，若华卒。自贞元七年，秘禁图籍，诏若华总领，穆宗以若昭尤通练，拜尚宫，嗣若华所职。历宪、穆、敬三朝，皆呼先生。后妃与诸王主，率以师礼见，宝历初卒。若宪代司秘书。文宗尚学，以若宪善属辞、粹议论，尤礼之。“五宋”遗文可见者，具录如下：

“五宋”诗文，唯若华、若昭、若宪所作，犹有存者。伦、荀先卒，故遗文不传。若华唯存七绝一首。云安公主下嫁，吴人陆畅为傧相。畅才思敏捷，应对如流，六宫大异之。畅吴音，若华以诗嘲之曰：

十二层楼倚翠空，凤鸾相对立梧桐。双成走报监门卫，莫使吴歈入汉宫。

若昭存诗一首，及《牛应贞传》：

奉和御制麟德殿宴百僚应制

垂衣临八极，肃穆四门通。自是无为化，非关辅弼功。修文招隐伏，尚武殄妖凶。德炳韶光炽，恩沾雨露浓。衣冠陪御宴，礼乐盛朝宗。万寿称觞日，千官信一同。

牛应贞传

牛肃长女曰应贞，适宏农杨唐源。少而聪颖，经耳必诵。年十三，凡诵佛经二百余卷，儒书子史又数百余卷，亲族惊异之。初应贞未读《左传》，方拟授之，而夜初眠中忽诵《春秋》，起“惠公元妃孟子卒”，终“智伯贪而愎，故韩魏反而丧之”。凡三十卷，一字无遗，天晓而毕。当诵时，有教之者，或相酬和。其父惊骇，数呼之，都不答，诵已而觉，问何故，亦不知。试令开卷，则已精熟矣。著文章百余首。后遂学穷三教，博涉多能。每夜中眠熟与文人谈论，文人皆古之知名者，往来答难。或称王弼、郑玄、王衍、陆机辩论锋起，或论文章、谈名理，往往数夜不已。年二十四而卒。今采其文《魍魉问影赋》著于篇。其序曰：“庚辰岁，予婴沉痛之疾，不起者十旬。毁顿精神，羸瘁形体，药物救疗，有加无瘳。感庄子有魍魉责影之义，故假之为赋，庶解疾焉。”“魍魉问于予影曰：‘君英达之人，聪明之子，学包六艺，文兼百氏。颐道家之秘言，探释部之幽旨。既虔恭于中馈，又希慕于前史。不矫枉以干名，不毁物而成己。伊淑德之如此，即精神之足恃。何故羸厥姿貌，沮其精神？烦冤枕席，憔悴衣巾？子惟形兮是寄，形与子兮相亲，何不诲之以崇德，而教之以自伦？异莱妻之乐道，殊鸿妇之安贫。岂痼疾而无生赖，将微贱而欲忘身？今节变岁移，腊终春首。照晴光于郊甸，动暄气于梅柳；冰解冻而绕轩，风扇和而入牖。固可蠲忧释疾，怡神养寿。何默尔无营，自贻伊咎？’仆于是勃然而应曰：‘子居于无人之域，游乎魑魅之乡，形既图于夏鼎，名又著于蒙庄，何所见之不博？何所谈之不长？夫影依日而生，像因人而见，岂言谈之足晓？何节物之能辩？随晦明以兴灭，逐形体以迁变。以愚夫畏影而蒙鄙之性以彰，智者视阴而迟暮之心可见。伊美恶兮由己，影何辜而遇谴？且予闻至道之精窈兮冥，至道之极昏兮默；达人委性命之修短，君子任时运之通塞。悔吝不能缠，荣耀不能惑。丧之不以为丧，得之不以为得。君子何乃怒予之不赏芳春？责予之不贵华饰？且吾之秉操，奚子智之能测？'言未卒，魍魉惕然而惊，叹而起曰：'仆生于绝域之外，长于荒遐之境。未晓智者之处身，是以造君而问影。既谈元之至妙，请终身以藏屏。'"初，应贞梦制书而食之，每梦食数十卷，则文体一变。如是非一，遂工为赋颂，文名曰《遗芳》也。

此外尚传有若昭《女论语序》，其文不类，故不录。牛应贞《遗芳集》不传，唯见于若昭此文。传中略于事迹，而存其一赋，深得史法也。

乐府有宋氏《宛转歌》《长相思》《采桑》三曲，即若宪所作，或但题"大家宋氏"。

宛转歌

风已清，月朗琴复鸣。掩抑非千态，殷勤是一声。歌宛转，宛转和且长。愿为双鸿一作"黄"。鹄，比翼共翱翔。

日已暮，长檐鸟声度。此时一本无上二字。望君君不来，此时一本无上二字。思君君不顾。歌宛转，宛转那能异栖宿？愿为形与影，出入恒相逐。

长相思

长相思，久离别；关山阻，风烟绝。台上镜文销，袖中书字灭。不见君形影，何曾有欢悦？

采　桑

春来南雁归，日去西蚕远。妾思纷何极，客一作君。游殊未返。

若宪诗乐府以外，尚存二章：

催妆诗

云安公主贵，出嫁五侯家。天母亲调粉，日兄怜赐花。催铺百子帐，待障七香车。借问妆成未，东方欲晓霞。

奉和御制麟德殿宴百僚

端拱承休命，时清荷圣皇。四聪闻受谏，五服远朝王。景媚暄初转，春残日正长。御筵多济济，盛乐复锵锵。酆镐谁能敌？横汾未可方。愿齐山岳寿，福祉永无疆。

与“五宋”齐名者，有鲍君徽。君徽字文姮，鲍徵君女，善诗。德宗尝召入宫，与侍臣赓和，赏赉甚厚。盖与“五宋”同时，而文采相埒。然入宫不久即乞归。其《乞归疏》曰：

臣以草茅嫠妇，重荷宠恩，自谓生有余幸矣。独念妾也幼鲜昆季，长失椿庭。室无鸡黍之餐，堂有垂白之母。衷情迫切，臣不啻隐忍，方虑控诉无门焉！兹者幸遇圣明，诏臣吟咏。一入御庭，百有余日。弄文舞字，上既以洽明圣之欢心；搦管浑毫，下既以倡诸臣之赓和。惟是茕然老母，置诸不问，岂为子女者恝然若是耶？臣一思维，寸肠百结。伏愿陛下开莫大之宏恩，听愚臣之片牍，得赐归家以供甘旨，则老母一日之余生，即陛下一日之恩赐也。臣不揣愚昧，冒死以进。

鲍君徽诗，今存四首。从容雅静，而不为炫耀，亦足尚也。

关山月

高高秋月明，北照辽阳城。寒迥光初满，风多晕更深。征人望乡思，战马闻鼙惊。朔风悲边草，沙漠昏虏营。霜凝匣中剑，风惫原上旌。早晚谒金阙，不闻刁斗声。

惜春花

枝上花，花下人，可怜颜色俱青春。昨日看花花灼灼，今日看花花欲落。不如尽此花下欢，莫待春风总吹却。莺歌蝶舞媚韶光，红炉煮茗松花香。妆成吟罢恣游乐，独把花枝归洞房。

奉和御制麟德殿宴百僚

霄泽光寰海，功成展武韶。戈铤清外垒，文物盛中朝。圣祚山河固，宸章日月昭。玉筵鸾鹄集，仙管凤皇调。御柳新低绿，宫莺乍啭娇。愿承亿兆庆，千祀奉神尧。

东亭茶宴

闲朝向晓出帘栊，茗宴东亭四望通。远眺城池山色里，俯聆弦管水声中。幽篁引沿新抽翠，芳槿低檐欲吐红。坐久此中无限兴，更怜团扇起清风。

第四章

唐之女冠文学

唐时重道，贵人名家，多出为女冠。至其末流，或尚佻达而愆礼法。故唐之女冠，恒与士人往来酬答。失之流荡，盖异于娼优者鲜矣。就中李季兰、鱼玄机雅有文才，为当时诗人所许。虽其行检不足称，而其文亦不可没也。

李冶字季兰，吴兴人。五六岁时，其父令咏蔷薇，云："经时未架却，心绪乱纵横。"父恚之曰："此失行妇也！"后为女冠，刘长卿诸人皆与往还。高仲武云："季兰诗，自鲍照以下，罕有其伦。如'远水浮仙棹，寒星伴使车'，五言之佳者也。"其诗存者十余首，今选录数章：

相思怨

人道海水深，不抵相思半。海水尚有涯，相思渺无畔。携琴上高楼，楼虚月华满。弹得相思曲，弦肠一时断。

寄朱放

望水试登山，山高湖又阔。相思无晓夕，相望经年月。郁郁山木青，绵绵野花发。别后无限情，相逢一时说。

听萧叔子弹琴赋得三峡流泉歌

妾家本住巫山云，巫山流泉常自闻。玉琴弹出转寥敻，疑是当时梦里听。三峡迢迢几千里，一时流入深闺里。巨石崩崖指下生，飞泉走浪弦中起。初疑愤怒含雷风，又似呜咽流不通。回湍曲濑势将尽，时复滴沥平沙中。忆昔阮公为此曲，能令仲容听不足。一弹既罢复一弹，愿作流泉镇相续。

寄校书七兄

无事乌程县，蹉跎岁月余。不知芸阁吏，寂寞竟何如？远水浮仙棹，寒星伴使车。因过大雷岸，莫忘八行书。

湖上卧病喜陆鸿渐至

昔去繁霜月，今来苦雾时。相逢仍卧病，欲语泪先垂。强劝陶家酒，还吟谢客诗。偶然成一醉，此外更何之？

送韩揆之江西

相看指杨柳，别恨转依依。万里江西水，孤舟何处归？湓城潮不到，夏口信应稀。唯有衡阳雁，年年来去飞。

送阎二十六赴剡县

流水阊门外，孤舟日复西。离情遍芳草，无处不萋萋。妾梦经吴苑，君行到剡溪。归来重相访，莫学阮郎迷。

恩命追入留别广陵故人

无才多病分龙钟，不料虚名达九重。仰愧弹冠上华发，多惭拂镜理衰容。驰心北阙随芳草，极目南山望旧峰。桂树不能留野客，沙鸥出浦谩相逢。

盖季兰为诗，有重名于时，晚年亦曾召入宫禁也。鱼玄机，字幼微，一字蕙兰，长安里家女。喜读书，有才思，补阙李亿纳为妾。爱衰，遂从冠帔于咸宜观，后以笞杀女童绿翘事，为京兆温璋所戮。其诗文藻有余，格局不高，然意致大抵流逸，视季兰稍逊矣。

暮春有感寄友人

莺语惊残梦，轻妆改泪容。竹阴初月薄，江静晚烟浓。湿嘴衔泥燕，香须采蕊蜂。独怜无限思，吟罢亚枝松。

题任处士创资福寺

幽人创奇境，游客驻行程。粉壁空留字，莲宫未有名。凿池泉自出，开径草重生。百尺金轮阁，当川豁眼明。

早　秋

嫩菊含新彩，远山闲夕烟。凉风惊绿树，清韵入朱弦。思妇机中锦，征人塞外天。雁飞鱼在水，书信若为传。

寄飞卿

阶砌乱虫鸣，庭柯烟露清。月中邻乐响，楼上远山明。珍簟凉风著，瑶琴寄恨生。嵇君懒书札，底物慰秋情？

夏日山居

移得仙居此地来，花丛自遍不曾栽。庭前亚树张衣桁，坐上新泉泛酒杯。轩槛暗传深竹径，绮罗长拥乱书堆。闲乘画舫吟明月，信任轻风吹却回。

隔汉江寄子安

江南江北愁望，相思相忆空吟。鸳鸯暖卧沙浦，鸂鶒游槌闲飞橘林。烟里歌声隐隐，渡头月色沉沉。含情咫尺千里，况听家家远砧。

寓　言

红桃处处春色，碧柳家家月明。楼上新妆待夜，闺中独坐含情。芙蓉月下鱼戏，螮蝀天边雀声。人世悲欢一梦，如何得作双成？

江陵愁望寄子安

枫叶千枝复万枝，江桥掩映暮帆迟。忆君心似西江水，日夜东流无歇时。

次光、威、裒韵

昔闻南国容华少，今日东邻姊妹三。妆阁相看鹦鹉赋，碧窗应绣凤凰衫。红芳满院参差折，绿醑盈杯次第衔。恐向瑶池曾作女，谪来尘世未为男。文姬有貌终堪比，西子无言我更惭。一曲艳歌琴杳杳，四弦轻拨语喃喃。当台竞斗青丝发，对月争夸白玉簪。小有洞中松露滴，大罗天上柳烟含。但能为雨心常在，不怕吹箫事未谙。阿母几嗔花下语，潘郎曾向梦中参。暂持清句魂犹断，若睹红颜死亦甘。怅望佳人何处在？行云归北又归南。

附光、威、裒联句原作：“光、威、裒”盖姊妹三人之名，逸其姓。

朱楼影直日当午，玉树阴低月已三。光。腻粉暗销银镂合，错刀闲剪泥金衫。威。绣床怕引乌龙吠，锦字愁教青鸟衔。裒。百味炼来怜益母，千花开处斗宜男。光。鸳鸯有伴谁能羡，鹦鹉无言我自惭。威。浪喜游蜂飞扑扑，佯惊孤燕语喃喃。裒。偏怜爱数蟋螋掌，每忆光抽玳瑁簪。光。烟洞几年悲尚在，星桥一夕帐空含。威。窗前时节羞虚掷，世上风流笑苦谙。裒。独结香绡偷饷送，暗垂檀袖学通参。光。须知化石心难定，却是为云分易甘。威。看见风光零落尽，弦声犹逐望江南。裒。

又有元淳，亦女道士，洛中人，亦善吟咏。唐末海印，蜀慈光寺尼，才思清峻，并方外妇人之能诗者，兹附著于此：

寄洛中诸姊

旧国经年别，关河万里思。题诗凭雁翼，望月想蛾眉。白发愁偏觉，归心梦独知。谁堪离乱处，掩泪向南枝。

舟　夜

水色连天色，风声益浪声。旅人归思苦，渔叟梦魂惊。举棹云先到，移舟月逐行。旋吟诗句罢，犹见远山横。

第五章

薛涛与娼妓文学

章学诚《妇学》曰："自唐宋以讫前明，国制不废女乐。公卿入直，则有翠袖薰炉；官司供张，每见红裙侑酒。梧桐金井，驿亭有秋感之缘；兰麝天香，曲江有春明之誓。见于纪载，盖亦详矣。又前朝虐政，凡缙绅籍没，波及妻孥，以致诗礼大家，多沦北里。其有妙兼色艺，慧擅声诗，都人大夫，从而酬唱，大抵情绵春草，思远秋枫，投赠类于交游，殷勤通于燕婉。诗情阔达，不复嫌疑，闺阁之篇，鼓钟阃外，其道固当然耳。且如声诗盛于三唐，而女子传篇亦寡。今就一代计之，篇什最高，莫如李冶、薛涛、鱼玄机三人，其他莫能并焉。是知女冠坊妓，多文因酬接之繁；礼法名门，篇简自非仪之诫。此亦其明征矣。"又曰："夫倾城名妓，屡接名流，酬答诗章。其命意也，兼具夫妻、朋友，可谓善借辞矣。而古人思君怀友，多托男女殷情。若诗人风刺邪淫，文代姣狂，自述区分三种。蹊径略同，品骘韵言，不可不知所辨也。夫忠臣谊友，隐跃存恳挚之诚；讽恶嫉邪，言外见忧伤之意。自序说废，而诗之得失悬殊；本旨不明，而辞之工拙迥异。《离骚》求女为真情，则语无伦次；《国风·溱洧》为自述，亦径直无味。作为拟托，文情自深。故无名男女之诗，殆如太极阴阳之理，存诸天壤，而智者自见智，仁者自见仁也。名妓工诗，亦通古义，转以男女慕悦之实，托于诗人温厚之辞，故其遗言雅而有则，真而不秽，流传千载，得耀简编，不能以人废也。第立言有体，妇异于男。比如《薤露》虽工，唯施于挽郎为称；棹歌纵妙，亦用于舟妇为宜。彼之赠李和张，所处应尔。良家闺阁，内言且不可闻。门外唱酬，此言何为而至耶？”

实斋当乾嘉之际，袁子才之流，颇收一时闺媛，列弟子籍。故实斋主张礼教，以为后世男女唱酬，唯坊妓之处地则然。然又以名妓工诗，以男女慕悦之实，托诗人温厚之词，雅而有则，真而不秽，不能以人废。则妇人文学，娼妓之作，何得不录？坊妓能诗，自唐为盛。宋及元明，承其流风。唐世女冠，亦迹近倡优，已见前章。兹于薛涛诸妓，复次而论之于此。

薛涛字洪度，本长安良家女。父郧，因官流寓于蜀。涛八九岁知诗。一日指井梧曰："庭除一古桐，耸干入云中。"令涛续之，涛曰："枝迎南北鸟，叶送往来风。"父愀然久之。父卒，年及笄，以诗闻于外。又能扫眉涂粉，与时士游。韦皋镇蜀，召令侍酒赋诗，欲以校书郎奏，请之护军，不可而止。涛出入镇幕，凡历事十一镇，皆以诗受知。其间与涛倡和者，元稹、白居易、牛僧孺、令狐楚、裴度、严绶、张籍、杜牧、刘禹锡、张祜诸名士。居浣花溪，能造松花纸及深红小彩笺，名于时。晚岁居碧鸡坊，建吟诗楼，栖息其上。卒年七十二，段文昌为撰墓志。有《洪度集》一卷。涛诗颇多，才情轶荡，而时出闲婉，七绝尤长，然大抵言情之作。今择录十余章于此：

春望词

花开不同赏，花落不同悲。欲问相思处，花开花落时。

揽草结同心，将以遗知音。春愁正断绝，春鸟复哀吟。

风花日将老，佳期犹渺渺。不结同心人，空结同心草。

那堪花满枝，翻作两相思。玉箸垂朝镜，春风知不知？

斛石山晓望寄吕侍御

曦轮初转照仙扃，旋劈烟岚上窅冥。不得玄晖同指点，天涯苍翠漫青青。

海棠溪

春教风景驻仙霞，水面鱼身总带花。人世不思灵卉异，竞将红缬染轻沙。

秋　泉

泠色初澄一带烟，幽声遥泻十丝弦。长来枕上牵情思，不使愁人半夜眠。

柳　絮

二月杨花轻复微，春风摇荡惹人衣。他家本是无情物，一向南飞又北飞。

送友人

水国蒹葭夜有霜，月寒山色共苍苍。谁言千里自今夕，离梦杳如关路长。

送卢员外

玉垒山前风雪夜，锦官城外别离魂。信陵公子如相问，长向夷门感旧恩。

上川主武相国二首

落日重城夕雾收，玳筵雕俎荐诸侯。因令朔月当庭燎，不使珠帘下玉钩。

东阁移尊绮席陈，貂簪龙节更宜春。军城画角三声歇，云幕初垂红烛新。

送姚员外

万条江柳早秋枝，袅地翻风色未衰。欲折尔来将赠别，莫教烟月两乡悲。

酬杜舍人

双鱼底事到侬家？扑手新诗片片霞。唱到白蘋洲畔曲，芙蓉空老蜀江花。

寄旧诗与元微之

诗篇调态人皆有，细腻风光我独知。月下咏花怜暗澹，雨朝题柳为敧垂。长教碧玉藏深处，总向红笺写自随。老大不能收拾得，与君开似教男儿。此首集不载，录之以见涛为诗自负如此。

唐时坊妓多能诗，兹择其尤工者一二录于下：

刘采春，越中妓，有《啰唝曲》曰：

不喜秦淮水，生憎江上船。载儿夫婿去，经岁又经年。
借问东园柳，枯来得几年？自无枝叶分，莫怨太阳偏。
莫作商人妇，金钗当卜钱。朝朝江口望，错认几人船。
那年离别日，只道住桐庐。桐庐人不见，今得广州书。
昨日胜今日，今年老去年。黄河清有日，白发黑无缘。
昨日北风寒，牵船浦里安。潮来打缆断，摇橹始知难。

欧阳詹游太原，悦一妓，约至都相迎。别后妓思之疾甚，乃刃髻作诗寄詹，绝笔而逝。其诗曰：

自从别后减容光，半是思郎半恨郎。欲识旧来云鬓样，为奴开取缕金箱。

韦蟾廉问鄂州，及罢，宾僚祖饯，韦以笺书《文选》二句，授坐客请续。有妓口占二句，无不嘉叹，蟾赠数十千纳之。其句曰：

悲莫悲兮生别离，登山临水送将归。武昌无限新栽柳，不见杨花扑面飞。

韦应物爱姬生一女，流落潭州，委身乐部。李翱见而怜之，于宾僚中选士嫁焉。女赋诗献李曰：

湘江舞罢忽成悲，便脱蛮靴出绛帷。谁是蔡邕琴酒客？魏公怀旧嫁文姬。

常浩亦名妓，有《寄远诗》曰：

年年二月时，十年期别期。春风不知信，车盖独迟迟。今日无端卷珠箔，始见庭花复零落。人心一往不复归，岁月来时未尝错。可怜荧荧玉镜台，尘飞幂幂几时开？却念容华非昔好，画眉犹自待君来。

贾中郎与武补阙登岘山，遇一妓同饮，自称襄阳人。《送武补阙诗》曰：

弄珠滩上欲销魂，独把离怀寄酒尊。无限烟花不留意，忍教芳草怨王孙。

张窈窕寓居于蜀。当时诗人，雅相推重，殆薛洪度之流也。其在成都《即事诗》曰：

昨日卖衣裳，今日卖衣裳。衣裳浑卖尽，羞见嫁时箱。有卖愁仍缓，无时心转伤。故园多阻隔，何处事蚕桑？

盛小丛，越妓。有《突厥三台诗》曰：

雁门山上雁初飞，马邑阑中马正肥。日旰山西逢驿使，殷勤南北送征衣。

赵鸾鸾，平康名妓，有《云鬟》《柳眉》《檀口》《纤指》《酥乳》诗。今录二首：

柳眉

弯弯柳叶愁边戏，湛湛菱花照处频。妩媚不烦螺子黛，春山画出自精神。

纤指

纤纤软玉削春葱，长在香罗翠袖中。昨日琵琶弦索上，分明满甲染猩红。

徐月英，江淮间妓，有集行世，今不传。录其诗一首：

叙怀

为失三从泣泪频，此身何用处人伦！虽然日逐笙歌乐，长羡荆钗与布裙。

又薛仙姖，亦名妓。作回文诗，反覆成章，颇有清逸之致。

回文四时词

花朵几枝柔傍砌，柳丝千缕细摇风。霞明半岭西斜日，月上孤村一树松。《吟春》。

凉回翠钿冰人冷，齿沁清风夏井寒。香篆袅风青缕缕，纸窗明月白团团。《吟夏》。

芦雪覆汀秋水白，柳风凋树晚山苍。孤灯客梦惊空馆，独雁征书寄远乡。《吟秋》。

天冻雨寒朝闭户，雪飞风冷夜关城。殷红炭火围炉暖，浅碧茶瓯注茗清。《吟冬》。

第六章

唐之妇女杂文学

唐时妇女，能诗文者最多。传于今者，或仅残篇断句，或不知作者姓名。然一时闺阁之好文可知也，辄以次略叙其可见者。

王勃《鞶鉴图序》云："上元二年，岁次乙亥，十有一月庚子，朔七日丙子，余将之交趾，旅次南海。有好事者以《转轮钩枝八花鉴铭》示予云：'当今之才妇人作也。'观其丽藻反复，文字萦回，句读曲屈，韵谐高雅，有陈规起讽之意，可以作鉴前烈，辉映将来者也。昔孔诗十兴，不遗卫姜；江篇拟古，无隔班媛。盖以超俊颖拔，同符君子者矣。呜呼！何勒非戒？何述非才？风律苟存，士女何算？聊抚镜以长想，遂援笔而作序。"其《鞶鉴图》词，盖回文四言诗也，惜不知作者何氏。辞曰：

> 篇章隐约，雅合雍熙。铅华著饰，尽瘁妍媸。旋躯合配，懿德章施。宣光炳耀，列象标奇。先人后己，阅礼崇诗。悬堂象设，启匣光驰。传芳远古，照引毫厘。坚惟莹澈，迹异磷缁。连星引月，藻振芳垂。妍齐锦绣，色配涟漪。虔思早暮，守谨闺闱。圆虚配道，象罔齐仪。烟疑缀玉，影表方枝。捐瑕涤怪，释怨忘疲。莲芳表质，日素凝姿。编辞衍义，质动形随。前瞻后戒，雪拂云披。联翩动鹊，映掩辞螭。蝉轻约鬓，柳翠分眉。全斯节志，敬尔尊卑。鲜含翠羽，影透轻池。源分派引，地等天规。延年益寿，代变时移。筌简等义，绘彩分词。

词分彩绘，义等简笺。移时变代，寿益年延。规天等地，引派分源。池轻透影，羽翠含鲜。卑尊尔敬，志节斯全。眉分翠柳，鬓约轻蝉。螭辞掩映，鹊动翩联。披云拂雪，戒后瞻前。随形动质，义衍辞编。姿凝素日，质表芳莲。疲忘怨释，怪涤瑕捐。枝方表影，玉缀疑烟。仪齐罔象，道配虚圆。闱闺谨守，暮早思虔。漪涟配色，绣锦齐妍。垂芳振藻，月引星连。缁磷异迹，澈莹惟坚。厘毫引照，古远芳传。驰光匣启，设象堂悬。诗崇礼阅，己后人先。奇标象列，耀炳光宣。施章德懿，配合躯旋。嫱妍瘁尽，饰著华铅。熙雍合雅，约隐章篇。

同时又有南海女子，年七岁，武后召见。令赋《诵兄诗》，应声而就。其诗曰：

别路云初起，离亭叶正飞。所嗟人异雁，不得一行归。

又有杨容华，华阴人，盖杨炯侄女。有《新妆诗》曰：

啼鸟惊眠罢，房栊乘晓开。凤钗金作缕，鸾镜玉为台。妆似临池出，人疑向月来。自怜终不见，欲去复徘徊。

唐妇人多传诗歌，为他文章者绝少。今录李邕妻温氏《为夫谢罪表》、胡愔《〈黄庭内景五脏六腑补泻图〉序》、陈邈妻郑氏《进女孝经表》、崔元暐母卢氏《训子诫》、周氏《夫曹因墓志铭》，以见当时妇人之为散文者。

为夫谢罪表

妾温氏言：邕效职不谨，状涉贪婪。逼迫图圄，获罪以闻。诚宜不待刑书，便当殒灭。然事有所隐，恐负明时。天地敻远，号诉不敢。仓卒之际，分从严诛。岂谓天鉴仁明，邕得生窜荒外。再造之幸，上答何阶？死罪死罪！邕少习文章，薄窃时誉，疾恶如仇。往任拾遗，奏张昌宗之党；后参宪府，劾武三思之罪。坐此为累，不容于众。秉邪佞者切齿，攻文章者侧目。由是频谪远郡，削迹朝端，不见阙庭，何啻十载？岁时凝恋，闻者伤怀！属国家有事东岳，大礼告成，法驾西旋，路游近境。普遵牛酒之献，各展臣子之心。不意天泽曲垂，恩私属沐，邕当再跃，何以为心？恳至夙诚，冀遂申效。妾闻正直见用，邪佞生忧。邕之祸端，肓此为始。且邕比任外官，竟无一议；天颜暂顾，罪则旋生。谚云："士无贤不肖，入朝见嫉。"伏惟陛下明察此言，妾之微躯，万死无恨。死罪死罪！邕初蒙勘当，即便禁身。水不入口，向逾五日。孤直援寡，邪党相趋。窘急至深，实不堪忍。气微息奄，唯命是听。遣邕手书，事生吏口。贷百姓蚕粮，抑称枉法；市罗以进，令作赃私。吏以为能寄此加罪。当时匦使朝堂，潜皆守捉。号天诉地，谁肯为闻？严命将行，恭往奔逐。泣血去国，没骨炎荒。长任钦州，示以无月。愿邕充一卒之用，效力明时。膏涂朔边，骨粪沙壤。使得身死王事，成邕夙心。妾则碎首粉身，万死为足。妾夫妇义重，常见亖志。不避罪责，冒死上闻。倘天光垂照，即当殒灭。妾之荣幸，实荷再生。谨奉表投延恩匦。

进女孝经表　郑　氏

妾闻天地之性，贵刚柔焉；夫妇之道，重礼义焉。仁、义、礼、智、信者，是谓"五常"。五常之教，其来远矣。总而为主，实在孝乎。夫孝者感鬼神，动天地，精神至贯，无所不达。盖以夫妇之道，人伦之始，考其得失，非细务也。《易》著乾坤，则阴阳之制有别；《礼》标羔雁，则伉俪之事实陈。妾每览先圣垂言，观前贤行事，未尝不抚躬三复，叹息久之。欲缅想余芳，遗踪可躅。妾侄女特蒙天恩，策为永王妃。以少长闺闱，未娴诗礼，至于经诰，触事面墙，夙夜忧惶，战惧交集。今戒以为妇之道，申以执经之礼，并述经史正义，无复载乎浮词。总一十八章，各为篇目，名曰《女孝经》。上至皇后，下及庶人，不行孝而成名者，未之闻也。妾不取自专，因以曹大家为主。虽不足藏诸岩石，亦可以少补闺庭。辄不揆量，敢兹闻达。轻触屏扆，伏待罪戾。妾郑氏诚惶诚恐，死罪死罪！谨言。

训子崔元暐诫　卢　氏

吾闻姨兄辛元驭云："儿子从宦者，有人来云：'贫乏不自存，此是好消息；若赀贷充足，裘马轻肥，此是恶消息。'" 吾尝以为确论。比见亲表中仕宦者务多财以奉亲，而其亲不究所从来，但以为喜。若出乎禄廩可矣，不然，何异盗乎？纵无大咎，独不内愧于心？汝今为吏不务洁清，无以载天覆地。宜识吾意！

《黄庭内景五脏六腑补泻图》序　胡愔

夫天主阳，食人以五气；地主阴，食人以五味。气味相感结为五脏，五脏之气散为四肢十六部、三百六十关节，引为筋脉、津液、血髓，蕴成六腑、三膲、十二经，通为九窍。故五脏者，为人形之主。一脏损则病生，五脏损则神灭。故五脏者，神明魂魄志精之所居也。每脏各有所主，是以心主神，肺主魄，肝主魂，脾主意，肾主志。发于外则上应五星，下应五岳，皆模范天地，禀象日月，触类而取，不可胜言。若能存神修养，克己励志，其道成矣。然后五脏坚强，则内受腥腐，诸毒不能侵；外遭疾病，诸气不能损。聪明纯粹，却老延年；志高神仙，形无困疲。日月精光来附我身，四时六气来合我体。入变化之道，通神明之理。把握阴阳，呼吸精神，造物者翻为我所制。至此之时，不假金丹玉液，琅玕大还，自然神化冲虚，气合太和而升云汉。五脏之气，结五云而入天中，左召阳神六甲，右呼阴神六丁，千变万化，驭飞轮而适意。是以不悟者劳苦外求，实非知生之道。是故太上曰："精是吾神，气是吾道。"藏精养气，保守坚贞。阴阳交会，以立其形是也。愔夙性不敏，幼慕玄门，炼志无为，栖心澹泊。览黄庭之妙理，穷碧简之遗文。焦心研精，屡更岁月。伏见旧图奥密，津路幽深。词理既玄，赜之者鲜。指以色象，或略记神名。诸氏纂修，异端斯起。遂使后学之辈，罕得其门。差之毫厘，谬逾千里。今敢搜罗管见，罄竭谀闻。按据诸经，别为图式。先明脏腑，次说修行。并引病源，吐纳徐疾。旁罗药理，导引屈伸。察色寻证，月禁食忌。庶使后来学者，披图而六情可见，开经而万品昭然。时大中二年戊辰岁述。

胡愔，号见素子，居太白山。注《黄庭内景图》一卷，盖妇人之逸品也。宋庆元三年，信州上饶尉陈庄，发土得唐碑，乃妇人为夫所作，即周氏所为其夫曹因墓志也，见洪《容斋随笔》。容斋曰："予案：唐世上饶，本隶饶州，其后分为信。故曹君为鄱阳人，能为达理如此，惜其不传，故书之以补图志之缺。”

曹因墓志铭

君姓曹，名因，字鄙夫，世为番阳人。祖父皆仕于唐高祖之朝，唯公三举不第，居家以礼义自守。及卒于长安之道，朝廷公卿，乡邻耆旧，无不太息。唯予独不然，谓其母曰：“家有南亩，足以养其亲；室有遗文，足以训其子。肖形天地间，范围阴阳内。死生聚散，特世态耳。何忧喜之有哉？”予姓周氏，公之妻室也。归公八载，恩义有专。故赠之铭曰：

其生也天，其死也天。苟达此理，哀复何言？

又宰相王抟妻杨氏，弘农人，曾著《女诫》一卷。有《伤子辞》曰：“予有令子，俭衣削食。以纪先功，志刊贞石。彼苍不遗，俾善莫隆。令予建立，痛冤无穷。”其余贤母，往往有之。而遗文不少概见，靡得而述矣。

魏求己妹，其夫未详，有《赠外诗》，仿佛卓氏《白头吟》意。展转叙述，情词黯然，亦不失为能诗者。《赠外诗》曰：

浮萍依绿水，弱茑寄青松。与君结大义，移天得所从。翰林无双鸟，剑水不分龙。谐和类琴瑟，坚固同胶漆。义重恩欲深，夷险贵如一。本自身不令，积多婴痛疾。朝夕倦床枕，形体耻巾栉。游子倦风尘，从官初解巾。束装赴南郢，脂驾出西秦。比翼终难遂，衔雌苦未因。徒悲枫岸远，空对柳园春。男儿不重旧，丈夫多好新。新人喜新聘，朝朝临粉镜。两鸳固无比，双蛾谁与竞？讵怜愁思人，衔啼嗟薄命。葬华不足恃，松枝有余劲。所愿好九思，勿令亏百行。

薛元暧妻林氏，济南人。元暧为隰城丞，早卒。林博涉五经，有母仪令德。训其子彦辅、彦国、彦伟、彦云，及侄据、总、播，并登进士第，衣冠荣之。有《送男彦辅左贬诗》曰：

他日初投杼，勤王在饮冰。有辞期不罚，积毁竟。一作“意许”。相仍。谪宦今何在？衔冤犹未胜。天涯分越徼，驿骑。一作“骤”。速毗陵。肠断腹非苦，书传写岂能！泪添江水远，心剧海云蒸。明月珠难识，甘泉赋可称。但将忠报主，何惧点青蝇！

寇坦母赵氏，有《古兴诗》三首曰：

郁蒸夏将半，暑气扇飞阁。骤雨满空来，当轩卷罗幕。度云开夕霁，宇宙何清廓。明月流素光，轻风换炎铄。孤鸾伤对影，宝瑟悲别鹤。君子去不还，遥心欲何托？

金菊延清霜，玉壶多美酒。良人犹不归，芳菲岂常有？不惜芳菲歇，但伤别离久。含情罢斟酌，凝怨对窗牖。

霁雪舒长野，寒云半幽谷。严风振枯条，猿啼抱冰木。所嗟游宦子，少小荷天禄。前程未云至，凄怆对车仆。岁寒成咏歌，日暮栖林朴。不惮行险道，空悲年运促。

乔氏，冯翊人，乔知之之妹。有《咏破帘诗》曰：

已漏风声罢，绳持也不禁。一从经落后，无复有贞心。

元载妻王韫秀，王忠嗣女。载微时为人所轻，既贵，多慢宾客，氏以诗谏之。及载被诛，上令氏入宫，氏曰："三十年太原节度女，十六年宰相妻，岂复为长信昭阳给事使乎？死亦幸矣！"

偕夫游秦

路扫饥寒迹，天哀志气人。休零离别泪，携手入西秦。

谏夫诗

楚竹燕歌动画梁，更阑重换舞衣裳。公孙开馆招佳客，知道浮云不久长。

吉中孚为大历十才子之一，其妻张夫人，楚州山阳人，亦善吟咏。今所传者数章：

拜新月

拜新月，拜月出堂前。暗魄初笼桂，虚弓未引弦。拜新月，拜月妆台上。鸾镜始安台，蛾眉已相向。拜新月，拜月不胜情，庭花风露清。月临人自老，人望月长明。东家阿母亦拜月，一拜一悲声断绝。昔年拜月逞容辉，如今拜月双泪垂。回看众女拜新月，却忆红闺年少时。

柳　絮

霭霭芳春朝，雪絮起青条。或值花同舞，不因风自飘。过尊浮绿醑，拂幌缀红绡。那用持愁玩，春怀不自聊？

晁采，小字试莺，大历时人。少与邻生文茂约为伉俪。及长，茂时寄诗通情，母从其志，遂以归茂。今择录其诗如下：

春日送夫之长安

思君远别妾心愁，踏翠江边送画舟。欲待相看迟此别，只忧红日向西流。

子夜歌

侬既剪云鬟，郎亦分丝发。觅向无人处，绾作同心结。
夜夜不成寐，拥被啼终夕。郎不信侬时，但看枕上迹。
何时得成匹，离恨不复牵。金针刺菡萏，夜夜得见莲。
相逢逐凉候，黄花忽复香。颦眉腊月露，愁杀未成霜。
明窗弄玉指，指甲如水晶。剪之特寄郎，聊当携手行。
寄语闺中娘，颜色不常好。含笑对棘实，欢娱须是枣。
良会终有时，劝郎莫得怒。姜蘖畏春蚕，要绵须辛苦。
醉梦幸逢郎，无奈乌哑哑。山中如有酒，敢惜千金价。
信使无虚日，玉酝寄盈觥。一年一日雨，底事太多晴？
绣房拟会郎，四窗日离离。手自施屏障，恐有女伴窥。
相思百余日，相见苦无期。褰裳摘藕花，要莲敢恨池。
金盆盥素手，焚香诵普门。来生何所愿？与郎为一身。
花池多芳水，玉杯挹赠郎。避人藏袖里，湿却素罗裳。
感郎金针赠，欲报物俱轻。一双连素缕，与郎聊定情。

寒风响枯木，通夕不得卧。早起遣问郎，昨宵何以过？
得郎日嗣音，令人不可睹。熊胆磨作墨，书来字字苦。
轻巾手自制，颜色烂含桃。先怀侬袖里，然后约郎腰。
侬赠绿丝衣，郎遗玉钩子。郎欲系侬心，侬思著郎体。

元微之继室裴淑，字柔之。微之自会稽到京，未逾月，出镇武昌。裴难之，微之赋诗相慰，裴亦答以诗曰：

侯门初拥节，御苑柳丝新。不是悲殊命，唯愁别近亲。黄莺迁古木，朱履从清尘。想到千山外，沧江正暮春。

元微之作《会真记》，有崔莺莺诗文。或曰："微之所依托也。"又有谓张生即微之自喻者。今但录莺莺《明月三五夜》一首，余诗与其《贻张生书》，则从略焉。

明月三五夜

待月西厢下，迎风户半开。拂墙花影动，疑是玉人来。

《说郛》中又载姚月华诗。月华幼聪慧，梦月轮坠于妆台，觉而大悟。未尝读书，搦管辄有所得，文词绝妙。随父寓扬子江，与一邻生书词往来。小说家言，其人之有无，事之果否，皆不可信。如《楚妃怨》，确是高手，非庸庸能造。《效徐淑体》，则殊平平耳。

效徐淑体怨诗

妾生兮不辰，盛年兮逢屯。寒暑兮心结，夙夜兮眉颦。循环兮不息，如彼兮车轮。车轮兮可歇，妾心兮焉伸？杂沓兮无绪，如彼兮丝棼。丝棼兮可理，妾心兮焉分？空闺兮岑寂，妆阁兮生尘。萱草兮徒树，兹忧兮岂泯？幸逢兮君子，许结兮殷勤。分香兮剪发，赠玉兮共珍。指天兮结誓，愿为兮一身。所遭兮多舛，玉体兮难亲。损餐兮减寝，带缓兮罗裙。菱鉴兮慵启，博炉兮焉熏？整袜兮欲举，塞路兮荆榛。逢人兮欲语，鞈匝兮顽嚚。烦冤兮潓胸，何时兮可论？愿君兮见察，妾死兮何瞋！

怨诗寄杨达一作“古怨”

春一作“江”。水悠悠春草绿，对此思君泪相续。羞将离恨向东风，理尽秦筝一作“瑶琴”。不成曲。

与君形影分吴越，玉枕经一作“终”。年对离别。登台一作“高”。北望烟雨深，回身泣向寥天月。

楚妃怨

梧桐叶下黄金井，横架辘轳牵素绠。美人初起天未明，手拂银瓶秋水冷。

贞元时杜羔妻赵氏，善属文。羔仕至尚书。今传诗数章，录二首：

杂言寄杜羔

君从淮海游，再过兰杜秋。归来未须臾，又欲向梁州。梁州秦岭西，栈道与云齐。羌虏万余落，矛戟自高低。已念寡俦侣，复虑劳攀跻。丈夫重志气，儿女空悲啼。临邛滞游地，肯顾浊水泥？人生赋命有厚薄，君但遨游我寂寞。

闻杜羔登第

长安此去无多地，郁郁葱葱佳气浮。良人得意正年少，今夜醉眠何处楼？

王氏，太原人，永福潘令之妻。王氏随夫宰永福，任满祖饯，留连累日，王先解舟，泊五里汰王滩下，俟久不至。月夜登岸，题诗石壁，末署“太原族望”。岁久诗漫灭，独“太原”二字入石，邑人因以名滩。诗曰：

何事潘郎恋别筵？欢情未断妾心悬。汰王滩下相思处，猿叫山山月满船。

薛蕴，字馥彦，辅孙女也。其《赠郑女郎诗》曰：

艳阳灼灼河洛神，珠帘绣户青楼春。能弹箜篌弄纤指，愁杀门前少年子。笑开一面红粉妆，东园几树桃花死。朝理曲，暮理曲，独坐窗前一片玉。行也娇，坐也娇，见之令人魂魄销。

堂前锦褥红地炉，绿沉香榼倾屠苏。解佩时时歇歌管，芙蓉帐里兰麝满。晚起罗衣香不断，灭烛每嫌秋夜短。

陈玉兰，吴人，王驾妻也。有《寄夫诗》曰：

夫戍边关妾在吴，西风吹妾妾忧夫。一行书信千行泪，寒到君边衣到无？

薛媛，濠梁人，南楚材妻也。楚材旅游陈，受颍牧之眷，欲以女妻之。楚材许诺。因托言有访道行，不复返旧。薛媛善画，妙属文，微知其意，对镜图形，为诗寄之。楚材大惭，遂归偕老。其诗曰：

欲下丹青笔，先拈宝镜寒。已经颜索寞，渐觉鬓凋残。泪眼描将易，愁肠写出难。恐君浑忘却，时展画图看。

孙氏，乐昌人，进士孟昌期妻也。善诗，每代夫作。一日忽曰："才思非妇人事。"遂焚其集。

闻　琴

玉指朱弦轧复清，湘妃愁怨最难听。初疑飒飒凉风动，又似萧萧暮雨零。近比流泉来碧嶂，远如玄鹤下青冥。夜深弹罢堪惆怅，露湿丛兰月满庭。

侯氏，边将张揆妻也。揆防戎十余年不归，侯为诗，绣作龟形，诣阙上之。武宗览诗，敕揆还乡，并赐侯绢三百匹。其诗曰：

睽离已是十秋强，对镜那堪重理妆？闻雁几回修尺素，见霜先为制衣裳。开箱叠练先垂泪，拂杵调砧更断肠。绣作龟形献天子，愿教征客早还乡。

慎氏，毗陵儒家女也，适蕲春严灌夫。无子，被出。慎以诗诀，灌夫感而留之。其《诀夫诗》曰：

当时心事已相关，雨散云飞一晌间。便是孤帆从此去，不堪重上望夫山。

窦梁宾，夷门人，卢东表侍儿也。有《雨中看牡丹诗》曰：

东风未放晓泥干，红药花开不奈寒。待得天晴花已老，不如携手雨中看。

张文姬，鲍参军妻也。存诗四首：

溪口云

溶溶溪口云，才向溪中吐。不复归溪中，还作溪中雨。

池上竹

此君临此池，枝低水相近。碧色绿波中，日日流不尽。

沙上鹭

沙头一水禽，鼓翼扬清音。只待高风便，非无云汉心。

双槿树

绿影竞扶疏，红姿相照灼。不学桃李花，乱向春风落。

程长文，鄱阳人，尝为强暴所诬。长文献诗雪冤，亦才女子也。

铜雀台怨

君王去后行人绝，箫筝不响歌喉咽。雄剑无威光彩沉，宝琴零落金星灭。玉阶寂寞坠秋露，月照当时歌舞处。当时歌舞人不回，化为今日西陵灰。

李锜妾杜秋娘，本金陵倡家女。尝歌《金缕曲》以劝锜酒曰：

劝君莫惜金缕衣，劝君惜取少年时。花开堪折直须折，莫待无花空折枝。

柳氏，韩翃妾。初为李生姬，后李以赠翃。翃就侯希逸幕，柳留都下，遭乱为尼，劫于番将沙叱利。虞侯许俊以计取之，复归翃。先是，柳有《答翃诗》曰：

杨柳枝，芳菲节，可恨年年赠离别。一叶随风忽报秋，纵使君来岂堪折！

红绡，大历中勋臣家妓，后奔崔生。有《忆崔生诗》曰：

深洞莺啼恨阮郎，偷来花下解珠珰。碧云飘断音书绝，空倚玉箫愁凤皇。

张建封妾关盼盼，本徐州妓，建封纳之，宠眷甚深。及建封殁，盼盼独居彭城故燕子楼，历十余年。白居易赠诗讽其死，盼盼得诗泣曰："妾非不能死，恐我公有从死之妾，玷清范耳。"乃和白诗，旬日不食而卒。

燕子楼 三首

楼上残灯伴晓霜，独眠人起合欢床。相思一夜情多少？地角天涯不是长。

北邙松柏锁愁烟，燕子楼中思悄然。自埋剑履歌尘散，红袖香销已十年。

适看鸿雁岳阳回，又睹玄禽逼社来。瑶瑟玉箫无意绪，任从蛛网任从灰。

步非烟，河南功曹武公业妾。邻生赵象以诗诱之，非烟答诗。象因逾垣相从，事露笞死。

答赵象

绿惨双蛾不自持，只缘幽恨在新诗。郎心应似琴心怨，脉脉春情更泥谁？

寄　怀

画檐春燕须同宿，兰浦双鸳肯独飞？长恨桃源诸女伴，等闲花里送郎归。

外国女子为缙绅妾，亦有能诗者。薛瑶，东明国人，左武卫将军承冲之女，嫁为郭元振妾。先是，薛氏年十五，剪发出家，六年而返俗嫁于郭。其返俗，有诗曰：

化云心兮思淑贞，洞寂灭兮不见人。瑶草芳兮思芬蒕，将奈何兮青春？

唐时妇人所传篇章，有不知其时代，仅存姓名，或仅知其为谁氏妻，而名氏不可考，或俱不可知，但为出于妇人者，亦多美句，辄择而录之于下：

铜雀台　梁　琼

歌扇向陵开，齐行奠玉杯。舞时飞燕列，梦里片云来。月色空余恨，松声莫更哀。谁怜未死妾，掩袂下铜台。

昭君怨 梁琼

自古无和亲，贻灾一作"天贻"。到妾身。朔风嘶去马，汉月出行轮。衣薄狼山雪，妆成虏塞春。回看父母国，生死毕胡尘。

有所思 刘云

朝亦有所思，暮亦有所思。登楼望君处，蔼蔼萧关道。掩泪向浮云，谁知妾怀抱？一作"蔼蔼浮云飞。浮云遮却阳关道，向晚谁知妾怀抱？"玉井苍苔春院深，桐花落尽一作"地"。无人扫。

独夜词 崔公远一作"达"

晴天霜落寒风急，锦帐罗帏羞更入。秦筝不复续断弦，回身掩泪挑灯立。

春词 张琰

垂柳鸣黄鹂，关关若求友。春情不可耐，愁杀闺中妇。日暮登高楼，谁怜小垂手？

昨日桃花飞，今朝梨花吐。春色能几时，那堪此愁绪！荡子游不归，春来泪如雨。

铜雀台 张琰一作张瑛诗

君王冥漠不可见，铜雀歌舞空徘徊。西陵啧啧悲宿鸟，高一作"空"。殿沉沉闭青苔。青苔无人迹，红粉空自一作"相"。哀。

长门怨 刘媛

雨滴梧桐一作"长门"。秋夜长，愁心和雨到昭阳。泪痕不学一作"共"。君恩断，拭却千行更万行。

学画蛾眉独出群，当时人道便承恩。经年不见君王面，花落黄昏空掩门。

暗别离 刘瑶"刘"一作"裴"

槐花结子桐叶焦，单飞越鸟啼青霄。翠轩辗云轻遥遥，燕脂泪迸红线条。瑶草歇芳心耿耿，玉佩无声画屏冷。朱弦暗断不见人，风动花枝月中影。青鸾脉脉西飞去，海阔天高不知处。

古意曲　刘　瑶

梧桐阶下月团团，洞房如水秋夜阑。吴刀剪破机头锦，茱萸花坠相思枕。绿窗寂寞背灯时，暗数寒更不成寝。

古　意　崔　萱

灼灼叶中花，夏萎春又芳。明明天上月，蟾缺圆复光。未如君子情，朝违夕已忘。玉帐枕犹暖，纨扇思何长。愿因西南风，吹上玳瑁床。娇眠锦衾里，展转双鸳鸯。

叙　别　崔　萱

碧池漾漾春水绿，中有佳禽暮栖宿。愿持此意永相贻，只虑君情中反覆。

赠所思　崔仲容

所吾幸接邻，相见不相亲。一似云间月，何殊镜里人。丹诚一作“成”。空有梦，肠断不禁春。愿作梁间燕，无由变此身。

赠歌姬　崔仲容

水剪双眸雾剪衣，当筵一曲媚春辉。潇湘夜瑟怨犹在，巫峡晓云愁不飞。皓齿乍分寒玉细，黛眉轻蹙远山微。渭城朝雨休重唱，满眼阳关客未归。

会仙诗　二首录一　葛鸦儿

彩凤摇摇下翠微，烟光漠漠遍芳枝。玉窗仙会何人见？唯有春风仔细知。

峡中即事　廉　氏

清秋三峡此中去，鸣鸟孤猿不可闻。一道水声多乱石，四时天色少晴云。日暮泛舟溪溆口，那堪夜永思氛氲！

怀　远　廉　氏

隙尘何微微，朝夕通其辉。人生各有托，君去独不归。青林有蝉响，赤日无鸟飞。裴回东南望，双泪空沾衣。

携手曲　田　娥

携手共惜芳菲节，莺啼锦花满城阙。行乐逶迤念容色，色衰只恐君恩歇。凤笙龙管白日阴，盈亏自感青天月。

中秋夜泊武昌　刘淑柔

两城相对峙，一水向东流。今夜素娥月，何年黄鹤楼？悠悠兰棹晚，渺渺荻花秋。无奈柔肠断，关山总是愁。

题兴元明珠亭　京兆女子

寂寥满地落花红，独有离人万恨中。回首池塘更无语，手弹珠泪与春风。

题玉泉溪　湘驿女子

红叶醉秋色，碧溪弹夜弦。佳期不可再，风雨杳如年。

早　梅　刘元载妻

南枝向暖北枝寒，一种春风有两般。凭仗高楼莫吹笛，大家留取倚阑干。

杨柳枝词　周德华

清江一曲柳千条，二十年前旧板桥。曾与情人桥上别，更无消息到今朝。

夷陵歌　夷陵女子

明月清风，良宵会同。星河易翻，欢娱不终。绿樽翠杓，为君斟酌。今夕不饮，何时欢乐?

杨柳杨柳，袅袅随风急。西楼美人春梦中，翠帘斜卷千条入。

题三乡诗　并序　若耶溪女子

余家本若耶溪东，与同志者二三，纫兰佩蕙，每贪幽闲之境，玩花光于风月之亭。竟昼绵宵，往往忘倦。洎乎初笄，五换星霜矣。

自后不得已从良人西入函关，寓居晋昌里第。其居迥绝尘嚣，花木丛翠。东西邻二佛宫，皆上国胜游之最。伺其闲寂，因游览焉，亦不辜一时之风月也。不意良人已矣，邈然无依。帝里方春，吊影东迈。涉浐水，历渭川，背终南，陟太华，经虢略，抵陕郊。挹嘉祥之清流，面女儿之苍翠。凡经过之所，皆曩昔燕笑之地，衔冤茹叹，举目魂销。虽残骸尚存，而精爽都失。假使潘岳复生，无以悼其幽思也。遂命笔聊题，终不能涤其怀抱，绝笔恸哭而去。时会昌壬戌岁仲春十九日，二九子，为父后，玉无瑕，弁无首，荆山石，往往有题：

昔逐良人西入关，良人身殁妾空还。谢娘卫女不相待，为雨为云归此山。《彤管遗编》云："若耶溪女隐名不书，后李舒解之曰：'二九十八，十加八，木字，子为父后，木下子，李氏也。玉无瑕，去其点也。弁无首，存其廾也。王下廾，弄字也。荆山石往往有者，荆山多玉，当是姓李，名弄玉也。'"

第七章

五代妇女文学与花蕊夫人

五代妇人文学，当以蜀花蕊夫人最为大家。其余如后唐庄宗母贞简曹后、明宗后武显曹后、晋高祖后李皇后、汉高祖昭圣李后，并有制诏或遗令之属，著于史籍。然皆当时文臣所为，非必自作也。唯前、后蜀后妃，多有文采，王蜀则太后徐氏、太妃徐氏，及宫人李舜弦、李玉箫；孟蜀则花蕊夫人是已。

成都徐耕生二女，皆有国色，能为诗。蜀王建纳之，姊为贤妃，妹为淑妃。王衍即位，册贤妃为顺圣太后，淑妃为翊圣太妃。咸康元年，衍奉太后、太妃同祷青城山，凡游历之处，各赋诗刻于石。

丈人观谒先帝御容 徐太后

圣帝归梧野，躬来谒圣颜。旋登三径路，似陟九嶷山。日照堆岚迥，云横积翠间。期修封禅礼，方俟再跻攀。

题汉州三学山至夜看圣灯 徐太后

虔祷游灵境，元妃夙志同。玉香焚静夜，银烛炫辽空。泉漱云根月，钟敲桧杪风。印金标圣迹，飞石显神功。满望天涯极，西归日脚红。猿来斋石上，僧集讲筵中。顿作超三界，浑疑证六通。愿成修偃化，社稷保延洪。

元都观　徐太后

千寻绿嶂夹流溪，登眺因知海一作“众”。岳低。瀑布迸春青石碎，轮茵横剪翠峰齐。步粘苔藓龙桥滑，日闭烟萝一作“峦”。鸟径迷。莫道穹天无路到，此山便是碧云梯。

题彭州阳平化　徐太妃

云浮翠辇届阳平，真似骖鸾到上清。风起兰厓闻虎啸，雨来当面见龙行。晚寻水涧听松韵，夜上星坛看月明。长恐前身居此境，玉皇教向锦城生。

三学山夜看圣灯　徐太妃

圣灯千万炬，旋向碧空生。细雨湿不暗，好风吹更明。磬敲金地响，僧唱梵天声。若说无心法，此光如有情。

祷青城山回　徐太妃

翠驿江亭近玉亭，梦魂犹是在青城。比来出看江山景，却被江山看出行。

李舜弦，梓州人，盖李珣之妹。珣雅有文才，尤工诗词。王衍纳舜弦为昭仪，有《随驾游青城诗》曰：

因随八马上仙山，顿隔尘埃物象闲。只恐西追王母宴，却忧难得到人间。

李玉箫亦王衍宫人，有《宫词》曰：

鸳鸯瓦上瞥然声，昼寝宫娥梦里惊。元是我王金弹子，海棠花下打流莺。

蜀时有女子黄崇嘏者，临邛人。幼尝伪为男子，以诗谒蜀相周庠，庠荐摄府掾事，甚明敏，庠爱其才。崇嘏赋诗辞，乃知为黄使君女也。未适人，归与老妪同居终其身。亦奇女子也，而诗甚平平，世多艳称其事，故附著于此。其《辞蜀相诗》曰：

一辞拾翠碧江湄，贫守蓬茅但赋诗。自服蓝衫居郡掾，永抛鸾镜画娥眉。立身卓尔青松操，挺志坚然白璧姿。幕府若容为坦腹，愿天速变作男儿。

花蕊夫人，姓费氏，幼能为文，尤工诗。以才貌事孟昶，号花蕊夫人。尝制《宫词》百首，才藻风流，不减王建。宋平蜀，太祖怜其才，重之。尝论蜀之所以亡，夫人口占答曰："君王城上竖降旗，妾在深宫那得知？十四万人齐解甲，更无一个是男儿。"后输织室，悲忧抑郁，不忘故君，以罪赐死。所作《宫词》，清新俊雅，传者多与王建诸人相乱，乃至百五十余首。今择录数十章于下：

宫　词

五云楼阁凤城间，花木长新日月闲。三十六宫连内苑，太平天子住昆山。

会真广殿约宫墙，楼阁相扶倚太阳。净甃玉阶横水岸，御炉香气扑龙床。

离宫别院绕宫城，金版轻敲合凤笙。夜夜月明花树底，傍池长有按歌声。

梨园子弟簇池头，小乐携来候燕游。旋炙银笙先按拍，海棠花下合梁州。

殿前排宴赏花开，宫女侵晨探几回。斜望苑门遥举袖，传声宣唤近臣来。

自教宫娥学打球，玉鞍初跨柳腰柔。上棚知是官家认，遍遍长赢第一筹。

倢伃生长帝王家，常近龙颜逐翠华。杨柳岸长春日暮，傍池行困倚桃花。

罗衫玉带最风流，斜插银篦帕裹头。闻得殿前调御马，掉鞭横过小红楼。

小小宫娥到内园，未梳云鬓脸如莲。自从配与夫人后，不使寻花乱入船。

半夜摇船载内家，水门红蜡一行斜。圣人正在宫中饮，宣使池头旋折花。

酒库新修近水旁，泼醅初熟五云浆。殿前供御频宣索，进入花间一阵香。

管弦声急满龙池，宫女藏阄夜宴时。好是圣人亲捉得，便将浓墨扫双眉。

龙池九曲远相通，杨柳丝牵两岸风。长似江南好风景，画船来去碧波中。

东内斜将紫禁通，龙池凤苑夹城中。晓钟声断严妆罢，院院纱窗海日红。

殿名新立号重光，岛上亭台尽改张。但是一人行幸处，黄金阁子锁牙床。

安排诸院接行廊，水槛周回十里长。青锦地衣红绣毯，尽铺龙脑郁金香。

厨盘进食簇时新，侍宴无非列近臣。日午殿头宣索绘，隔花催唤打鱼人。

立春日进内园花，红蕊轻轻嫩浅霞。跪到玉阶犹带露，一时宣赐与宫娃。

御制新翻曲子成，六宫才唱未知名。尽将觱篥来抄谱，先按君王玉笛声。

旋移红树劚青苔，宣使龙池更凿开。展得绿波宽似海，水心楼殿胜蓬莱。

六宫官职总新除，宫女安排入画图。二十四司分六局，御前频见错相呼。

春风一面晓妆成，偷折花枝傍水行。却被内监遥觑见，故将红豆打黄莺。

供奉头筹不敢争，上棚等唤近臣名。内人酌酒才宣赐，马上齐呼万岁声。

翔鸾阁外夕阳天，树影花光远接连。望见内家来往处，水门斜过画楼船。

新秋女伴各相逢，罨画船飞别渚中。旋折荷花伴歌舞，夕阳斜照满衣红。

月头支给买花钱，满殿宫人近数千。遇著唱名多不语，含羞走过御床前。

沉香亭子傍池斜，夏日巡游歇翠华。帘畔玉盆盛净水，内人手里剖银瓜。

金画香台出露盘，黄龙雕刻绕朱栏。焚修每遇三元节，天子亲簪白玉冠。

锦城上起凝烟阁，拥殿遮楼一向高。认得圣颜遥望见，碧栏干映赭黄袍。

大臣承宠赐新庄，栀子园东柳院傍。每日圣恩亲幸到，板桥头是读书堂。

慢梳鬟髻著轻红，春早争求芍药丛。近日承恩移住处，夹城里面占新宫。

别色官司御辇家，黄衫束带脸如花。深宫内苑参承惯，常从金舆到日斜。

太液波清水殿凉，画船惊起宿鸳鸯。翠眉不及池边柳，取次飞花入建章。

海棠花发盛春天，游赏无时引御筵。绕岸结成红锦帐，暖枝犹拂画楼船。

明朝腊日官家出，随驾先须点内人。回鹘衣装回鹘马，就中偏称小腰身。

鞍鞯盘龙闪色装，黄金压胯紫游缰。自从拣得真龙骨，别置东头小马房。

翠辇每从城畔出，内人相次立池边。嫩荷花里摇船去，一阵香风逐水来。

宫娥小小艳红妆，唱得歌声绕画梁。缘是太妃新进入，座前颁赐小罗箱。

池心小样钓鱼船，入玩偏宜向晚天。挂得彩帆教便放，急风吹过水门边。

嫩荷香扑钓鱼亭，水面文鱼作队行。宫女竞来池畔看，傍帘呼唤勿高声。

白藤花限白银花，阁子当门寝殿斜。近被宫中知了事，每来随驾使煎茶。

西球场里打球回，御宴先于苑内开。宣索教坊诸妓乐，傍池催唤入船来。

新翻酒令著词章，侍宴初开意却忙。宣使近臣传内本，书家院里遍抄将。

三清台近苑墙东，楼槛层层映水红。尽日绮罗人度曲，管弦歌在半天中。

内人承宠赐新房，红纸泥窗绕画廊。种得海柑才结子，乞求自进与君王。

金碧栏干倚岸边，卷帘初听一声蝉。殿头日午摇纨扇，宫女争来玉座前。

侍女争挥玉弹弓，金丸飞入乱花中。一时惊起流莺散，踏破残花满地红。

翠华香重铲添，双凤楼头晓日暹。扇掩红鸾金殿悄，一声清跸掩珠帘。

春心滴破花边漏，晓梦敲回禁里钟。十二楚山何处是？御楼曾见两三峰。

蕙炷香销烛影残，御衣熏尽辄更阑。归来困顿眠红帐，一枕西风梦里寒。

第三编上　近世妇女文学（宋辽）

第一章

宋之宫廷文学

妇女文学，至宋愈衰。即宫廷文学，亦不及前代之盛。太宗广慧夫人，号称有文才，今仅传回文一记。英宗高后，历神宗、哲宗二朝，晚临朝政，登用司马光、吕公著、文彦博诸人，时称为“女中尧舜”，史虽载其一二诏令，大抵出于词臣。唯南渡后宁宗杨后，聪慧博学，作《宫词》五十首，亦花蕊之亚也。兹选存十余首如下：

宫　词

瑞日曈昽散晓红，乾元万国珮丁东。紫宸北使班才退，百辟同趋德寿宫。

元宵时雨赏宫梅，恭请光尧寿圣来。醉里君王扶上辇，銮舆半仗点灯回。

柳枝挟雨握新绿，桃蕊含风破小红。天上春光偏得早，嵯峨宫殿五云中。

晓窗生白已莺啼，啼在宫花第几枝？烟断兽鲈香未绝，曲房朱户梦回时。

一帘小雨却春寒，禁籞深沉白昼闲。满地落花红不扫，黄鹂枝上语绵蛮。

上林花木正芳菲，内里争传御制词。春赋新翻入宫调，美人群唱捧瑶卮。

海棠花里奏琵琶，沉碧池边醉九霞。禁籞融融春日静，五云深护帝王家。

后院深沉景物幽，奇花名竹弄春柔。翠华经岁无游幸，多少亭台废不修。

天中圣节礼非常，躬率群臣上寿觞。天子捧盘仍再拜，侍中宣达近龙床。

绕堤翠柳忘忧草，夹岸红葵安石榴。御水一沟清彻底，晚凉时泛小龙舟。

宫殿钩帘看水晶，时当三伏炽炎蒸。翰林学士知谁直？今日传宣与赐冰。

云影低涵柏子池，秋声轻度万年枝。要知玉宇凉多少，正在观书乙夜时。

琐窗宫漏滴铜壶，午梦惊回落井梧。风递乐声来玉宇，日移花影上金铺。

凉秋结束斗炎新，宣入球场尚未明。一朵红云黄盖底，千官下马起居身。

秋高风动角弓鸣，臂健常嫌斗力轻。玉陛才传看御箭，中心双中谢恩声。

宫槐映日翠阴浓，薄暑应难到九重。节近赐衣争试巧，彩丝新样起盘龙。

一朵榴花插鬓鸦，君王长得笑时夸。内家衫子新番出，浅色新裁艾虎纱。

帘幕深深四面垂，清和天气漏声迟。宫中阁里催缫茧，要趁亲蚕作五丝。

小样盘龙集翠裘，金羁缓控五花骝。绣旗开处钧天奏，御棒先过第一筹。

又汴梁宫人姓陶名九成，亦有《宫词》十五首。并录之：

宫　词

一入深宫里，经今十五年。长因批帖子，呼出御床前。

岁岁逢元夜，金蛾闹簇巾。见人心自怯，终是女儿身。

殿前轮直罢，偷去赌金钗。怕见黄昏月，殷勤上玉阶。

翠翘朱半背，小殿夜藏钩。蓦地羊车至，低头笑不休。

内府颁金帛，教酬贺节盘。御宫新有旨，先与问孤寒。

人间多枣栗，不到九重天。长被黄衫吏，花摊月赐钱。

仁圣生辰节，君王进玉卮。寿棚兼寿酒，留待北还时。

边奏行台急，东华夜启封。内人推步辇，不俟景阳钟。

画烛双双引，珠帘一一开。辇前齐下拜，欢饮辟寒杯。

圣躬香阁内，只道下朝迟。扶杖娇无力，红绡贴玉肌。

今日天颜喜，东朝内阁开。外边农事动，诏遣教坊回。

驾前双白鹤，日日候朝回。自送鸾舆去，经年更不来。

别殿宫刀响，仓皇接郑王。尚愁宫正怒，含泪强添妆。

一向传宣唤，谁知不复还。来时旧针线，记得在窗间。

北去迁河漠，诚心畏从行。不知当日死，头白苦为生。

宋之旧宫人流落，或改适士人，或为女冠，见宋遗民诗歌。就中与汪水云唱和者尤多。金德淑者，宋宫人，入元归章丘李嘉谟。《金姬别传》曰："李嘉谟至元都，月夜独歌曰：'万里倦行役，秋来瘦几分。因看河北月，忽忆海东云。'夜静闻邻妇有倚楼泣者，明日访其家，则宋旧宫人金德淑也。因过叩之。德淑曰：'客非昨夜悲歌人乎？此亡宋昭仪黄惠清《寄汪水云诗》。'"因言"吾辈当日皆有诗赠水云"，乃自举所作《望江南词》，歌毕泣下。其《望江南词赠汪水云》曰：

春睡起，积雪满燕山。万里长城横缟带，六街灯火已阑珊，人在玉楼间。

又有王清惠，亦宋昭仪。入元为女道士，号冲虚。疑与赠水云诗之黄惠清是一人，而传闻异辞也。王清惠有《题驿壁满江红词》曰：

太液芙蓉，浑不是、旧时颜色。曾记得、承恩雨露，玉楼金阙。名播兰簪妃后里，晕潮莲脸君王侧。忽一朝、鼙鼓揭天来，繁华歇。　龙虎散，风云灭，千古恨，凭谁说？对山河百二，泪沾襟血。驿馆夜惊尘土梦，宫车晓碾关山月。愿嫦娥、相顾肯从容，随圆缺！

第二章

李易安

第一节　李易安事略

宋妇女文学，李易安最为杰出。兼擅诗文各体，而尤长于词。惜其集不传，今仅传《漱玉词》一卷耳。《宋史·李格非传》曰："女清照，诗文尤有称于时。嫁赵挺之之子明诚，自号'易安居士'。"俞理初《易安居士事辑》曰："易安居士李清照，宋济南人。父格非，母王状元拱辰孙女，并工文章，居历城城西南之柳絮泉上。易安幼有才藻，元符二年，年十八，适太学生诸城赵明诚。明诚父挺之，时为吏部侍郎，格非为礼部员外郎。明诚幼梦诵一书曰：'言与司合，安上已脱，芝芙草拔。'挺之曰：'此离合字，"词女之夫"也。'"此出《嫏嬛记》。至于易安嫁明诚后，其事迹略具《〈金石录〉后序》，及《自序》甚详。偶有复文，兹并录之。易安《〈金石录〉后序》曰：

> 予以建中辛巳归赵氏，时丞相作吏部侍郎，家素贫俭。德甫在太学，每朔望谒告出，质衣取半千钱，步入相国寺，市碑文果实归，相对展玩咀嚼。后二年从官，便有穷尽天下古文奇字之志。传写未见书，买名人书画、古奇器。有持徐熙《牡丹图》求钱二十万，留信宿，计无所得，卷还之，夫妇相向惋怅者数日。及连守两郡，竭

俸入以事铅椠。每获一书，即日勘校装缉；得名画彝器。亦摩玩舒卷，摘指疵病，尽一烛为率。故纸札精致，字画全整，冠于诸家。每饭罢，坐归来堂烹茶，指堆积书史，言某事在某书某卷第几叶第几行，以中否胜负为饮茶先后。中则举，否则大笑，或至茶覆怀中，不得而起。凡书史百家，字不刓缺、本不误者，辄市之，储作副本。靖康丙午，德甫守淄川，闻虏犯京师。盈箱溢箧，恋恋怅怅，知其必不为己物。建炎丁未，奔太夫人丧南来，既长物不能尽载，乃先去书之印本重大者、画之多幅者、器之无款识者，已又去书之监本者、画之平常者、器之重大者。所载尚十五，连舻渡淮、江。其青州故第所锁十间屋，期以明年具舟载之，又化为煨烬。己酉岁六月，德甫驻家池阳，独赴行都，自岸上望舟中告别。予意甚恶，呼曰："如传闻城中缓急，奈何？"遥应曰："从众。必不得已，先弃辎重，次衣衾，次书册，次卷轴，次古器。独宗器者，可自负抱，与身俱存亡，勿忘之！"径驰马去。秋八月，德甫以病不起。时六宫往江西，予遣二吏部所存书二万卷、金石刻二千本，先往洪州，至冬，虏陷洪，遂尽委弃。所谓连舻渡江者，又散为云烟矣！独余轻小卷轴、写本李杜韩柳集、《世说》、《盐铁论》、石刻数十副轴，鼎鼐十数及《南唐书》数箧，偶在卧内，岿然独存。上江既不可往，乃之台温、之衢、之越、之杭，寄物于嵊县。庚戌春，官收叛卒，悉取去，入故李将军家，岿然者十失五六。犹有五七簏，挈家寓越城，一夕为盗穴壁负五簏去，尽为吴说运使贱价得之。仅存不成部帙残书策数种。忽阅此书，如见故人。因忆德甫在东莱静治堂，装标初就，芸签缥带，束十卷作一帙，日校二卷，跋一卷，此二千卷，有题跋者五百二卷耳。今手泽如新，墓木已拱。乃知有有必有无，有聚必有散，亦理之常，又胡足道？所以区区记其终始者，亦欲为后世好古博雅者之戒云。

易安又自序遭变本末甚悉，与前篇文有详略，兹并录之。其辞曰：

靖康丙午岁，侯守淄川，闻金人犯京师，四顾茫然。书画溢箱箧，且恋恋，且怅怅，知必不为己物矣。建炎丁未春三月，奔太夫人丧南来，既长物不能尽载，乃先去书之重大印本者，又去画之多幅者，又去古器之无款识者；后又去书之有监板者，画之平常者，器之重大者。凡屡减去，尚载书十五车。至东海，连舻渡淮，至建康时，青州故第尚锁书册什物，用屋十余间，期明年春具舟载之。十二月，金人陷青州，遂为灰烬。戊申九月，侯起复知建康，己酉三月罢，具舟上芜湖，入姑孰，将卜居于赣水上。五月至池阳，被旨知湖州，过阙上殿。遂住家池阳，独赴召。六月十三日，负担舍舟，坐岸上，葛衣岸巾，精神如虎，目光烂烂射人，望舟中告别。余意甚恶，呼曰："忽传闻城中缓急，奈何？"戟手遥应曰："从众。必不得已，先去辎重，次衣服，次书册卷轴，次古器。独所谓宗器者，自抱负，与身存亡，勿忘也！"遂驰马去。途中奔驰，冒大暑，感疾。至行在，病痁。七月末，书报卧病。余惊怛，念侯性素急，奈何病痁，或热必服寒药，疾可忧。遂解舟下，一日夜行三百里。比至，果大服茈胡、黄芩，疟且痢病，危在膏肓。余悲泣仓皇，不忍问后事。八月十八日遂不起，取笔作诗，绝笔而逝，殊无分香卖履之态。葬毕，余无所之。时朝廷已分遣六宫，及传江当禁渡。犹有书二万余卷，金石刻二千卷，器皿裀褥，可待百客，他长物称是。余又大病，仅存喘息，事势日迫。念侯有妹婿，任兵部侍郎，从卫在洪州，遂遣二故吏先部送行李往投之。十二月，金人陷洪州，遂尽委弃。独余少轻小卷轴、书帖、写本李杜韩柳集、《世说》、《盐铁论》、汉唐石刻副本数十轴、三代鼎彝十数事，又唐写本书十数册，偶病中把玩，在卧内者独存。上江既不可往，又虏势叵测。有弟远任敕局删定官，遂往依之。到台，台守已遁。之剡，出睦，弃衣被走黄岩。雇舟入海，奔行朝，时驻跸章安。从御舟之温，又之越。庚戌十二月，放散百官，遂之衢。绍兴辛亥三月，复赴越。壬子，又赴杭。先侯病亟时，有张飞卿学士携玉壶过示侯，复携去，其实珉也。不知何人传道，妄言有颁金之语，或言有密论列者。余大惶怖，不敢言，亦不敢遂已。尽将家中所有铜器等物，欲赴外廷投进。到越，已幸四明。不敢留家中，并写本书寄剡。后官军收叛卒取去，闻尽入李将军家。唯有书画、砚墨六七簏，常在卧榻下，手自开合。在会稽卜居土民钟氏宅。忽一夕，穿壁负五簏去。余悲痛不欲活，立重赏收赎。后二日，邻人钟复皓出十八轴求赏，故知其盗不远。万计求之，其余遂牢不可出。今尽为吴说运使贱价得之。所余一二残零不成部帙书册三数种。平平书帖，犹复爱惜如护头目，何愚也耶！今开此书，如见故人。因忆侯在东莱静治堂，装卷初就，芸签缥带，束十卷作一帙。每日晚吏散，辄校勘二卷，题跋一卷。此二千卷，有题跋者五百二卷耳。今手泽如新，而墓木已拱，悲夫！昔萧绎江陵陷没，不惜国亡，而毁裂书画；杨广江都倾覆，不悲身死，而复取图书。岂以性之所著，生死不能忘欤？或者天意以其菲薄，不足以享此尤物耶？抑死者有知，犹斤斤爱惜，不宜留人间耶？何得之难而失之易也！噫！余自少陆机作赋之二年，至过蘧瑗知非之两岁，三十四年之间，忧患得失，何其多也！然有有必有无，有得必有失，乃理之常。人亡弓，人得之，又何足道？所以区区记此者，亦欲为后世博雅好古者之戒云尔。

易安生平，就其文中所自述者，大略具矣。而《云麓漫抄》及李心传《建炎以来系年要录》谓易安于明诚卒后，再嫁张汝舟，后结讼，又诏离之，有文案。《漫抄》并载易安《谢綦崇礼启》，盖好事者点窜原词，以实其事。俞理初为辨诬甚详。盖易安晚年，殆依弟远老于金华，未尝有改适之事也。后人集其所著为文七卷、词六卷行于世。见《宋史·艺文志》，今所传唯词略多，原集则久佚矣。其《〈金石录〉后序》稿，在王厚之家，洪迈见之，述其大概于《容斋四笔》。朱子称："本朝妇人能文章者，曾相布妻魏及李易安二人而已。"易安能诗、词、文、四六，又能画。《宋濂集》谓陈查良藏有易安画《琵琶行图》，《太平清话》谓莫廷韩买得易安画《墨竹》一幅，亦见易安不仅能诗词，且多能艺事，其天才为不可及矣。

第二节　李易安与词学

妇人之为词者，唐以来有之。而隋侯夫人之《看梅曲》，或以为亦词之滥觞也。其词曰：

砌雪无消日，卷帘时自颦。庭梅对我有怜意，先露枝头一点春。

唐人为词，盖缘乐府之变，晚唐五季为盛，而妇人无名家。杨贵妃之《阿那曲》、柳氏之《杨柳枝》已见前。皆词之别体。又王丽真女郎《字字双曲》曰："床头锦衾斑复斑，架上朱衣殷复殷。空庭明月闲复闲，夜长路远山复山。"此特诗之流耳。耿玉真亦唐末女子，乃有《菩萨蛮》词曰：

玉京人去秋萧索，画檐鹊起梧桐落。敧枕悄无言，月和残梦圆。背灯唯暗泣，甚处砧声急？眉黛远山攒，芭蕉生暮寒。

五代时闽嗣主王廷钧之后陈氏，名金凤，有《乐游曲》曰：

龙舟摇曳东复东，采莲湖上红更红。波淡淡，水溶溶，奴隔荷花路不通。

盖唐五代之际，妇人为词者少。宋时间有作者，在易安前，妇人词传者，率不过一二阕。至易安独蔚为大家，睥睨前世。尝为《词论》曰：

唐开元天宝间，李八郎者能歌擅天下。时新及第进士开宴曲江，榜中一名士，先召李，使易服隐姓名，衣冠故敝，精神惨沮，与之宴所，曰："表弟愿与坐末。"众皆不顾。既酒行乐作，歌者进，以曹元念为冠，歌罢，众皆嗟咨称赏。名士忽指李曰："请表弟歌。"众皆哂，或有怒者。及转喉发声一曲，众皆泣下，起曰："此必李八郎也。"自后郑卫声炽，流靡烦变，有《菩萨蛮》《春光好》《莎鸡子》《更漏子》《浣溪沙》《梦江南》《渔父》等词，不可遍举。五代时，江南李氏独尚文雅，有"小楼吹彻玉笙寒"之句，及"吹皱一池春水"，语虽甚奇，所谓"亡国之音哀以思"也。本朝柳屯田永，变旧声，作新声，出《乐章集》，大得声称于世，虽协音律，而词语尘下。又有张子野、宋子京兄弟，沈唐、元绛、晁次膺辈继出，虽时时有妙语，而破碎何足名家？至晏丞相、欧阳永叔、苏子瞻，学际天人，作为小歌词，直如酌蠡水于大海，然皆句读不葺之诗耳，又往往不协音律。盖诗文分平侧，而歌词分五音，又分五声，又分六律，又分清浊、轻重。且如近世所谓《声声慢》《雨中花》《喜迁莺》，既押平声，又押入声；《玉楼春》平声，又押上、去声，又押入声。其本押侧韵者，如本上声协押入声，则不可通矣。王介甫、曾子固文章似西汉，若作小歌词，则人必绝倒，不可读也。乃知词别是一家，知之者少。后晏叔原、贺方回、秦少游、黄鲁直出，始能知之。而晏苦无铺叙；贺苦少典重；秦少游专主情致，而少故实，譬如贫家美女，虽极妍丽丰逸，而终乏富贵态；黄即尚故实，而多疵病，譬如良玉有瑕，价自减半矣。

上见《渔隐丛话》，盖易安深明音律，讥弹前辈，既中其病，而词亦日益工矣。

易安与明诚结缡未久，明诚出游。易安意殊不忍，别书《一剪梅》词于锦帕送之曰：

红藕香残玉簟秋，轻解罗裳，独上兰舟。云中谁寄锦书来？雁字回时，月满西楼。　花自飘零水自流，一种相思，两处闲愁。此情无计可消除，才下眉头，却上心头。

又尝以《重阳·醉花阴》词函致明诚。明诚思胜之，一切谢客，废寝忘食者三日夜，得五十余阕，杂易安作以示友人陆德夫，德夫玩诵再三曰："有三句乃绝佳。"明诚诘之，曰："莫道不销魂，帘卷西风，人比黄花瘦。"正易安作也。其全篇曰：

薄雾浓雾愁永昼，瑞脑销金兽。佳节又重阳，玉枕纱厨，半夜凉初透。　东篱把酒黄昏后，有暗香盈袖。莫道不销魂，帘卷西风，人比黄花瘦。

张正夫曰："易安《元宵·永遇乐》词云：'落日镕金，暮云合璧'，已自工致。至于'染柳烟轻，吹梅笛怨，春意知几许'，气象更好。后叠云：'于今憔悴，风鬟霜鬓，怕向花间重去'，二语与今本异，见下。皆以寻常语度入音律，炼句精巧则易，平淡入调者难。且《秋词》《声声慢》，此乃公孙大娘舞剑手。本朝非无能词之士，未曾有一下十四叠字者。后叠又云：‘到黄昏、点点滴滴。’又使叠字，俱无斧凿痕。‘怎生得黑’，‘黑’字不许第二人押。妇人有此奇笔，殆间气也。”

永遇乐

落日镕金，暮云合璧，人在何处？染柳烟浓，吹梅笛怨，春意知几许？元宵佳节，融和天气，次第岂无风雨？来相召、香车宝马，谢他酒朋诗侣。　中州盛日，闺门多暇，记得偏重三五。铺翠冠儿，捻金雪柳，簇带争济楚。如今憔悴，风鬟雾鬓，怕是夜间出去。不如向、帘儿底下，听人笑语。

声声慢

寻寻觅觅，冷冷清清，凄凄惨惨戚戚。乍暖还寒时候，最难将息。三杯两盏淡酒，怎敌他、晚来风急？雁过也，正伤心、却是旧时相识。　满地黄花堆积，憔悴损、如今有谁堪摘？守着窗儿，独自怎生得黑！梧桐更兼细雨，到黄昏、点点滴滴。这次第，怎一个愁字了得！

易安词之尤工者，录数阕于下：

如梦令

昨夜雨疏风骤，浓睡不消残酒。试问卷帘人，却道海棠依旧。知否？知否？应是绿肥红瘦。

《苕溪渔隐丛话》曰：“近时妇人能文词，如李易安，颇多佳句。如云‘绿肥红瘦’，只此语甚新。”黄了翁曰：“一问极有情，答以‘依旧’，答得极澹，跌出‘知否’二句来。而‘绿肥红瘦’，无限凄惋，却又妙在含蓄。短幅中藏无数曲折，自是圣于词者。”

壶中天慢

萧条庭院，又斜风细雨，重门深闭。宠柳娇花寒食近，种种恼人天气。险韵诗成，扶头酒醒，别是闲滋味。征鸿过尽，万千心事难寄。　　楼上几日春寒，帘垂四面，玉阑干慵倚。被冷香消新梦觉，不许愁人不起。清露晨流，新桐初引，多少游春意。日高烟敛，更看今日晴未。

黄叔旸云：“前辈称易安‘绿肥红瘦’为佳句，予谓‘宠柳娇花’语亦甚奇俊，前此未有能道之者。”

凤凰台上忆吹箫

香冷金猊，被翻红浪，起来慵自梳头。任宝奁尘满，日上帘钩。生怕离怀别苦，多少事、欲说还休。新来瘦，非干病酒，不是悲秋。　　休休！这回去也，千万遍《阳关》，也则难留。念武陵人远，烟锁秦楼。唯有楼前流水，应念我、终日凝眸。凝眸处，从今又添，一段新愁。

孤雁儿　并序

世人作梅词，下笔便俗。予试作一篇，乃知前言不妄耳。

藤床纸帐朝眠起，说不尽，无佳思。沉香烟断玉炉寒，伴我情怀如水。笛声三弄，梅心惊破，多少春情意！　　小风疏雨潇潇地，又催下，千行泪。吹箫人去玉楼空，肠断与谁同倚？一枝折得，人间天上，没个人堪寄。

武陵春

风住尘香花已尽，日晚倦梳头。物是人非事事休，欲语泪先流。　　闻说双溪春尚好，也拟泛轻舟。只恐双溪舴艋舟，载不动许多愁。

浣溪沙　二首

淡荡春光寒食天，玉炉沉水袅残烟，梦回山枕隐花钿。

海燕未来人斗草，红梅已过柳生绵，黄昏疏雨湿秋千。

前　调

髻子伤春懒更梳，晚风庭院落梅初，淡云来往月疏疏。

玉鸭熏炉闲瑞脑，朱樱斗帐掩流苏，通犀还解辟寒无？

第三节　李易安之诗

《碧鸡漫志》谓易安自少年兼有诗名，才力华赡，逼近前辈。朱子称易安诗：“两汉本继绍，新室如赘疣。所以嵇中散，至死薄殷周。”不图妇人有此笔力，然不见全篇。《风月堂诗话》引其断句：“如诗情，如夜鹊，三绕未能安。少陵也是可怜人，更待明年试春草。”《清波杂志》谓易安在江宁日，每值天大雪，即顶笠披蓑，循城远览，得句必要赓和，明诚每苦之。盖易安襟怀超迈，故其诗每有秀逸之气，惜传者不多耳。今录其可见者数章。

易安五言古诗，仅传二章，其《晓梦》诗尤飘然有仙骨也：

晓　梦

晓梦随疏钟，飘然蹑云霞。因缘安期生，邂逅萼绿华。秋风正无赖，吹尽玉井花。共看藕如船，同食枣如瓜。翩翩座上客，意妙语亦佳。　　嘲辞斗诡辨，活火分新茶。虽非助帝功，其乐莫可涯。人生能如此，何必归故家。起来敛衣坐，掩耳厌喧哗。心知不可见，念念犹咨嗟。

上韩枢密诗

三年夏六月，天子视朝久。凝旒望南云，垂衣思北狩。如闻帝若曰：岳牧与群后。贤宁无半千，运已过阳九。勿勒燕然铭，勿种金城柳。岂无纯孝臣，识此霜雪悲？何必舍羹肉，便可载车脂。土地非所惜，玉帛亦尘泥。谁可当将命？币重辞益卑。四岳佥日俞，臣下帝所知。中朝第一人，春官有昌黎。身为百夫特，行为万人师。嘉祐与建中，为政有皋夔。汉家贵王商，唐室重子仪。见时应破胆，将命公所宜。

易安七言古体有四章如下：

和张文潜浯溪中兴颂碑诗

五十年功如电扫，华清花柳咸阳草。五坊供奉斗鸡儿，酒肉堆中不知老。胡兵忽自天上来，逆胡亦自奸雄才。勤政楼前走胡马，珠翠踏尽香尘埃。六师出战辄披靡，前致荔枝马多死。尧功舜德诚如天，安用区区纪文字？著碑刻铭真陋哉！乃令神鬼磨山崖。子仪、光弼不自猜，天心悔祸人心开。夏为殷鉴当深戒，简策汗青今具在。君不见当时张说最多机，虽生已被姚崇卖。

重和前诗

君不见惊人废兴唐天宝，中兴碑上今生草。不知负国有奸雄，但说成功尊国老。谁令妃子天上来？虢秦卫国皆仙才。苑中羯鼓玉方响，春风不敢生尘埃。姓名谁复知安史？健儿猛将安眠死。去天尺五抱瓮峰，峰头凿就开元字。时移势去真可哀，奸人心魄深如崖！西蜀万里尚能返，南内一闭何时开？可怜孝德如天大，反使将军称好在。呜呼！奴辈胡不能道辅国用事张后专，只能道春荠长安作斤卖。

上胡尚书诗

胡公清德人所难，谋同德协置器安。解衣已道汉恩暖，离诗不怯关山寒。皇天久阴后土湿，雨势未回风势急。车声辚辚马萧萧，壮士懦夫俱感泣。闾阎嫠妇亦何知？沥血投诗干记室。葵丘苕父非荒城，勿轻谈士弃儒生。愤王墓下马犹倚，寒号城边鸡未鸣。巧匠亦曾顾樗栎，刍荛之询或有益。不乞隋珠与和璧，但乞乡关新信息。灵光虽在应萧条，草中翁仲今何若？遗民定尚种桑麻，败将如闻保城郭。嫠家祖父生齐鲁，位下名高人比数。当年稷下纵谈时，犹记人挥汗如雨。子孙南渡今几年？漂零遂与流人伍。愿将血泪寄河山，去洒青州一抔土。

感　怀

窗寒败几无书史，公路生平竟至此。青州从事孔方兄，终日纷纷喜生事。作诗谢绝聊闭门，虚室香生有佳思。静中乃见吾真吾，乌有先生子虚子。

易安近体诗，亦传数章。撰录数首于下：

皇帝阁

日月尧天大，璿玑舜历长。或闻行殿帐，多是上书囊。莫是黄金篳，新除玉局床。春风送庭燎，不复用沉香。

绝　句

生当为人杰，死亦作鬼雄。至今思项羽，不肯过江东。

题八咏楼

千古风流八咏楼，江山留与后人愁。水通南国三千里，气压江城十四州。

春　残

春残何事苦思乡？病里梳头恨发长。梁燕语多终日在，蔷薇风细一帘香。

《渔隐丛话》载易安句曰："南来犹怯吴江冷，北狩应知易水寒。"又云："南渡衣冠思王导，北来消息少刘琨。"盖忠愤激发，意悲语明，所非刺者众矣。又尝为诗诮应举进士曰："露花倒影柳三变，桂子飘香张九成。"应举者服其工对，传诵而恶之。易安既才高，历诋当世，忌者衔之，遂诬其晚年改适。遗集今又不传，而其诗笔秀朗，迥出时流，犹可因是考见也。

第四节　李易安杂文与四六

易安本有集七卷，明焦竑《国史·经籍志》云十二卷，则并词言之。《直斋书录》又有《打马赋》一卷。盖《打马赋》当时亦自集中别行也。此外如《〈金石录〉后序》，已见于前。又别有序一篇，及其余四六、杂文，并录于此：

打马赋

岁令云徂，卢或可呼。千金一掷，百万十都。尊俎具陈，已行揖让之礼；主宾既醉，不有博弈者乎？打马爰兴，樗捕遂废。实小道之上流，乃深闺之雅戏。齐驱骥騄，疑穆王万里之行；间列玄黄，类杨氏五家之队。珊珊佩响，方惊玉蹬之敲；落落星罗，忽见连钱之碎。若乃吴江枫落，燕山叶飞。玉门关闭，沙苑草肥。临波不渡，似惜障泥。或出入用奇，有类昆阳之战；或优游仗义，正如涿鹿之师；或闻望久高，脱复庾郎之失；或声名素昧，便同痴叔之奇。亦有缓缓而归，昂昂而立。鸟道惊驰，蚁封安步。欹岖峻坂，未遇王良；局促盐车，难逢造父。且夫丘陵云远，白云在天，心存恋豆，志在著鞭。止蹄黄叶，何异金钱？用五十六采之间，行九十一路之内。明以赏罚，核其殿最。运指挥于方寸之中，决胜负于几微之外。且好胜者人之常情，游艺者士之末技。说梅止渴，稍苏奔竞之心；画饼充饥，少谢腾骧之志。将图实效，故临难而不回；欲报厚恩，故知几而先退。或衔枚缓进，已逾关塞之艰；或奋勇争先，莫悟阱堑之坠。皆因不知止足，自贻尤悔。况为之不已，事实见于正经。用之以经，义必合于天德。故绕床大叫，五木皆卢；沥酒一呼，六子尽赤。平生不负，遂成剑阁之师；别墅未输，已破淮淝之贼。今日岂无元子？明时不乏安石。又何必陶长沙博局之投？正当师袁彦道布帽之掷也。乱曰："佛狸定见卯年死，贵贱纷纷尚流徙。满眼骅骝及騄耳，时危安得真致此。木兰横戈好女子，老矣不复志千里，但愿相将过淮水。"

打马图说

慧则通，通则无所不达；专则精，精则无所不妙。故庖丁解牛，郢人运斤，师旷之听，离娄之察。大至尧舜之仁，桀纣之恶，小至掷豆起蝇，巾角拂棋，皆臻其极者妙而已。夫博无他，争先术耳，故专者胜。余性专博，凡所谓博者皆耽之。南渡流离，尽散博具。今年冬十月朔，闻淮上警报，江浙之人，自东走西，自南走北。居山林者谋入城市，居城市者谋入山林，旁午络绎，莫知所之。余亦自临安泝流，过严滩，抵金华，卜居陈氏第。乍释舟楫而见窗轩，意颇适然。更长烛明，如此良夜何！于是乎博弈之事讲矣。且长行、叶子、博塞、弹棋，世无传者。打褐、大小、猪窝、族鬼、胡画、数仓、赌快之类，皆鄙俚不经。见藏酒、樗蒲、双蹙融，近渐废绝。选仙、加减、插关火、质鲁任命，无所施智巧。大小象戏、弈棋，又止容二人。独采选、打马，特为闺房雅戏。尝恨采选丛烦，劳于检阅。又能通者少，难遇劲敌。打马简要，而苦无文采。按打马世有二种：一种一将十马者，谓之关西马；一和无将二十马者，谓之依经马。流传既久，各有图经凡例可考，行移赏罚，互有同异。宣和间，人取二种马，参杂加减，大约交加侥幸，古意尽矣，所谓宣和马者是也。余独爱依经法，因取其赏罚互度，每事作数语，随事附见，使儿辈图之。不独施之博徒，亦足贻诸好事。使千百世后，知命辞打马，始自易安居士也。时绍兴四年十有二月二十四日。

《金石录》序

右《金石录》三十卷，赵侯德甫所著书也。取上自三代，下迄五季，钟、鼎、甗、鬲、盘、匜、尊、敦之款识，丰碑大碣、显人晦士之事迹，凡见于金石刻者二千卷，皆是正讹谬，去取褒贬。上足以合圣人之道，下足以订史氏之失者，皆载之，可谓多矣。呜呼！自王播、元载之祸，书画与胡椒无异；长舆、元凯之病，钱癖与传癖何殊？名虽不同，其为惑则一也。

易安尤长四六，《嫏嬛记》《四六谈尘》《宋文粹拾遗》，并载易安《贺孪生启》云：“无午未二时之分，有伯仲两楷之似。既系臂而系足，实难弟而难兄。玉刻双璋，锦挑对褓。”注言：“任文二子孪生，德卿生于午，道卿生于未。张伯楷、仲楷兄弟相似，形状无二。白伋兄弟，母不能辨，以五色采绳一系于臂，一系于足。”其用事明当如此。《四六谈尘》又载易安《祭明诚文》有云：“白日正中，叹庞公之机敏。坚城自堕，怜杞妇之悲深。”皆不见全篇。《云麓漫钞》录其《谢綦崇礼启》，文笔劣下，中杂佳语，俞理初断为定是改窜本。近日周荇农《宫闺文选》，于此启独有裁削。荇农博洽，不知他有所据否？或其原文自如此也。今依周本录之：

谢中书舍人綦崇礼启

清照素习义方，粗明诗礼。近因疾病，欲至膏肓。牛蚁不分，灰钉已具。岂期末事，乃得上闻。取自宸衷，付之廷尉。抵雀捐金，利将安在？将头碎璧，失固可知。实自谬愚，分知狱市。内翰承旨，缙绅望族，冠盖清流，目下无双，人间第一。奉天收复，本缘陆贽之词；淮蔡底平，共传昌黎之笔。哀怜无告，义同解骖。感戴洪恩，事真出己。故兹白首，得免丹书。虽南山之竹，岂能穷多口之谈？惟智者之言，可以止无根之谤。

盖易安以张飞卿玉壶事涉讼，见前所自述。好事者改“玉壶”为“玉台”，以“张飞卿”为“张汝舟”，遂有改嫁之说。《漫钞》中《谢綦学士启》，乃有“猥以桑榆之末景，配兹驵侩之下才”，殆就原启增益词句，以厚诬易安。《渔隐丛话》及李心传《系年要录》，并不察其实而妄载之，诚已过矣。已有俞理初为之详辨，故不复悉论焉。

第三章

朱淑真

朱淑真，钱塘人，才色清丽，罕有比者。所偶非伦，赋《断肠诗》十卷以自解，临安王唐佐为传述其本末。吴中士夫，集其诗二百余篇，宛陵魏仲恭为之序。今观其诗，虽时有翩翩之致，而少深思。由其怨怀多触，遣语容易也。兹掇其尤者数章于此：

伤　春

阁泪抛诗卷，无聊酒独亲。客情方惜别，心事已伤春。柳暗轻笼日，花飞半掩尘。莺声惊蝶梦，唤起旧愁新。

春　阴

陡觉湘裙剩带围，情怀常是被春欺。半檐落日飞花后，一阵轻寒微雨时。幽谷想应莺出晚，旧巢却怪燕归迟。间关几许伤怀处，悒悒柔情不自持。

清　昼

竹摇清影罩幽窗，两两时禽噪夕阳。谢却海棠飞尽絮，困人天气日初长。

晴　和

海棠深院雨初收，苔径无风蝶自由。寂寂珠帘归燕未？子规啼处一春愁。

寓　怀

菊有黄花篱槛边，哀鸿声杳下寒天。偏宜小阁幽窗下，独自烧香独自眠。

三月三日

林花落尽草初齐，客里萧条思欲迷。又是春光去时节，满城飞絮乱莺啼。

春　晓

挑尽残灯梦欲迷，子规啼绝小楼西。纱窗偷眼天将晓，无数宿禽花下飞。

淑真有《断肠词》一卷，清警犹胜于诗也。亦录数章：

谒金门

春已半，触目此情无限。十二阑干闲倚遍，愁来天不管。　　好是风和日暖，输与莺莺燕燕。满院落花帘不卷，断肠芳草远。

清平乐

恼烟撩露，留我须臾住。携手藕花湖上路，一霎黄梅细雨。　　娇痴不怕人猜，随群暂遣愁怀。最是分携时候，归来懒傍妆台。

眼儿媚

迟迟风日弄轻柔，花径暗香流。清明过了，不堪回首，云锁朱楼。　　午窗睡起莺声巧，何处唤春愁？绿杨影里，海棠枝畔，红杏梢头。

柳梢青·梅

雪舞霜飞，隔帘花影，微见横枝。不道寒香，解随羌管，吹到屏帏。　　个中风味谁知？睡乍起、乌云甚欹。嚼蕊挪英，浅颦轻笑，酒半醒时。

减字木兰花

独行独坐，独倡独酬还独卧。伫立伤神，无奈轻寒著摸人。　此情谁见，泪洗残妆无一半？愁病相仍，剔尽寒灯梦不成。

蝶恋花

楼外垂杨千万缕。欲系青春，少住春还去。犹自风前飘柳絮，随春且看归何处。　绿满山川闻杜宇。便做无情，莫也愁人意。把酒送春春不语，黄昏却下潇潇雨。

江城子

斜风细雨作春寒，对尊前，忆前欢。曾把梨花，寂寞泪阑干。芳草断烟南浦路，和别泪，看青山。　昨宵徒得梦夤缘，水云间，悄无言。争奈醒来，愁恨又依然！展转衾裯空懊恼，天易见，见伊难。

《断肠词》中，多窜入他人之作。如《生查子》中“年年玉镜台”一阕为李易安作，“去年元夜时”一阕为欧阳永叔作。兹并不取焉。

第四章

宋妇女之词

乐府变而有词，词至宋而极盛，故宋妇人多工词者。当时以词被于弦管，上自闺阁，下逮娼妓，皆习为词，亦风气使然矣。自《漱玉词》《断肠词》特为大家，已述于前。兹复据群书所载者，采而附诸此焉。说部载女子紫竹工词，然传者至猥陋，故削不录。

天圣中有卢氏女者，父为县令，女随从汉州归。题泥溪驿壁《蝶恋花》一阕曰：

> 蜀道青天烟雾翳。帝里繁华，迢递何时至？回望锦川挥粉泪，凤钗斜亸乌云腻。　　绶带双垂金缕细。玉佩珠珰，露滴寒如水。从此鸾妆添远意，画眉学得遥山翠。

王齐叟彦龄妻舒氏，夫妇皆善词曲。妇翁本武人，彦龄颇失礼于翁，翁怒，邀其女归，竟至离绝。女在父家，偶独行池上，怀其夫，作《点绛唇》一阕曰：

> 独自临池，闷来强把阑干凭。旧愁新恨，耗却年时兴。　　鹭散鱼潜，烟敛风初定。波心静，照人如镜，少个年时影。

阮逸女亦能为词，有《花心动》词曰：

仙苑春浓，小桃开，枝枝已堪攀折。乍雨乍晴，轻暖轻寒，渐近赏花时节。柳摇台榭东风软，帘栊静、幽禽调舌。断魂远、闲寻翠径，顿成愁结。　　此恨无人共说，还立尽黄昏，寸心空切。强整绣衾，独掩朱扉，簟枕为谁铺设？夜长更漏传声远，纱窗映、银缸明灭。梦回处，梅梢半笼淡月。

曾布妻魏夫人，颇有文才。然今仅传诗一首，及词数阕而已。朱子谓："宋妇人能文者，唯魏夫人及李易安二人。"推之甚至。魏夫人非徒工词者，以其词传者略多，故并入于此：

虞美人

鸿门战士纷如雪，十万降兵夜流血。咸阳宫殿三月红，霸业已随灰尽灭。刚强必死仁义王，阴陵失道非天亡。英雄本学万人敌，何用屑屑悲红妆？三军散尽旌旗倒，玉帐佳人座中老。香魂夜逐剑光飞，青血化为原上草。芳心寂寞倚寒枝，旧曲闻来似敛眉。哀怨徘徊愁不语，恰如夜听楚歌时。滔滔逝水流今古，汉楚兴亡两丘土。当年遗事久成空，慷慨尊前为谁舞。

菩萨蛮

溪山掩映斜阳里，楼台影动鸳鸯起。隔岸两三家，出墙红杏花。　　绿杨堤下路，早晚溪边去。三见柳绵飞，离人犹未归。

好事近

雨后晓寒轻，花外早莺啼歇。愁听隔溪残漏，正一声凄咽。
不堪西望去程赊，离肠万回结。不似海棠花下，按梁州时节。

点绛唇

波上清风，画船明月人归后。渐消残酒，独自凭栏久。　　聚散匆匆，此恨年年有。重回首，淡烟疏柳，隐隐芜城漏。

《侯鲭录》云，延安夫人，是苏子容丞相之妹，有《寄妹词》：

更漏子·寄季玉妹

小阑干，深院宇，依旧当时别处。朱户锁，玉楼空，一帘霜日红。　弄珠江，何处是？望断碧云无际。凝泪眼，出重城，隔溪羌笛声。

吴淑姬嫁士人杨子治，有《阳春白雪词》五卷，黄旸叔云：“淑姬词，佳处不减李易安也。”

惜分飞·送别

岸柳依依拖金缕，是我朝来别处。惟有多情絮，故来衣上留人住。　两眼啼红弹与，未见桃花又去。一片征帆举，断肠遥指苕溪路。

祝英台近

粉痕消，芳信断，好梦总无据。病酒无聊，欹枕听残雨。断肠曲曲屏山，温温沉水，却是旧、看承人处。　久离阻，应念一点芳心，闲愁知几许。偷照菱花，清瘦自羞觑。可堪梅子酸时，杨花飞絮，乱莺又、催将春去。

郑意娘者，杨思厚之妻。撒八太尉自盱眙掠得之，不辱而死。

好事近

往事与谁论？无语暗弹清血。何处最堪肠断？是黄昏时节。
倚楼凝望又徘徊，谁解此情切？无计可同归雁，赴江南春色。

慕容嵓卿妻，亦工词。宋人说部书载：平江雍熙寺，月夜，有客闻妇人歌《浣溪沙》词，传之姑苏。嵓卿闻之，曰：“此亡妻平生作也。”寺正其妻殡处。

浣溪沙

满目江山忆旧游，汀洲花草弄春柔，长亭舣住木兰舟。　好梦易随流水去，芳心犹逐晓云愁，行人莫上望京楼。

黄铢母孙道绚，号冲虚居士。今传词数阕：

如梦令·宫词

翠擘红蕉影乱，月上朱栏一半。风自碧空来，吹落歌珠成串。不见！不见！人被绣帘遮断。

忆少年·葛氏侄女告归送之

雨晴云敛，烟花淡荡，遥山凝碧。驱车问征路，赏春风南陌。正雨后梨花幽艳白，悔匆匆、过了寒食。归来渐春暮，探酴醿消息。

孙夫人，郑文妻，文秀州人，肄业太学。孙氏寄以《忆秦娥》词，一时传播都下，酒楼妓席皆歌之。

忆秦娥

花深深，一钩罗袜行花阴。行花阴，闲将柳带，试结同心。　　日边消息空沉沉，画眉楼上愁登临。愁登临，海棠开后，望到如今。

烛影摇红

乳燕穿帘，乱莺啼树清明近。隔帘时度柳花飞，犹觉寒成阵。长记眉峰偷隐。脸桃红、犹藏酒晕。背人微笑，半亸鸾钗，轻笼蝉鬓。　　别久啼多，眼应不似当时俊。满园珠翠逞春娇，没个他风韵。若见宾鸿试问。待相将、彩笺寄恨。几时得见，斗草归来，双鸳微润。

陆游之蜀，宿一驿中，见题壁诗，询之则驿中女也。遂纳为妾。半载，夫人逐之，妾赋词而别。

生查子

只知眉上愁，不识愁来路。窗外有芭蕉，阵阵黄昏雨。　　晓起理残妆，整顿教愁去。不合画春山，依旧留愁住。

徐君宝妻，岳州人。尝被掠，主者欲犯之，告曰："俟祭先夫，然后为君妇。"主者许诺。乃焚香再拜，题词壁上，投池中死。

满庭芳·题壁

汉上繁华，江南人物，尚遗宣政风流。绿窗朱户，十里烂银钩。一旦刀兵齐举，旌旗拥、百万貔貅。长驱入，歌楼舞榭，风卷落花愁。　　清平，三百载，典章人物，扫地都休。幸此身未北，犹客南州。破鉴徐郎何在？空惆怅、相见无由！从今后，断魂千里，夜夜岳阳楼。

聂胜琼，长安妓，归李之问。有寄别李生《鹧鸪天》词曰：

玉惨花愁出凤城，莲花楼下柳青青。尊前一唱阳关曲，别个人人第五程。

寻好梦，梦难成，有谁知我此时情！枕前泪共阶前雨，隔著窗儿滴到明。

第五章

宋之妇女杂文学

张愈，字少愚，益州郫人，高隐不仕。文彦博治蜀，为置青城山白云溪杜光庭故居以处之，卒于家。妻蒲氏名芝，贤而有文，为之诔曰：

> 高视往古，哲士实殷。施及秦汉，余烈氛氲。挺生英杰，卓尔逸群。孰谓今世，亦有其人。其人伊何？白云隐君。尝曰丈夫，趋世不偶。仕非其志，禄不可苟。营营末途，非吾所守。吾生有涯，少实多艰。穷亦自固，困亦不颠。不贵人爵，知命乐天。脱簪散发，眠云听泉。有峰千仞，有溪数曲。广成遗祉，吴兴高躅。疏石通径，依林架屋。麋鹿同群，昼游夜宿。岭月破云，秋霖洒竹。清意何穷，真心自得。放言遗虑，何荣何辱！孟春感疾，闭户不出。岂期遂往，英标永隔。抒词哽噎，挥涕汍澜。人谁无死？惜乎材贤。已矣吾人，呜呼哀哉！

蒲芝诔夫文，《宋史》载之，夫妻偕隐。而有文如此，夫卒能诔其志，可以继美柳下惠妻矣。

蒨桃者，寇莱公妾，艳丽能诗。公尝集诸妓设宴，赏绫绢千数。蒨桃献诗二绝。其一曰：

一曲清歌一束绫，美人犹自意嫌轻。不知织女寒窗下，几度抛梭织得成。

蒨桃诗虽达意而已，然其识度迥非寻常妾妇之概，用心亦何挚厚！莱公和之曰："将相功名终若何？不堪急景似流波。人间万事何须问？且向尊前听艳歌。"

王荆公女，吴安持妻。有《寄父》诗曰：

西风吹入小窗纱，秋色应怜我忆家。极目江山千里恨，依然和泪看黄花。

荆公得诗，以《新释楞严经》与之，且和其诗曰："青灯一点映窗纱，好诵《楞严》莫忆家。了得诸缘如梦幻，世间唯有妙莲花。"

王氏女，幼聪慧，父母为择配未偶，适作《咏怀》诗，赵德麟见之，求娶焉。其诗曰：

白藕作花风已秋，不堪残睡更回头。晚云带雨归飞急，去作西窗一枕愁。

毗陵女子，年甫十六，姿性明秀。人尝传诵其《破钱》及《弹琴》诗，甚有思致。今录之：

题破钱

半轮残月掩尘埃，依稀犹有开元字。想得清光未破时，买尽人间不平事。

弹　琴

昔年尝笑卓文君，岂信丝桐解误身。今日未弹心已乱，此心原是不由人。

王元妻黄氏，有文才。元家贫，独好吟咏，夫妇共持雅操。元每中夜得句，黄必起，燃灯烛供笔砚以待。好事者为绘图美之。

听琴诗

拂琴开素匣，何事独颦眉？古调俗不乐，正声公自知。寒泉出涧涩，老桧倚风悲。纵有来听者，谁堪继子期？

贺方回工词，其姬亦善吟咏。有《答方回诗》曰：

独倚危楼泪满襟，小园春色懒追寻。深恩总似丁香结，难展芭蕉一寸心。

韩玉父，秦人，因乱遂家钱塘。幼时李易安教以学诗。及笄，父母以妻林子建。后寻夫途次有诗题壁，为时所传。

题漠口铺诗　*并序*

妾本秦人，先大父尝仕于朝，因乱遂家钱塘。幼时易安居士教以学诗。及笄，父母以妻上舍林子建。去年林得官归闽，妾倾囊以助其行。林许秋冬间遣骑迎妾，久之杳然。何食言耶？不免携女奴自钱塘而至三山。比至，林已官盱江矣。因而复回延平。经由顺昌，假道昭武而去。叹客旅之可厌，笑人事之多乖。匠理发漠口铺，漫题数语于壁云：

南行逾万山，复入武阳路。黎明与鸡兴，理发漠口铺。盱江在何所？极目烟水暮。生平良自珍，羞为浪子妇。知君非秋胡，强颜且西去。

纪昀《槐西杂志》曰《永乐大典》有季芳树《刺血诗》："不著朝代，亦不详芳树始末。""世无传本，余校勘《四库》，偶见之，爱其缠绵悱恻，无一毫怨怒之意，殆可泣鬼神。令馆吏录出一纸，久而失去。今于役滦阳，检点旧帙，忽于小箧内得之。沉湮数百年，终见于世。岂非贞魄怨魂，直贯三光，有不磨灭者乎？陆耳山《副宪》曰：'此诗次韩蕲王孙女诗前，彼在宋末，则芳树必宋人。'以例推之，想当然也。"案题之《刺血》，必非他人代撰，断为芳树自作无疑。一本作姓李，未详孰是。兹录其诗于此：

刺血诗

去去复去去，凄恻门前路。行行重行行，辗转犹含情。含情一回首，见我窗前柳。柳北是高楼，珠帘半上钩。昨为楼上女，帘下调鹦鹉。今为墙外人，红泪沾罗巾。墙外与楼上，相去无十丈。云何咫尺间，如隔千重山？悲哉两决绝，从此终天别。别鹤空徘徊，谁念鸣声哀！徘徊日欲晚，决意投身返。半裂湘裙裾，泣寄稿砧书。可怜帛一尺，字字血痕赤。一字一酸吟，旧爱牵人心。君如收覆水，妾罪甘鞭捶！不然死君前，终胜生弃捐。死亦无别语，愿葬君家土。倘化断肠花，犹得生君家。

嘉熙中，闽人潘用中随父寓居京邸。潘喜弄笛。隔墙亦一楼相对，一女子闻笛声，辄垂帘窥望。问知为黄氏孙女也，且工诗。潘乃以帕题诗裹胡桃掷去，女亦裹帕掷诗为答。父母廉知其故，遂谐伉俪。其帕中诗喧传都下，达于禁中，理宗嗟叹，以为奇遇。黄女诗曰：

栏杆闲倚日偏长，短笛无情苦断肠。安得身轻如燕子，随风容易到君傍。

毛友龙应举落第，其妻封诗寄之曰：

剔烛亲封锦字书，拟凭归雁寄天隅。经年未报干秦策，不识如今舌在无？

林杜娘，杭州新城人，贾蓬莱，不知何许人，为诗有晚唐风格。

游碧沼胜居　林杜娘

幽谷泉声冷，鸟啼僧定深。好花丛古砌，寒瀑发高岑。游客陆鸿渐，居人支道林。欲归青草路，临去复沉吟。

闺　怨　贾蓬莱

露颗珠团团，冰肌玉钏寒。杏梁栖只燕，菱镜掩孤鸾。残树枯黄遍，圆荷湿翠干。绣帘生画色，窗下带羞看。

春　晓　贾蓬莱

方池冰影薄，曲槛鸟声娇。鸾镜红绵冷，蛾眉翠黛消。冶容舒嫩萼，幽思结柔条。纤指收花露，轻将雪粉调。

谢姊惠鞋　贾蓬莱

莲瓣娟娟远寄将，绣罗犹带指尖香。弓弯著上无行处，独立花阴看雁行。

韩希孟者，巴陵女子，魏公五世孙，适贾尚书男琼为妻。开宝己未，北兵渡江，希孟被虏，义不受辱。书诗衣帛上，投江而死。越三日收其尸，复得诗于其练裙带中。匪徒节行可嘉，诗笔亦挺拔可诵。

书衣帛诗

宋未有天下，坚正臣礼秉。开国百战功，每阵唯雄整。及侍周幼主，臣心尝炯炯。帝曰卿北伐，山戎今有警。死狗莫击尾，此行当系颈。即日辞陛行，尽敌心欲逞。陈桥忽兵变，不得守箕颍。禅让法尧舜，民物颇安静。有国三百年，仁义道驰骋。未改祖宗法，天胡肆大眚。细思天地理，中有幸不幸。天果丧中原，大似裂冠衽。君诚不独活，臣宝无魏丙。失人焉得人，垂戒尝耿耿。江南重谢安，塞北有王猛。所以戎马来，飞渡巴陵竟。大江限南北，今此一舴艋。本期固封疆，谁谓如画饼？烈火燎昆冈，不辨金玉矿。妾本良家子，性僻守孤梗。嫁与尚书儿，衔署紫兰省。直以才德合，不弃宿瘤瘿。初结合欢带，誓比日月昞。鸳鸯会双飞，比目原常并。岂期金石坚，化作桑榆景。旄头势正然，蚩尤气先屏。不意风马牛，复及此燕郢。一方遭劫寇，六族死俄顷。退鹢落迅风，孤鸾吊空影。簪坚折白玉，瓶沉断青绠。一死空冥冥，忧心长炳炳。妾志坚不移，改邑不改井。我本瑚琏器，安肯作溺皿？志节匪转石，气噎如吞鲠。不作爝火燃，愿为死灰冷。贪生念曲蛾，乞怜羞虎阱。借此清江水，葬我全首领。

皇天如有知，定作血面请。愿鬼化精卫，填海使成岭。

练裙带中诗

我质本瑚琏，宗庙供蘋蘩。一朝罹祸难，失身戎马间。宁当血刃死，不作衽席完。汉上有王猛，江南无谢安。长号赴洪流，激烈摧心肝。

宋时倡伎亦多能诗，兹略录其一二。周韶者，杭妓，能诗。苏子容过杭，太守陈述古宴之，召韶佐酒。韶因子容求落籍，时韶有服，子容指帘间白鹦鹉，令作一绝，援笔立就，述古遂与落籍。其诗曰：

陇上巢空岁月惊，忍看回首自梳翎。开笼若放雪衣女，长念观音般若经。

又有胡楚、龙靓，与周韶同籍，并能诗。录之于下：

送周韶 胡楚

淡妆轻素鹤翎红，移入朱栏便不同。应笑西园旧桃李，强匀颜色待春风。

寄人 胡楚

不见当年丁令威，年来处处是相思。若将此恨同芳草，犹恐青青有尽时。

送周韶 龙靓

桃花流水本无尘，一落人间几度春。解佩暂酬交甫意，濯缨还见武陵人。

呈张子野 龙靓

天与寻芳十样葩，独分颜色不堪夸。牡丹芍药人题遍，自分身如鼓子花。

谭意歌，丧亲流落妓家，工词翰，后归汝州张生。有寄张诗曰：

潇湘江上探春回，消尽寒冰落尽梅。愿得儿夫似春色，一年一度一归来。

第六章

辽之妇女文学

辽时文翰，罕通中国。其妇女文学，唯萧后与萧文妃而已。道宗萧皇后，小字观音，钦哀皇后弟枢密使惠之女，姿容冠绝，工诗，善谈论，自制歌词，尤善琵琶。为枢密耶律辛乙所谮，赐自尽。乾统初，追谥宣懿。萧后有《回心院词》，亦宫词之别体也。又有《绝命词》等，文采极于哀艳。兹并录之：

回心院词

扫深殿，闭久金铺暗。游丝络网尘作堆，积岁青苔厚阶面。扫深殿，待君宴。

拂象床，凭梦借高唐。敲坏半边知妾卧，恰当天处少辉光。拂象床，待君王。

换香枕，一半无云锦。为是秋来展转多，更有双双泪痕渗。换香枕，待君寝。

铺翠被，羞杀鸳鸯对。犹忆当时叫合欢，而今独覆相思块。铺翠被，待君睡。

装绣帐，金钩未敢上。解却四角夜光珠，不教照见愁模样。装绣帐，待君贶。

叠锦茵，重重空自陈。只愿身当白玉体，不愿伊当薄命人。叠锦茵，待君临。

展瑶席，花笑三韩碧。笑妾新铺玉一床，从来妇欢不终夕。展瑶席，待君息。

剔银灯，须知一样明。偏是君来生彩晕，对妾故作青荧荧。剔银灯，待君行。

爇薰炉，能将孤闷苏。若道妾身多秽贱，自沾御体香彻肤。爇薰炉，待君娱。

张鸣筝，恰恰语娇莺。一从弹作房中曲，常和窗前风雨声。张鸣筝，待君听。

绝命词

嗟薄祜兮多幸，羌作俪兮皇家。承昊穹兮下覆，近日月兮分华。托后钧兮凝位，忽前星兮启耀。虽衅累兮黄床，庶无罪兮宗庙。欲贯鱼兮上进，乘阳德兮天飞。岂祸生兮无朕，蒙秽恶兮宫闱。将剖心兮自陈，冀回照兮白日。宁庶女兮多惭，遏飞霜兮下击。顾女子兮哀顿，对左右兮摧伤。共西曜兮将坠，忽吾去兮椒房。呼天地兮惨悴，恨今古兮安极。知吾生兮必或，又焉爱兮旦夕？

天祚萧文妃，小字瑟瑟，善歌诗。见女直乱作，帝畋游不息，忠臣被斥，作歌讽谏，天祚衔之。后以废立事诬妃赐死。

讽谏歌

勿嗟塞上兮暗红尘，勿伤多难兮畏夷人。不如塞奸邪之路兮，选取贤臣。直须卧薪尝胆兮，激壮士之捐身。可以朝清漠北兮，夕枕燕云。

丞相来朝兮剑佩鸣，千官侧目兮寂无声。养成外患兮嗟何及，祸尽忠良兮罚不明。亲戚并居兮藩屏位，私门潜蓄兮爪牙兵。可怜往代兮秦天子，犹向宫中兮望太平。

第三编下　近世妇女文学（元明）

第一章

元之妇女文学

元代诗人，好缛绮之音。故妇人吟咏，亦以婉丽为则。就中郑允端合称大家。如孙蕙兰、郑奎妻、薛氏二女等作，皆饶有唐音，殆一时风气使然也。若骆妃、凝香儿，则又宫人之有文才者矣。

骆妃者，武帝妃也。有《舞月歌》曰：

五华兮如织，照临兮一色。丽正兮中域，同乐兮万国。

凝香儿，顺帝时宫人。本官妓，以才艺选入宫，善鼓琴，晓音律。能为翻冠飞履之舞，舞间冠履皆翻覆飞空，寻如故。因是得宠，遂充才人。存歌二曲：

弄月曲

蓉衫兮蕊裳，瑶环兮琼珰。泛予舟兮芳渚，击予楫兮徜徉。明皎皎兮水如镜，弄蟾光兮捉蛾影。露团团兮气清，风飕飕兮力劲。月一轮兮高且圆，华彩发兮鲜复妍。愿万古兮每如此，予同乐兮终年。

采菱曲

伽楠楫兮文梓舟，泛波光兮远夷犹。波摇摇兮舟不定，扬予袂兮金风竞。棹歌起兮纤手挥，青角脱兮水潆洄。归去来兮乐更谁？

赵孟頫妻管夫人，名道升，字仲姬，能诗画。曾奉中宫命题所画梅曰：

雪重琼枝懒，霜浓玉蕊寒。前村留不得，移入月中看。

管夫人又有《渔父词》曰：

遥想山堂数树梅，凌寒玉蕊发南枝。山月照，晓风吹，只为清香苦欲归。

元遗山妹为女冠，高雅不犹人，善吟咏。张平章欲娶之，往探其所居，见其手补天花板。问近有新诗否，即口占答之，张悚然而退。其诗曰：

补天手段暂施张，不许纤尘落画堂。寄语新来双燕子，移巢别处觅雕梁。

郑允端，吴中施伯仁妻，颖敏工诗词。其夫村俗不谐，以诗自遣。所著有《肃雍集》，且多为古体，虽笔力未遒，而音节自高。律诗亦工整。不易得也。

罗敷曲

邯郸秦氏女，辛苦为蚕忙。清晨出采桑，采桑不盈筐。使君自南来，五马多辉光。相逢在桑下，遗我双鸣珰。听妇前致词：卑贱那可当？使君自有妇，罗敷自有郎。请君上马去，长歌《陌上桑》。

题耕牧图

幽人薄世味，耕牧山之阴。自抱村野姿，当怀畎亩心。行行《南山歌》，落落《梁甫吟》。挂书牛角上，挥锄瓦中金。饱饭黄昏后，力田春雨深。四体勤树艺，三生悟浮沉。巢父世高尚，德公人所钦。伊人去已远，高风邈难寻。抚卷空叹息，俯仰成古今。

题望夫石

良人有行役，远在天一方。自期三年归，一去凡几霜。登山临绝巘，引领望归航。归航望不及，踯躅空徬徨。化作山头石，兀立倚穹苍。至今心不转，日夜遥相望。石坚有时烂，海枯成田桑。石烂与海枯，行人归故乡。

咏　镜

皎皎奁中镜，相随越岁年。清光何所如？明月悬中天。我昔十五余，颜色如花鲜。对之理晨妆，涂抹斗婵娟。近来年颇长，贫病相忧煎。形容颇老丑，无复施朱铅。今朝镜亦昏，尘垢食连钱。相看自黯淡，焉能分媸妍？人生有盛衰，物情随变迁。世间类如此，何用增慨然？

听　琴

夜深众籁寂，天空缺月明。幽人据槁梧，逸响发清声。一韵再三弹，中含太古情。坐深听未久，山水有余清。子期既物化，赏心谁可并？感慨意不已，天地空峥嵘。

题秋胡戏妻卷

婉彼鲁姬姜，出采林下桑。远人何处来，下马古道傍？黄金致微言，少年为贵郎。妇人秉素心，铁石填衷肠。岂为物所移，古井波澜扬？谓谢道傍子，请歌《行路章》。

拟捣衣曲

男儿远向交河道，铁马金戈事征讨。边城八月霜风寒，欲寄戎衣须及早。急杵清砧捣夜深，玉纤铜斗熨贴平。裁缝织就衣裙袄，千针万线始得成。封裹重重寄边使，为与夫君奋忠义。好将勋业立边陲，要使功名垂史记。

吴人嫁女辞

种花莫种官路傍，嫁女莫嫁诸侯王。种花官道人折取，嫁女侯王不久长。花落色衰人易变，离鸾破镜终成怨。不如嫁与田舍郎，白首相看不下堂。

题山水障歌

我有一匹好素绢，画出江南无数山。笔法岂但李营丘，直拟远过扬契丹。良工好手不易遇，此画森然能布置。层峦叠嶂拥复开，怪石长松俨相对。板桥茅屋林之隈，瀑流激石声如雷。恍然坐我匡庐下，便觉胸次无凡埃。此身能向闺中老，自恨无由致蓬岛。布袜青鞋负此生，长对画图空懊恼。

题明皇并辔图

三郎沉醉后，上马玉环迟。如何西幸日，不是并鞍时。

水　槛

近水人家小结庐，轩窗潇洒胜幽居。凭阑忽听渔榔响，知有小船来卖鱼。

孙蕙兰，其先汴人也。年六岁，母卒，父教以诗书。事继母尽孝，作诗皆清雅可诵。女悉毁其稿，家人劝之，则曰："聊适情耳，女子当治织纴组纠以致其孝敬，词翰非所事也。"年二十三，归新喻傅汝砺为妻，不数年病卒。遗诗仅十余章，余多未成章者，曰《绿窗遗稿》。

春晓偶成

窗里人初起，窗前柳正娇。卷帘冲落絮，开镜见垂条。坐对分金线，行防拂翠翘。流莺空巧语，倦听不须调。

偶　成　九首

楼前杨柳发新枝，楼上春寒病起时。独坐小窗无气力，隔帘风断海棠丝。

绿窗寂寞掩残春，绣得罗衣懒上身。昨日翠帷新病起，满帘飞絮正愁人。

几点梅花发小盆，冰肌玉骨伴黄昏。隔窗久坐怜清影，闲划金钗记月痕。

绣被寒多未欲眠，梨花枝上听春鹃。明朝又是清明节，愁见人家买纸钱。

春雨随风湿粉墙，园花滴滴断人肠。愁红怨白知多少，流过长沟水亦香。

春风昨夜碧桃开，正想瑶池月满台。欲折一枝寄王母，青鸾飞去几时回。

空阶日晚雨才干，小婢相随倚画栏。金钗误挂绯桃落，罗袖愁依翠竹寒。

小窗今日绣针闲，坐对银蟾整翠鬟。凡世何曾到天上，月宫依旧似人间。

庭院深深早闭门，停针无语对黄昏。碧纱窗外初生月，照见梅花欲断魂。

郑奎妻有《四时词》及他诗数章，通体清丽而无累病。闺阁中罕见此才，兹具录之：

四诗词

春风吹花落红雪，杨柳阴浓啼百舌。东家蝴蝶西家飞，前岁樱桃今岁结。秋千蹴罢鬓鬖髿，粉汗凝香沁绿纱。侍女亦知心内事，银瓶汲水煮新茶。《春词》。

芭蕉叶展青鸾尾，萱草花含金凤嘴。一双乳燕出雕梁，数点新荷浮绿水。困人天气日长时，针线慵拈午漏迟。起向石榴阴畔立，戏将梅子打莺儿。《夏词》。

铁马声喧风力紧，雪窗梦破鸳鸯枕。玉炉烧麝有余香，罗扇扑萤无定影。洞箫一曲是谁家？河汉西流月半斜。要染纤纤红指甲，金盘夜捣凤仙花。《秋词》。

山茶半开梅半吐，风动帘旌雪花舞。金盘冒冷塑狻猊，绣幕围春护鹦鹉。倩人呵笔画双眉，脂水凝寒上脸迟。妆罢扶头重照镜，凤钗斜压瑞香枝。《冬词》。

惜花春起早

胭脂晓破湘桃萼，露重荼蘼香雪落。媚紫浓遮刺绣窗，娇红斜映秋千索。辘轳惊梦急起来，梳云未暇临妆台。笑呼侍女秉明烛，先照海棠开未开。

爱月夜眠迟

香肌半弹金钗卸，寂寂重门深锁夜。素魄初离碧海端，清光已透珠帘罅。徘徊不语倚阑干，参横斗转风露寒。小娃低语唤归寝，犹过蔷薇架后看。

掬水月在手

银塘水满蟾光吐，姮娥夜夜冯夷舞。荡漾明珠若可扪，分明兔颖如堪数。美人自挹濯春葱，忽讶冰轮在掌中。女伴临流笑相语，指尖擎出广寒宫。

弄花香满衣

佘声响处东风急，红紫丛边久凝立。素手攀条恐刺伤，金莲移步嫌苔湿。幽芳撷罢掩兰堂，馥郁余香满绣床。蜂蝶纷纷入窗户，飞来飞去绕衣裳。

余季女，临海儒家女，有容德，善属文，赘永宗道。月余，宗道愧己不若，辄辞归，闭门读书，久不返。余裁诗招之，宗道不听。余遂病卒，宗道亦悲死。

招　外 五篇

妾谁怨兮薄命？一气孔神兮化生若甑。春山娟兮秋水净，秉贞洁兮妾之性，聊复歌兮遣兴。

夜梦兮食梨，命灵氛兮贞余占之。日行道兮迟迟，敛角枕兮粲如，风动帷兮心悲。

云黯黯兮雪飞棘，夫子介兮如石。苦复留兮不得，望平原兮太息，涕泗横兮沾臆。

送子去兮春树青，望子来兮秋树零。树有枝兮枝有英，我胡为兮茕茕？子在此兮山城。

织女兮牛郎，岂谓化兮为参商？欲径渡兮河无梁，霜露侵袭兮病偃在床，嗟嗟夫子兮谁与缝裳？

元末姑苏有薛氏二女者，一名兰英，一名蕙英，皆敏秀能诗。父遂于宅后建楼居之，名曰“兰蕙联芳楼”。二女日夕吟咏其间，有诗数百首，号《联芳集》。时会稽杨铁崖制《西湖竹枝词》，和者百余家。二女见之笑曰：“西湖有《竹枝曲》，东吴独无《竹枝曲》乎？”乃效其体，作《苏门竹枝词》十章，时人传之。十章盖二女同作也。

姑苏竹枝词

姑苏台上月团团，姑苏台下水潺潺。月落西边有时出，水流东去几时还？

馆娃宫中麋鹿游，西施去泛五湖舟。香魂玉骨归何处？不及真娘葬虎丘。

虎丘山上塔层层，夜静分明见佛灯。约伴烧香寺中去，自将钗钏施山僧。

门泊东吴万里船，乌啼月落水如烟。寒山寺里钟声早，渔火江风恼客眠。

洞庭金柑三寸黄，笠泽银鱼一尺长。东南佳味人知少，玉食无由进上方。

荻芽抽笋楝花开，不见河豚石首来。早起腥风满城市，郎从海口贩鲜回。

杨柳青青杨柳黄，青黄变色过年光。妾似柳丝易憔悴，郎如柳絮太颠狂。

翡翠双飞不待呼，鸳鸯并宿几曾孤。生憎宝带桥头水，半入吴江半太湖。

一娲凤髻绿如云，八字牙梳白似银。斜倚朱门翘首望，往来多少断肠人。

百尺高楼倚碧天，栏干曲曲画屏连。侬家自有《苏台曲》，不去西湖唱《采莲》。

同时有曹妙清、张妙净，亦和廉夫《竹枝词》。妙清字比玉，号雪斋，钱塘人。有诗集，杨廉夫为之序。妙净字惠莲，亦钱塘人，居姑苏。

竹枝词 曹妙清

美人绝似董妖娆，家住南山第一桥。不肯随人过湖去，月明夜夜自吹箫。

竹枝词 张妙净

忆把明珠买妾时，妾起梳头郎画眉。郎今何处妾独在，怕见花间双蝶飞。

又有梅花尼，未详姓氏。有《咏梅花》绝句，人因呼为“梅花尼”。其诗曰：

终日寻春不见春，芒鞋踏破岭头云。归来笑捻梅花嗅，春在枝头已十分。

第二章

明之宫廷文学

明之宫廷文学，传者甚罕。今姑就其可见者，次而录之。洪武间马皇后崩，后宫人思之作歌，不详作者姓名。其歌曰：

> 我后圣慈，化行家邦。抚我育我，怀德难忘。怀德难忘，于万斯年。毖彼下泉，悠悠苍天。

永乐徐皇后，徐达之女也。幼贞静，好读书，称“女诸生”。洪武九年，册为燕王妃。王即帝位，册为皇后。尝自辑《内训》二十篇，其序曰：

> 吾幼承父母之教，诵诗书之典，职谨女事。蒙先人积善余庆，夙备掖庭之选，事我孝慈高皇后朝夕侍朝。高皇后教诸子妇，礼法唯谨。吾恭奉仪范，日聆教言，祗敬佩服，不敢有违。肃事今皇帝三十余年，一遵先志，以行政教。吾思备位中宫，愧德弗似，歉于率下，无以佑皇上内治之美，以忝高皇后之训。常观史传求古贤妇贞女，虽称德性之懿，亦未有不由于教而成者。古者教必有方，男子八岁而入小学，女子十年而听姆教。小学之书无传，晦庵朱子爰编辑成书，为小学之教者始有所入。独女教未有全书，世唯取范晔《后汉书》、曹大家《女诫》为训，恒病其略。有所谓《女宪》《女则》，俱徒有其名耳。近世始有女教之书盛行，大抵撮《曲礼》《内

则》之言与《周南》《召南》、诗之小序及传记而为之者。仰惟我高皇后教训之言，卓越往昔，足以垂法万世，吾耳熟而心藏之，乃于永乐二年冬，用述高皇后之教以广之，为《内训》二十篇以教宫壶。夫人之所以克圣者，莫严于养其德性以修其身，故首之以德性，次之以修身。修身莫切于谨言行，故次之以谨言慎行。推而至于勤励节俭，而又次之以警戒。人之所以获久长之庆者，莫加于积善；所以无过者，莫加于迁善。数者皆修身之要。而所以取法者，则必守我高皇后之教也，故继之以崇圣训。远而取法于古，故次之以景贤范。上而至于事父母、事舅姑、事君，又推而至于母仪、睦亲、慈幼、待下，而终之以待外戚。顾以言辞浅陋，不足以发扬深旨，而其条目亦粗备矣。观者于此，不必泥于言，而但取于意。其治内之道，或有裨于万一云。

郭国嫔，名爱，字善理，凤阳人。宣宗闻其才，召至京。病卒，赠国嫔。顾玄言云："郭国嫔《自哀》古体，源出蔡文姬，得性情之正。"其《自哀辞》曰：

修短有数兮，不足较也。生而如梦兮，死则觉也。先吾亲而归兮，独惭予之不孝也。心凄凄而不能已兮，是则可悼也。

宣德中，宫中女官司彩王氏，有《宫词》一首曰：

璚花移入大明宫，一树凝香倚晚风。赢得君王留步辇，玉箫吹彻月明中。

沈琼莲，字莹中，乌程人。弘治初，选入掖庭，官女学士。莹中初入掖庭，泰陵试以《守宫论》。发题曰："甚矣秦之无道也！宫岂必守哉？"泰陵大悦，擢居第一，给事禁中，后吴兴人恒称为"女阁老"。莹中在大内，暇饲白鹦鹉，教之诵《尚书·无逸》篇，此宜载之彤管者也。

宫词

翠丝蟠袖紫罗襦，偷把黄金小带输。中使传宣光禄宴，内家学士出新除。

香雾蒙蒙罩碧窗，青灯的的灿银釭。内人何处教吹管，惊起庭前鹤一双。

豆蔻花封小宇缄，寄声千里落云帆。一春从不寻芳去，高叠香罗旧赐衫。

天子龙楼瞥见妆，芙蓉团殿试罗裳。水风凉好朝西坐，专把书经教小王。

明窗棐几净炉熏，闲阅仙书小篆文。昼永帘垂春寂寂，碧桃花映石榴裙。

寄兄

疏明星斗夜阑珊，玉貌花容列女官。风递一作"度"。凤皇天乐近，雪残一作"晴"。鳷鹊晓楼寒。昭仪引驾临丹扆，尚寝熏炉爇紫檀。肃肃六宫悬象魏，春风前殿想鸣銮。

送弟溥试春官

少小离家侍禁闱，人间天上两依稀。朝迎凤辇趋青琐，夕捧鸾书入紫微。银烛烧残空有梦，玉钗敲断未成归。年年望汝登金籍，同补山龙上衮衣。

王妃，燕京人，以才色得幸于武宗，能诗工书。侍幸蓟州温泉，题七言绝句一首，自书刻石。其诗曰：

塞外风霜冻异常，水池何事旷如汤？溶溶一脉流今古，不为人间洗冷肠。

神宗郑贵妃，大兴人。尝重刊吕新吾《闺范》，有序一首，文虽未为工，在当时宫廷中，自为难得。亦著于此：

重刊《闺范》序

尝闻闺门者万化之原，自古圣帝明皇咸慎重之。予赋性不敏，幼承母师之训，时诵诗书之言。及其十有五年，躬逢圣母广嗣之恩，遂备九嫔之选，恪执巾栉。倚蒙帝眷，诞育三三，暨诸公主。惭叨皇号，愧无图报微功。前因储位久悬，脱簪待罪。赖乾纲独断，出阁讲学。天人共悦，疑义尽解，益自勤励。侍御少暇，则敬捧我慈圣皇太后《女鉴》，庄诵效法，夙夜兢兢。巨时聆我皇上谆谆诲以《帝鉴图说》，与凡训诫诸书，庶几勉修厥德，以肃宫闱。尤思正己宜正人，齐家当治国，欲推广是心公诸天下，求诸明白易简足为民法者。近得吕氏坤《闺范》一书。是书也，首列四书五经，旁及诸子百家；上溯唐虞三代，下迄汉宋我朝；贤后哲妃、贞妇烈女，不一而足。嘉言善行，照耀简编；清风高节，争光日月。真所谓扶持纲常，砥砺名节，羽翼王化者是已。然且一人绘一图，一图叙一事，附一赞。事核言直，理明词约，真闺壶之箴鉴也。虽不敢上拟仁孝之《女诫》、章圣之《女训》，藉令继是编而并传，亦庶乎继述之一事也。独惜传播未广，激劝有遗。愿出宫赀，命官重梓，颁布中外，永作法程。嗟嗟！予昔观《河南饥民图》则捐金赈济，今观《闺范图》则用广教言，无非欲民不失其教与养耳！斯世斯民，有能观感兴起，毅然以往哲自励，则是图之刻不为徒矣。因叙厥指以冠篇端。万历二十三年乙未七月望日序。

诸王宫人中，亦有能文者。夏云英，周宪王宫人，有《端清阁诗》一卷，凡六十九首，又有《法华经赞》七篇。

立　秋

秋风吹雨过南楼，一夜新凉是立秋。宝鸭香销沉火冷，侍儿闲自理箜篌。

雨　晴

海棠初种竹新移，流水潺潺入小池。春雨乍晴风日好，一声啼鸟过花枝。

秋夜即事

西风飒飒动罗帏，初夜焚香下玉墀。礼罢真如庭院静，银缸高照看围棋。

又宸濠翠妃，亦善吟咏。有《咏梅花》诗云：

绣针刺破纸糊窗，引透寒梅一线香。蝼蚁也知春色好，倒拖花片上东墙。

明亡时宫人流散，其文翰每传于说部书中。如宏光西宫宫人叶子眉《题壁诗》曰：

马足飞尘到鬓边，伤心羞整旧花钿。回头难忆宫中事，衰柳空垂起暮烟。

第三章

朱妙端 附陈德懿

明初诗人，多沿杨铁崖与吴中四杰之风。至弘正李何诸子出，而后文必汉魏，诗必盛唐。弘正以前，妇人之作，传者不多，其间唯朱妙端可成一家。妙端字仲娴，号静庵，海宁人。尚宝卿朱祚女，光泽教谕周济妻，有《静庵集》。今就其诗文，掇录一二，可以考焉。

明代女子，多有学为古赋者。或亦见称当时，而篇章放失，罕见合作。唯静庵之《双鹤赋》，犹略有魏晋之遗则也。

双鹤赋

惟仙禽之高洁，禀玉雪之贞姿。翔昆仑之琪树，啄元圃之灵芝。若遨游于碧落，同沐浴乎天池。与鸾凤而为侣，矧燕雀之敢窥。何虞人之见获，遂羁络于轩墀。蒙主人之过爱，聊隐迹而栖迟。故其呼之则应，抚之即驯。山鸡杂处，野鹜为伦。志帠藏而独立，情偃蹇而弗伸。若夫春雨初晴，花阴满庭，临风振羽，向日梳翎。或翩跹而对舞，或夭矫而同行。望故巢之修阻，徒奋迅而长鸣。既而白露初降，金风始高，丹顶皎洁，玄裳飘萧。发清唳于永夜，彻遗响于九皋。感游子之踯躅，使迁客之无聊。尔乃安于栖息，饮啄适宜。受乘轩之宠渥，释笼槛之羁縻。愧微躯之菲薄，承眷顾之恩私。感厚德之未报，徒驰情而在兹。永充君之玩好，誓毕世而不违。

静庵所为诗，亦多高丽之句。与正统景泰间所谓诸才子相较，固不必愧之也。今选录数首：

白苎词

西风萧萧天雨霜，馆娃宫深更漏长。银台绛蜡何煌煌，笙歌劝酒催华觞。美人起舞雪满堂，清歌宛转飞雕梁。君王沉醉乐未央，台前月落天苍苍。

春睡词

茸茸芳草含新绿，露井夭桃锦云簇。画阑干外早莺啼，又唤春光到华屋。绮窗花影摇玲珑，玉人梦破春溶溶。云鬟半亸凤钗滑，枕痕一缕消轻红。香汗轻轻透衾湿，含情欲起娇无力。海棠庭院鸟声和，睡足东风一竿日。

竹枝词

西子湖头卖酒家，春风摇曳酒旗斜。行人沽酒唱歌去，踏碎满堤山杏花。

横塘秋老藕花残，两两吴姬荡桨还。惊起鸳鸯不成浴，翩翩飞过白蘋滩。

客中偶成

异乡久为客，风雨阻归程。两岸数峰碧，孤舟一羽轻。篷窗残烛在，烟树早鸦鸣。坐待东方曙，依稀见海城。

湖　曲

湖光山色映柴扉，茅屋疏篱客到稀。闲摘松花酿春酒，旋裁荷叶制秋衣。红分夜火明书屋，绿涨晴波没钓矶。唯有溪头双白鸟，朝朝相对亦忘机。

夜　坐

吴蚕初出夜无眠，数尽更筹觉暮寒。柳色弄阴春已暝，角声吹月夜将阑。金炉火冷沉烟细，罗幌风生蜡炬残。独坐空庭望银汉，碧天如水露汚汚。

虞　姬

力尽重瞳霸气消，楚歌声里恨迢迢。贞魂化作原头草，不逐东风入汉郊。

当时浙中妇人，有文才且与静庵唱和者，有陈德懿。德懿长兴人，移居仁和，陈敏政女，嫁同县李昂。昂为景泰甲戌进士，官至右副都御史。德懿有诗集，其体格略与静庵相类，长于近体。其寄静庵诗曰：

美人曾约来相访，底事云軿竟不过？深院雪消芳草绿，小园风过落梅多。欲餐白石先投药，爱写黄庭不换鹅。我欲共君修大道，他年铜狄费摩挲。

顾玄言云：“德懿诗集颇富，句如‘深院雪消芳草绿，小园风过落梅多’，清致幽绝，足为女郎之秀。”更录其一二作如下：

秋　兴

江上浮云障碧空，乱山愁锁夕阳红。边城画角吹残日，野寺疏钟度晚风。梧树著风飘败叶，菊花经雨发寒丛。愁多倦写蝇头字，慢倚胡床看塞鸿。

秋　夕

水滴铜壶夜漏停，楼头月午睡初醒。丹炉养药重添火，小阁焚香再礼星。槭槭风声敲木叶，辉辉灯影照帏屏。拥衾忽尔成奇梦，直驾长鲸过洞庭。

第四章

陆卿子与徐小淑

嘉靖万历以来，七子之徒，大变文体，而妇人作者亦众。其卓然尤推大家者，唯吴中陆卿子与徐小淑为著。二人同时齐名，颇相酬和。《梅花草堂笔谈》曰："徐小淑诗，高自标位；陆卿子诗，幽清古淡。"方维仪《宫闺诗评》曰："徐小淑与陆卿子唱和，称'吴门二大家'。然小淑所著《络纬吟》，视卿子尤猥杂。今观二家之作，虽各有所长，而才力信是伯仲之间。"卿子及小淑，并长洲人。卿子为尚宝卿师道女，处士赵宧光妻，夫妇偕隐寒山，有《卧云阁》《考槃》诸集。宧光亦博学多著述，时论谓文采不逮其妻云。小淑名媛，副使范允临之妻，有《络纬吟》。今比录二家诗于下。卿子与小淑诗，并刻意摩古，亦犹七子之余风也。今先列卿子之作：

少妇吟

高楼霭悠悠，皎月澄清光。少妇起悲叹，哀音激清商。白云掩秦关，绿水阻荆梁。游子远从戎，遥遥隔他乡。天狼耿不灭，旄头正光芒。庭前兰蕙花，枝枯叶凋伤。容华随日歇，云鬓飒飘扬。剖我昔时镜，远寄陇阪长。素心薶黄土，白日辞红妆。莫念携手欢，誓死在战场。男儿生许国，妇女何足伤！

白纻词

扬清喉，动朱唇，绿云亭亭翠眉新。邯郸美女连城珍，流光吐艳掩阳春。为君抗袖歌《白纻》，纤纤雾縠临风举，青山日落悲激楚。

拟　陶

闲居寡世用，性本忘华簪。渌水盈方塘，清风来茂林。弱鲂戏涟漪，野鸟鸣好音。日夕时雨来，白云弥高岑。庭草涤余滋，原野蔼飞霖。开颜散遥念，浊酒聊自斟。

拟李白《古风》

重阴翳白日，阳和转凄薄。霰雪何纷揉，草木尽零落。长风终夜厉，栖鸟将焉托？游子敝貂裘，居人羡藜藿。所以商山翁，高举往岩壑。

奉怀徐奉常冯夫人

层峦郁嵯峨，烟云涨回互。之子枉清盼，霞飞廓天路。窈窕碧落间，飘飖神仙步。敛迹下遥岑，摄境展元圃。芳香凝昼霭，雅服扬晨雾。澹矣湛寒流，晔彼丽春煦。抚景共逍遥，款语输情素。永托金兰契，愿为胶漆固。挥戈回跃乌，窃药邀潜兔。七曜并时明，千载欢相晤。

赠毗陵安美人

去年花发毗陵道，美人何处踏瑶草？今年草绿姑苏台，美人此时花底来。风吹罗袂香不定，流波荡漾光徘徊。不逐行云作飞雨，梦里铅华学神女。座久烟霞拂袂生，回眸愁向空中举。水远山长不见君，空令树上黄鹂语。

闲居即事

闭门聊自适，陋巷薜萝深。柳色啼春鸟，波光澹夕阴。落花闲覆地，空霭静依林。若问幽栖意，床头有素琴。

秋　怀

衰草离离满地愁，云天漠漠夕阳收。池塘水落芙蓉冷，城郭风生薜荔秋。画角无声悲夜月，玉壶有恨咽更筹。傍人欲问青囊录，沧海微茫不可求。

塞下曲

塞雁高飞芦荻秋，翔云不动动边愁。黄沙千里行人断，日暮消魂哭陇头。

羌笛声悲怨未还，月明一夜鬓毛斑。闺中莫漫空相忆，匹马朝来又度关。

忆秦娥·感旧

砧声咽，梅花梦断纱窗月。纱窗月，半枝疏影，一帘凄切。

心头旧愿难重说，花飞春老流莺绝。流莺绝，今宵试问，几人离别？

画堂春

晴空烟袅柳丝微，乱红风定犹飞。杏花零落燕空归，门外鸦啼。

慵病不禁宽带，讳愁无那尖眉。香消斜倚画屏时，此恨谁知？

卿子、小淑并多拟乐府，此自明人习气。然小淑大抵词胜而意或不逮，至五古如《秣陵吊故宫》等，则全仿昌黎联句诗体，七古多学昌谷，好奇而才力多未称，故方维仪以为猥杂也。卿子、小淑词均不甚工，兹仅录卿子词二首，小淑词即不录焉。

后行路难　徐　媛

蝴蝶交飞春影弄，冰帘燕语银钩重。暗柳著烟亚短墙，满阑日色箫声送。思妾停针午窗梦，垂云蹙枕低斜凤。梨花小幕生昼凉，瑶席香茵展象床。珊瑚作梁琥珀珩，芙蓉斗帐玉为廊。洛阳年少新丰舍，系马黄金紫丝袴。双蹄合踏杜陵花，沽酒城头不论价。五侯七贵竞豪奢，银阙金丸油壁车。龙沙细柳将军幕，紫阁台兰万户家。吁嗟人事安可度？旖旎朝华暮成落。功高不数淮阴狗，势盈空忆华亭鹤。盛衰环转浩无端，满眼谁能定哀乐？自来唯见青松根，年年翠叶凌娇春。

秣陵吊故宫　徐　媛

秋壁枯蝶炭，荒丘填古人。阴松闭幽宫，走犬相狺狺。白景寒风萧，野霜上苦榛。桐柱消土脉，罘罳结杞茎。翠殿徒烟飘，画鼓沉昼昏。遣香碎象口，守宫冷血痕。花房平乌足，桂寝湿萤生。瓦砾扶鼠母，空桑捕蛇孙。乾石卧魑魅，笑声起碧蟒。古流黑如漆，老蛟齿列银。跳太截巉涎，暴背竖锦鳞。南原旷号号，静夜无行人。健犊耘泥膏，壮夫排陇耕。今朝种稑地，昔日瑶台春。不须舂白玉，安用饵黄金？渠似淮南客，相牵翔白云。

秋夜效李长吉体　徐　媛

紫台孤烟扫白壁，绰绰余凉动瑶瑟。一叶桐飘惊素秋，络纬声悲风淅沥。红兰凝露胭脂泣，古槐霜飞影圆魄。思妾深闺听暮砧，剪裂齐纨响刀尺。历历星横驾鹊桥，嫦娥桂殿坐终宵。穿线月明花烂熳，曝衣楼掩瑞烟消。天空澹澹明河白，宛转辘轳响咿轧。秋末芙蓉倚沼生，池塘新水浮双鸭。

重吊孙夫人　徐　媛

杜宇啼声断客肠，永安回首路茫茫。锦城丝管浑如梦，唯见春风扫绿杨。

第五章

文氏之《拟骚》

自来妇人为骚体者绝少，而明世独有文氏所作《九骚》，甚得古意，亦闺阁之奇才也。《静志居诗话》曰："文氏者，文在中女，嫁葛氏，早寡，守节，作'九骚'以见志。""九骚"者，一曰《感往昔》，二曰《怀湘江》，三曰《望洽阳》，四曰《矢柏舟》，五曰《愀离帏》，六曰《伤落花》，七曰《临云叹》，八曰《待月愁》，九曰《抚玉镜》。

兹录其全文如下：

拟　骚 并序

余少时与姑共修阃范，王父授《论语》《毛诗》。嗣后执蘋蘩之事，各处一方。不幸遭有柏舟之忧，与姑相继遇变。凛凛如登崎岖之阪，夙夜小心，惟德是先。仰观清都，俯窥幽冥，人生一世，如白驹之过尘。昔妫油既徂，洽阳邈矣，女道几坠，废寝忘餐，秉炬夜览。述古人之则，掇后贤之思，悲愤不已。托素怀于青编，作《九骚》创辞端，盖奉家大人命云。

感往昔

岁聿莫而历蹇兮，执霜心以为柄。扬真气之馥馥兮，叩寂寞而见性。刷泱漻之流俗兮，佩蕙纕以自解。惊箕伯之袭帏兮，撞我思之悠悠。捧《柏舟》之佳韵兮，魂离披而生愁。持徽音之不二兮，忆两髦之匹俦。览嫠妇之悲赋兮，涕横迸而沾襟。聆露鸡之三唱兮，夜漫漫而思侵。疏余志于天崿兮，佩秋兰而采绿芝。心与愿之不偕兮，遭坎廪而噫嘻。托素怀于白云兮，摭蕒茅于九疑。仰清都之剡剡兮，饮沆瀣而餐露葵。昔妫汭之厘降兮，钦帝命而名垂。乃洽阳之不作兮，道晻晻而日堕。纷吾髟髟有此内美兮，秉钩陈之遗志。良夜忽焉而假寐兮，梦女娲之来慕。列清芬于笔端兮，则秽累而为粹。效前修之矩规兮，椮玄思乎远晬。嘉涂山之蠲思兮，恶褒阎之嗚呸。阅女史其怦怦兮，九折挝而申肄。妗嬛媚之为邮兮，抱太素之天懿。缅先子之丰标兮，心摇摇而如醉。发虆虆而局曲兮，树萱而靡寐。精贞函于方寸兮，飞誉冠乎天庭。处奄奄之尘区兮，敢舍志而违经。思英英而内栖兮，驾腾腾而上征。命灵灵而不昧兮，顺天禀而修名。尽中馈之典职兮，调阴教而和羹。思窈窕之沩态兮，饮琼瑶之玉浆。步芳躅其不忘兮，抚角枕而彷徨。

怀湘江

览洞庭之流波兮，帝子游乎潇湘。神仿佛而忽睹兮，云滃滃而飞扬。石礚礚而厓兮，灏长澜之洋洋。登巉岩之峻丘兮，攀科枝而鸟翔。劲风为之振木兮，柔条悲鸣而似簧。秋兰时其未吐兮，芙蓉蒽茏而含香。缅二妃之清尘兮，芳草蘙焉有辉光。佐重华之隆盛兮，风教垂于椒房。伊任姒之母周兮，性沉僴而淑良。佳媛千古鲜俪兮，郁金并尔喷香。文姬、苏蕙焉可比兮，毛嫱、西子亦匪其行。慕窈窕之懿范兮，指内则以为方。握芳椒以流盼兮，折桂枝而树旌。步前躅之愔悘兮，注烈思之娈娈。夫何废寝而忘餐兮，搜典籍而罗瑶琼。张丹檠而读史兮，惟砥德之是荣。翻规箴于往牒兮，心战兢而惺惺。发掔鬃而慵整兮，志款款而弗更。希太素之玄风兮，敢抚杳而渝旧盟。恧贪秽之典浊兮，诵《绿衣》而修名。叩天阍而辟扉兮，谒钩陈之坤灵。睇太微之光芒兮，顾微躯其何生？将法古以垂后兮，裁青编而见情。庶诞降之不虚兮，弗顾影而愧形。

望洽阳

惟长子其浚哲兮，古涂山之苗裔。遥仰文母之婀娜兮，嗣前徽而婉嫕。羡螽斯之振振兮，吐玉英而树庭蕙。望关雎于河洲兮，识灵偶之重别。貌雍雍而齐庄兮，气馥馥以内洁。予诵樛木而知惠兮，殊恶妒妇之催花。垂万世之阃格兮，咀性中之天葩。驰吾思于云际兮，慕圣媛之余响。播清尘于千载兮，览芳规以目爽。追前修而希静一兮，宓妃、女娲邀以为党。女贞乃木之佳讳兮，鸿亦非偶而不翔。睹微物之清淑兮，生与俪而休有光。时荏苒其代谢兮，感落叶而心伤。抱素质而自娉兮，倚恬淡以为床。余将登阆风以息趾兮，征不死之素乡。覿银台之戴胜兮，赠我白水之瑶浆。携双成之帨娑娑兮，眉联娟而动朱唇。内粃粃而靡翳兮，神涣涣而绝尘。岁与大钧齐兮，执恍忽而为真。栖遐志于浮云兮，整青络而越瑶津。端直吾之所愿兮，修性理幽惟节与仁。

矢柏舟

泛柏舟之河中兮，忽侘傺而内结。含薄怒以倦倦兮，心郁郁而坚节。念两髦之我仪兮，矢靡他而志诀。持仁义以内修兮，遇纬缅而肠绝。何庭慈之不谅兮，遏心志而摧折。嘉共姜之淑慎兮，遵矩矱而自洁。恸杞妻之崩城兮，赴淄水而呜咽。徽爽女之志笃兮，尸还阴而心铁。哀八轨之血痕兮，令千载而心裂。遭大运之殃咎兮，表贞洁以霜雪。伤花妻之早逝兮，闵纱圆于火烈。皆舍生以取义兮，抱灵修而岂更迭。抚人生之谁无死兮，一杀身而甄英杰！遭缤纷而怖覆兮，佩琼瑶于祁祁。钟清英之灵秀兮，魂渺渺而何之？修灵原之不死兮，涉天津而采紫芝。天步余之艰难兮，失比翼之独居。悲回肠而伤气兮，志柏舟而如饥。奠桂酒而驰念兮，坐兰闺以凝思。饮修竹之坠露兮，心披披而泪垂。匹陶唐之二女兮，轶大汉之惠姬。慕孟母以孜孜兮，训三迁而为世师。中蹇蹇而闷瞀兮，意忳忳而心难夷。竭诚信而专一兮，忘儇媚而如痴。

愀离帏

离玄帐之五载兮，致桂酒而为羞。神剡剡而如见兮，目无睹而心忧。思旧爱之莫得兮，逝长往而悠悠。协清和之斌斌兮，获二仪之婉柔。阐坤德之英英兮，匹任姒而尹优。亲蚕桑以为务兮，性勤俭而采芣。持内则其纯备兮，克温恭而行修。想仪容之仿佛兮，意歔欷而难蒐。感霜露之不停兮，羌弃我于何游？胸闷闷而倦极兮，忽枕籍而如睹。垂灵袖之纳纳兮，呼余来而赠蘅茌。女不闻乎阴阳兮，始太极而为主。天纯一而万地兮，日月一而星数。妇以专一之为美兮，子众多而一父。阴伏阳以为德兮，阳统阴以为明。人在世之贞洁兮，没万代而垂名。昔洁洁之英媛兮，汩瘢瘢而寄情。身处仁而迁义兮，神飘飘而超大清。于是忽焉而大觉兮，生为梦而死灵。献兰蕙以告神兮，敢不取义以轻生？涤尘垢而不染兮，茹芙蓉之英英。餐秋菊之坠露兮，煮姊茗而供冰清。何颇颔之不舒兮，将荏苒而登帝城。

伤落花

处冲漠之兰闺兮，心絓结而如醉。岁忽忽其将迈兮，花落落而蕊坠。攀长条之要妙兮，睹鸿造之殊异。悲晨风之震木兮，鸟翔集而争媚。拾朱英而太息兮，时岂可乎再至？睇焦螟而巢于蚊睫兮，愕蓂荚而内伤。蕤宾主其仲夏兮，蓐收至而变商。感寒暑之代谢兮，素叶零于雕霜。气郁邑而填膺兮，陟阿丘而采虻。瞻蜉蝣之楚楚兮，中闷闷而心惊。哀薄躯之须臾兮，修素质而益荣。陈凄情于姮女兮，垂青盼而顾语。引吾导夫前路兮，涉层霞而求侣。何人生之短期兮，安寄旅而怀忧。登嶰谷以趑趄兮，览六区之鸿流。逾扶桑而荫趾兮，双材旁而抽清讴。将茬蘅以充帏兮，体婵娟而佩琼球。持太淡以为柄兮，悟往昔之沉迷。阅玉牒之遗于南窗兮，审容膝而独栖。披惠姬之诫于清案兮，心朗朗而古期。托幽怀于笔端兮，聊以寄情而舒永思。胡然而我念之兮，涕滂沱而心悲。君俟我乎霞表兮，终归骨而同居。

临云叹

临高云而三叹兮，抚简册以致思。步花阴而四顾兮，内伤悲而移时。睹扶光之如箭兮，哀岁月其难追。仰浮云之飘飘兮，志凛然而与世披。夜皎皎而不寐兮，心朗朗而气夷。却罗绮之黼帐兮，设黍藜而疗饥。避世途之缤纷兮，崇仁义以为懿。读先哲之遗训兮，身三省而内刺。年四十而不惑兮，修天禀之淳粹。瞰二纪之无穷兮，察五纬之適皇。妒盘逸之无度兮，乐未毕而哀生。听素女之抚弦兮，令吾神气爽而思清。瞻故都于霞表兮，陟钧陈之琼宫。出阊阖其远眺兮，俯九土而生愁。风骚骚其振衣兮，雪霏霏而似琼球。览太虚之苍茫兮，羡王睢之悠悠。玄鹤鸣于九皋兮，声闻野而不收。鸢相羊而戾天兮，鱼沉渊而潜游。察至道乎上下兮，理阴阳而度三秋。物贵贞而淑美兮，遵纯僶而自修。登银台而常羊兮，取玉芝以为羞。披初服之修洁兮，更思周任之内柔。想两髦之佳仪兮，心忉傈而怀忧。遭险屯之穷时兮，安薄命而靡邮？

待月愁

夫何月色之灿烂兮，凌树影而入罗帏。独倚床而延伫兮，侍女怠而欲归。仰圆灵其万户兮，窃皦皦之清辉。睹姮娥之纵体兮，扬轻袿之绣裳。含然诺其欲吐兮，气蠚兰而喷香。当长风之飘飘兮，袭罗衣而彷徨。众乌栖于茂林兮，翔千仞之凤与凰。悼鸿鹄之坠空兮，羌中道而失偶？嘉斯鸟之贞洁兮，触我思之悠悠。衷懊咿而不止兮，寄愁怀于沙鸥。坐兰闺之闲夜兮，聆回飚之飕飕。解垢氛之婴身兮，心翼翼而无尤。叹三闾之见放兮，增一郁而怀忧。惟察察之哲人兮，能漏泥而扬清波。览江汜之淑媛兮，被德化而啸也歌。睎银汉之织女兮，供霓裳而弄金梭。正衽衿而危坐兮，如衔枚而无语。神英英而内栖兮，思恍惚而登虑。虚方寸之寂寞兮，安斗室而独处。藏彩翚之佳丽兮，性耿介而内专。时青阳以告谢兮，肇朱明而心酸。伤十载之鹤化兮，播幼子而吞熊丸。酌金垒以弛念兮，善怀托于青编。

抚玉镜

抚玉镜之纤尘兮，光皎皎而虚明。睹此物之神圣兮，不淑见而心惊。始自轩辕之时兮，含碧水之青莹。悲朱颜其易改兮，惟寸心之不更。掷荣华于俗外兮，修礼容以为盟。鸡初鸣而披衣兮，视启明于东方。塞跖途之旁径兮，法先圣而师乎邑姜。览《回文》之纵横而咏《胡笳》之悲歌兮，则陈哀思而何所补于三纲？于斯之时亦浮华而相尚兮，饰翡翠而道德戕。想窈窕之淑范兮，敦坤德而惟洽阳。仁风衍于百代兮，德业修于椒房。扫兰个之清洁兮，焚兽炉而炷宝香。云飞飞以绕户兮，风飕飕而袭书窗。时隆冬以冰霤兮，菊英英而吐黄。柏森森而不凋兮，松苍苍其冒霜。且草木亦有此劲操兮，吾人何可无此蕙纕？昔宋景之仁德兮，荧惑退而徙三舍。缅涂山之长子兮，内专一而兴大夏。无非仪而安处兮，修妇职以遵圣化。崇仁义以为郭兮，超世俗而为差。

文氏又有《读书辞》曰：

读既倦兮草草，步苍苔兮缥缈。问落花兮多少，怨残红兮风扫。鸟喧喧兮人稀，柳依依兮絮飞。思悠悠兮春归，惟把卷兮送余晖。

文氏盖邠州三水人，有《君子亭集》。其《九骚》见志，今特表而出之。

第六章

沈宛君与叶氏诸女

明末妇人文学之秀出者，唯叶氏诸女。叶女之中，小鸾最慧而早卒，故其文采未极也。要皆秉其母沈夫人之教。沈夫人名宜修，字宛君，吴江人，山东副使珫之女，归同县工部郎中叶绍袁。绍袁字仲韶，风神雅令，工六朝骈体，同宛君偕隐汾湖，与子女刻意诗词以自娱乐。宛君所著有《鹂吹集》。

感　秋　沈宜修

月向中天迥，人惊秋暮悲。元霜初落后，客梦未归时。缥缈三秋雁，萧条两鬓丝。空余旧箫管，愁对月明吹。

秋　思　沈宜修

鹊镜容消只自知，碧云黄叶动离思。闲愁紫袖山前色，旧恨青春树上丝。子夜有情新乐府，伤秋多病送归辞。头江八月西风起，寥廓天高鸟度迟。

立秋夜感怀　沈宜修

凉夜悠悠露气清，晴虫凄切草间鸣。高林一叶人初去，短梦三更感乍生。自恨回波千曲绕，空余残月半窗明。文园多病悲秋客，摇落西风万古情。

秋闺回文四首　沈宜修

秋暮愁行客，日斜飞柳烟。流云归远岫，薄雾淡高天。
花庭啼鸟乱，叠恨锁山眉。霞落映寒渚，蝶飞惊坠枝。
钩帘映皎月，永夜简奇篇。幽径竹花露，石寒萦碧钱。
疏雨滴高树，细风飘暮烟。初闻独雁过，木落自年年。

宛君亦精于倚声，录其数阕：

浣溪沙　沈宜修

淡薄轻阴拾翠天，细腰柔似柳飞绵，吹箫闲向画屏前。诗句半缘芳草断，鸟啼多为杏花残，夜寒红露湿秋千。

虞美人·立春　沈宜修

东风已上堤边柳，雪意还依旧。画罗彩扇学裁新，不道闲愁又送一番春。　　年华只是侵云鬓，花信何由问？待看双燕几时来，犹忆杏花长对月徘徊。

望江南·暮秋　沈宜修

河畔草，一望尽凄迷。金勒不嘶新寂寞，青袍难觅旧葳蕤。野烧又风吹。　　蝴蝶去，何处问归期？一架秋千寒月老，满庭鹈鴂故园非。空自怨萋萋。

宛君教三女。长曰纨纨，字昭齐，有《芳雪轩遗稿》；次曰小纨，字蕙绸，适沈永祯，精于曲律，著有《鸳鸯梦杂剧》。而小鸾其季也。

暮春赴岭西道中　叶纨纨

故园别后正春残，陌上莺花带泪看。何处乡情最凄切？孤舟日暮泊严滩。

蝶恋花　叶纨纨

尽日重帘垂不卷，庭院萧条，已是春光半。一片闲愁难自遣，空怜镜里年华换。　　寂寞香残门半掩，脉脉无端，往事思量遍。正是销魂肠欲断，数声新雁南楼晚。

浣溪沙·为侍女随春作　叶小纨

髻薄金钗半嚲轻，佯羞微笑隐湘屏，嫩红染面太多情。
长怨曲阑看斗鸭，惯嗔南陌听啼莺，月明帘下理瑶筝。

昭齐蕙绸，虽并能为诗词，而才未逮于小鸾也，故今录小鸾之作特多。小鸾字琼章，一字瑶期，年十七，字昆山张氏，将行而卒。小鸾四岁能诵《离骚》，十岁能韵语。钮玉樵曰："小鸾十岁，值秋夜，父仲韶命以句曰'桂寒清露湿'，即对曰'枫冷乱红凋'，是时以为夭折之征。及未婚而殁，见有五彩云捧足而去，知前身为缑岭女仙，今当归月府。""所存诗词，皆似不食人间烟火者。"按小鸾固有清才，惟其早世，故笔力未遒耳。有《疏香阁遗集》。

雨夜闻箫　叶小鸾

纱窗徙倚倍无聊，香烬熏炉懒更烧。一缕箫声何处弄？隔帘微雨湿芭蕉。

咏画屏美人　叶小鸾

庭雪初消月半钩，轻澌月色共相流。玉人斜倚寒无那，两点春山日日愁。

红深翠浅最芳年，闲倚晴空破绮烟。何似美人肠断处，海棠和雨晚风前。

送蕙绸姊　叶小鸾

丝丝杨柳拂烟轻，总为愁人送别情。惟有流波似离恨，共将明月伴君行。

哭　姊　叶小鸾

云散遥天锁碧岑，人间无路月沉沉。可怜寒食梨花夜，依旧春风小院深。

虞美人·灯　叶小鸾

深深一点红光小，薄缕微烟袅。锦屏斜背汉宫中，曾照阿娇金屋泪痕浓。　　朦胧穗落轻烟散，顾影浑无伴。香消午夜漫凝思，恰似去年秋夜雨窗时。

浣溪沙　叶小鸾

几日东风倚画楼，碧天清霭半空浮，韶光多半杏梢头。垂柳有情留夕照，飞花无计却春愁，但凭天气困人休。　　曲榭莺啼翠影重，红妆春恼淡芳容，疏香满院闭帘栊。流水画桥愁落日，飞花飘絮怨东风，不禁憔悴一春中。

谒金门　叶小鸾

情脉脉，帘卷西风争入。漫倚危楼窥远色，晚山留落日。
芳树重重凝碧，影浸澄波欲湿。人向暮烟深处忆，绣裙愁独立。

叶氏诸女，皆承母教。又张倩倩，为宛君之姑之女，适吴江士人沈自徵君庸，亦善吟咏。有《忆宛君》诗曰：

故人别后杳沉沉，独上高楼水国阴。鸿雁不传书底恨，天涯流落到如今。

倩倩诗词，更录一二于后：

过行春桥

行春桥上月如钩，行春桥下月欲流。月光到处还相似，应照银屏梦里愁。

蝶恋花·丙寅寒夜与宛君话君庸作

漠漠轻阴笼竹院，细雨无情，泪湿桃花面。落叶西风吹不断，长沟流尽残红片。　　千遍相思才夜半，又听楼前，叫过伤心雁。不恨天涯人去远，三生缘薄吹箫伴。

第七章

方维仪

方维仪，桐城人，大理卿大镇之女，兵部侍郎孔炤之姊。适姚孙棨，再期而夭，时年十七，遂请大归，守志于清芬阁。与弟妇吴令仪，以文史代织纴，教其侄以智，俨如人师。尝取古今女子之作，编为《宫闺诗史》，刊落淫哇，分正、邪二集，君子高其志。有《清芬阁集》七卷。其所为诗，风格甚高，笔力遒劲，有大雅之遗，非如寻常妇人之作，但以虫鸟、月露为吟赏者也。

死别离

昔闻生别离，不言死别离。无论生与死，我身独当之。北风吹枯桑，日夜为我悲。上视沧浪天，下无黄口儿。人生不如死，父母泣相持。黄鸟各东西，秋草亦参差。予生何所为？死亦何所辞！白日有如此，我心徒自知。

出　塞

辞家万里戍，关路隔风烟。赋重无余饷，边荒不种田。小兵知有死，贪吏尚求钱。倚赖君王福，何时唱凯旋？

伤　怀

长年依父母，中怀多感伤。奄忽发将变，空室独彷徨。此生何蹇劣，事事安可详。十七丧其夫，十八孤女殇。旧居在东郭，新柳暗河梁。萧条下霜雪，台阁起荒凉。人世何不齐！天命何不常！孤身当自慰，且免摧肝肠。鹪鹩栖一枝，故巢安可忘？

独归故阁

故里何须问？干戈扰不休。家贫空作计，赋重转添愁。远树苍山古，荒田白水秋。萧条离膝下，欲望泪先流。

旅次闻寇

蟋蟀吟秋户，凉风起暮山。衰年逢世乱，故国几时还？盗贼侵南甸，军书下北关。生民涂炭尽，积雪染刀环。

楚江怀吴妹

空林陨叶暮鸟啼，云水迢迢隔皖溪。夜发苍梧寒梦远，楚天明月照楼西。

维仪之姊孟式，字耀如，嫁山东布政使张秉文。济南城溃，同其夫殉节。有《纫兰阁集》。

秋　兴　方孟式

西风伤往事，笑此客中身。叶落苍烟断，花开黄菊新。天涯蓬鬓短，边徼羽书频。蟋蟀知秋意，阶前鸣向人。

寄盛夫人　方孟式

繁霜百岁冷春帏，常共寒灯泣落晖。红泪已辞机上锦，白头尚著嫁时衣。烟笼竹叶凉生案，雨湿梨花静掩扉。杯酒楼头明月夜，迢迢梦绕楚天微。

又维仪从妹维则，嫁生员吴绍忠，有《茂松阁集》。当时方氏一门，闺阁中无不能诗文者，其子弟多积学者，有令名。故桐城之方，自后尝为望族也。

题　竹　方维则

小院何空寂，相依独此君。雪深愁易折，风急不堪闻。白石移花影，青苔拥箨文。楼头明月上，空翠落纷纷。

维仪弟妇吴令仪，字棣倩，盖孔炤之妻。相夫教子，均有仪法。不幸早世，维仪为次其遗稿传之。

夜　吴令仪

新月不来灯自明，江天独夜梦频惊。长年自是无归思，未必风波不可行。

第八章

明代闺阁文学杂述

《静志居诗话》谓明初识字妇女得举女秀才，人尚功局。《明史》记永乐中梅殷与女秀才刘氏朋邪。《万载县志》谓敖用敬妻易渊碧举女秀才，陈泰圆妻龙玉英亦举女秀才。《宛委余编》谓明武宗时，林妙玉以女童应试，诏赐女进士。盖宋以来女学虽废，而国家犹有奖励女学之科，为之秀才进士之目，与男子等。故明代女子诗文传于世者，所在尚多有也。《留青日札》及《宛委余编》并记：宋孝宗时，女童林幼玉求试，赐进士。则女子应试，宋已有之矣。唯虽能连属篇翰，而才力或逊古人。兹仅择其尤著而词极可诵，或事有可传，为前数章所未及者，复杂述于此。短篇断句，有不可没，亦附著焉。若夫求备，固所未能也。

郭贞顺者，潮阳周伯玉妻也。明初师下岭南，指挥俞良辅，征诸寨之未服者。贞顺从伯玉居溪头寨，作诗上之，良辅大喜，一寨得全。其《上俞指挥诗》曰：

> 将军开国之武臣，早附凤翼攀龙鳞。烟云惨淡遍九野，半夜捧出扶桑轮。前年引兵下南粤，眼底群雄尽流血。马蹄带得淮河冰，洒向江南作晴雪。潮阳僻在南海滨，十载不断干戈尘。客星移处万里外，天子亦念遐方民。将军高名迈千古，五千健儿猛如虎。轻裘缓辔踏地来，不减襄阳晋羊祜。此时特奉明主恩，金印斗大龟龙纹。

大开藩卫制方面，期以忠义酬明君。宣威布德民大悦，把菜一笠谁敢夺？黄犊春耕万陇云，鼇龙夜卧千秋月。去岁壶阳戍守时，下车爱民如爱儿。壶山苍苍壶水碧，父老至今歌咏之。欲为将军纪勋绩，天家自有如椽笔。愿属壶民歌太平，磨厓勒尽韩山石。

明初叶正甫，洞庭人，久留都门。其妻刘氏寄衣作诗曰：

不随织女渡银河，每到秋来几度歌。岁岁为君身上服，丝丝是妾手中梭。剪刀未动心先碎，针线才缝泪已多。长短只依元式样，不知肥瘦近如何。

明初诗人林子羽，名鸿，闽中十才子之冠也。先是，闽县女子张红桥，聪敏善属文，语父母曰："欲得才如李青莲者事之。"于是操觚之士，争以五七字为媒，诗卷堆积案头，无适意者。独子羽投诗，乃援笔而答。子羽大喜过望，遂委禽焉。逾年，子羽游金陵，红桥感念而卒。红桥与子羽唱和诗词甚多，兹略录一二首：

初答林子羽

梨花寂寞斗婵娟，银汉斜临绣户前。自爱焚香消永夜，从来无事诉青天。鸿初投诗曰："桂殿焚香酒半醒，露华如水点银屏。含情欲诉心中事，羞见牵牛织女星。"红桥答之如此。

和子羽

桥外千花照碧空，美人遥隔水云东。一声宝马嘶明月，惊起沙汀几点鸿。

念奴娇

凤凰山下，恨声声玉漏，今宵易歇。三叠《阳关》歌未竟，城上栖乌催别。一缕情丝，两行清泪，渍透千重铁。重来休问，尊前已是愁绝。　还忆浴罢描眉，梦回携手，踏碎花间月。漫道胸前怀豆蔻，今日总成虚设。桃叶津头，莫愁湖畔，远树云烟叠。剪灯帘幕，相思谁与同说？

孟淑卿，苏州人，训导孟澄之女，自号“荆山居士”。

春　归

落尽棠梨水拍堤，萋萋芳草望中迷。无情最是枝头鸟，不管人愁只管啼。

过惠日庵访尼题亭子上

矮矮围墙小小亭，竹林深处昼冥冥。红尘不到无余事，一炷香消两卷经。

李玉英者，千户李雄女也。正德中，千户李雄西征阵没，遗孤五人。子二：曰承祖，曰亚奴；女三：曰桂英，曰玉英，曰桃英。诸子皆前妻所产，唯亚奴后妻焦氏生。焦欲令亲儿继袭，雄死，令承祖往战场，寻父骸骨，觊其陷于非命，而承祖竟抱骨以归。乃鸩死承祖，支解而埋之。又以桂英鬻豪家为婢。玉英颇知典籍，年十六，伶仃穷迫，作《送春》《别燕》二诗。焦指诗词，谓有外通等情，俾舅焦榕，执送锦衣卫，诬以奸淫不孝，拟凌迟。嘉靖四年夏，差太监密录罪囚，凡有冤枉，许行陈奏。于是玉英具本托其妹桃英赍奏诸冤，疏上，有旨命三法司令勘，焦氏论斩，玉英著锦衣卫选良才择配焉。

送　春

柴门寂寂锁残春，满地榆钱不疗贫。云鬓霞裳半泥土，野花何事亦愁人？

别　燕

新巢泥满旧巢欹，泥满疏帘欲卷迟。愁对呢喃终一别，画堂依旧主人非。

杨用修妻黄氏，遂宁人，黄简肃公珂之女，善为诗词。用修远谪滇南，每有诗寄意，为时传诵。

寄升庵

雁飞曾不到衡阳，锦字何由寄永昌？三春花柳妾薄命，六诏风烟君断肠。曰归曰归愁岁暮，其雨其雨怨朝阳。相怜空有刀环约，何日金鸡下夜郎？

又寄升庵

懒把音书寄日边，别离经岁又经年。郎君自是无归计，何处青山不杜鹃？

巫山一段云

巫女朝朝艳，杨妃夜夜娇。行云无力困纤腰，媚眼晕红潮。阿母梳云髻，檀郎整翠翘。起来罗袜步兰苕，一见又魂销。

屈安人，华阴人屈直之女，嫁参议朝邑韩邦靖，封安人，有集。先是，安人生十余岁，其父课诸儿读经史，安人刺绣其旁，窃听背诵，通晓意义。及归邦靖，诗文倡和，称“双璧”焉。

送夫入觐

君往燕山去，弃妾洛水旁。洛水向东流，妾魂随飞扬。丈夫轻离别，壮志在四方。努力事明主，肯为儿女伤？君有双亲老，垂白座高堂。晨昏妾定省，喜惧君自量。珍重复珍重，丁宁须记将。既为远别去，饮余手中觞。莫辞手中觞，为君整行装。《阳关》歌欲断，柳条丝更长。

王素娥，山阴人，号蘖屏，归胡节。节死守志，以吟咏自遣。

渡钱塘喜晴

风微月落早潮平，江国新晴喜不胜。试看小舟轻似叶，载将山色过西陵。

《少室山房笔丛》曰：“昆山顾茂俭之妹，嫁孙念宪为妇，甚有才情，《春日诗》可置《玉台新咏》中。”

春　日

春雨过春城，春庭春草生。春闺动春思，春树叫春莺。

丁立祺妻姜氏，新建人，有《寄文学士山居诗》曰：

何必入山深？居然似汉阴。雨残云在竹，野旷日平林。负郭多幽事，为农长道心。芸窗开卷罢，多是听鸣琴。

明沈束妻张氏请代夫囚，杨继盛妻张氏请代夫死，其疏文并传于今。二人并以论严嵩获罪，其妻皆姓张，又同上疏请代，并不获报。然沈束后卒得出，忠愍竟冤死，是所异也。

乞代夫囚疏　沈束妻张氏

臣夫礼科给事中沈束，猥以愚昧之性，冒妄建言，诚当万死。荷蒙皇上宽宥，下狱待罪，经今一十四年。束上有老亲，下无子女，孤苦伶仃，俯仰无赖。止遗臣一身寄居旅舍，早暮力作女工，以供口食。艰难万状，度日如年。臣夫之父今年八十有七，衰病侵寻，风烛不定，养生送死之具，更无可托。臣茕茕寡妻，顾此失彼。欲归以养舅，则夫之饘粥无资；欲留以给夫，则舅又旦夕待尽。臣夫累囚之臣，诚不敢复顾私家。窃睹圣朝仁恩广荡，庶类乐生，岂臣一门穷苦颠连，自遗覆载之外？臣每自念，何惜一死？所以忍苦苟延者，诚望天地有曲全之仁，雨露无不被之泽也。今臣舅已当垂死之年，臣夫未有再生之日。臣愿以身代夫系狱，暂容臣夫送父年终，仍又赴狱待罪。庶臣夫得复见其父，少伸父子之情；臣以舅付托于夫，亦得全夫妇之义。

请代夫死疏　杨继盛妻张氏

臣夫原任兵部武选司员外郎杨继盛，因先任本部车驾谏阻马市预伐仇鸾逆谋，圣恩仅从薄谪，旋因鸾败，首赐湔洗，一岁四迁，历抵前职。臣夫拜命之后，衔恩感泣，思图报效。或中夜起立，或对食忘餐，臣所亲见。不意误闻市井之谈，尚狃书生之习，遂发狂论，委的一时昏昧！复荷皇上天高地厚之恩，不即加诛，俾从吏议。臣夫自杖后入狱，死而复苏者数次，剜去臀肉两片，断落腿筋二条，脓血流约五六十碗，浑身衣服，尽皆沾污。日夜笼箍，备极苦楚。又年荒，家贫常不能给，止臣纺绩织履，供给饷食，已经三年。该部两次奏请，俱蒙特允监候。是臣夫再蹈于死，而皇上累置之生。臣之感佩，惟有焚香祷祝万寿无疆而已。但闻今岁多官会议，适与张经一同奏请题，奉钦旨依律处决。臣夫虽复捐脰市曹，亦将瞑目地下。臣仰惟皇上方颐养冲和，保合元气，昆虫草木，皆欲得所。岂惜一回宸顾，下垂覆盆？倘蒙鉴臣蝼蚁之私，少从末减，不胜大幸。若以罪重不赦，愿即将臣斩首都市，以代臣夫之死。夫虽远御魑魅，亲执戈矛，必能为疆场效命之鬼，以报皇上。臣于九泉，稍有知识，亦复衔结无既矣。

祭夫文　杨继盛妻张氏

于维我夫！两间正气，万古豪杰。忠心慷慨，壮怀激烈。奸回敛手，鬼神号泣！一言犯威，五刑殉节。关脑比心，严头嵇血。朱槛段笏，张齿颜舌。夫君不愧，含笑永诀！渺渺忠魂，常依北阙。

端淑卿，当涂人，教谕端廷弼女，归芮氏。有《绿窗遗稿》。

陌　柳

炀帝宫中柳，凋零几度秋。蝉声悲故国，莺语怨荒丘。行殿基仍在，空江水自流。行人休折尽，春日更生愁。

春　日

院外莺啼二月中，妆台日影映帘栊。润回春草茸茸绿，暖入琼枝簇簇红。乍试轻罗沾社雨，偶尝新酿醉东风。闲来检点芳时事，花底青丝坠小虫。

周玉如，名洁，年十四，归应天府判张鸣凤。张罢官，携归临桂，后数年诒书省父，寄诗一册，名《云巢诗》，金陵人竞传写之。

梦还京

自去长干侧，终年桂岭西。新秋望乡处，无奈白云迷。

忆　父

忆昔当残腊，还家雪正飞。三年无一字，不忍见鸿归。

虎关马氏女，有《秋闺梦戍》七言律诗一百首，盖虎关将家妇马氏所作也。蒲田宋珏客越，得之于荒村老屋中，见“芳草无言路不明”之句，为惊叹，录而传之，题曰《香魂集》。

春闺梦戍　百首之一

夫重封侯妾爱轻，漫敲琥珀恋寒更。游魂自苦人何在？芳草无言路不明。仿佛玉关伤旧别，徘徊油幕订新盟。梦回檐马迎风处，犹是沙场剑戟声。

姚氏嘉兴人，号“青蛾居士”，秀水范应宫之妻。有《玉鸳阁遗稿》，东海屠隆为之序。

春　闺

芳杜伤心碧，空庭红暗飘。鸟衔幽梦去，柳绾别魂遥。素被藏金鸭，清台冷玉箫。不关离思远，金粉为谁销？

竹枝词

卖酒家临烟水滨，酒旗挂出树头春。当垆十五半遮面，一酌清泉能醉人。　燕晴花暖春色饶，游情欲醉魂欲销。红衣突展绿阴畔，接袖纷纷渡小桥。

谢五娘，万历中湖州女子，有《读月居诗》，词调清婉可诵。

小园即事

翠竹青梧手自栽，芙蓉未秀菊先开。小轩睡起日卓午，黄叶满庭山雨来。

春日偶成

乳燕衔泥春昼长，倚阑无语立斜阳。桃花红雨梨花雪，相逐东风过粉墙。

春夜

银烛烧残夜漏声，画屏香案影孤清。一庭春色无人管，分付梨花伴月明。

春暮

杜鹃啼血诉春归，惊落残花满地飞。惟有帘前双燕子，惜花衔起带香泥。

初夏

庭院薰风枕簟清，海榴初发雨初晴。香销梦断人无那，听得新蝉第一声。　　啼鸟声中午梦回，篆香重拨已成灰。东风似恨春归去，吹送杨花入户来。

感怀

四面帘垂碧玉钩，重重深院锁春愁。天涯行客无归信，花落东风懒下楼。

王凤娴，字瑞卿，松江华亭人，进士张本嘉妻。有《贯珠集》《焚余草》，生二女引元、引庆。引元字文姝，嫁杨安世，引庆字媚珠，皆能为诗词，并早卒。

悲伤二女遗物　王凤娴

壁网蛛丝镜网尘，花钿委地不知春。伤心怕见呢喃燕，犹在雕梁觅主人。空闺。

少年工制独称奇，绝似灵芸夜绣时。笑语楼前争乞巧，伤心无复见穿丝。闲针。

晓妆曾整傅铅华，玉匣新开斗雪花。今日可怜俱委落，余香犹自锁窗纱。剩粉。

柳絮风沉恨渺茫，断肠丝缕在空箱。孤帏老我愁如织，谁记初阳报日长。废线。

山　居 张引元

树密禽语清，日高花气薄。小窗傍幽岩，当檐挂飞瀑。

梁小玉，武林人。七岁依韵赋《落花诗》，八岁摹《太常帖》，长而涉猎群书，作《两都赋》，著《古今女史》。有《螂环集》二卷，亦号“螂环女子”。其诗文格不甚高，《女史》分类甚有思致，兹录其《女史序》，及诗二首：

古今女史序

批风抹月，鼎吕属于骚坛；衮正钺邪，刀球归于椽笔。余女子也，僭定石渠，无逃越俎，纂修彤管，或免旷官。“二十一史”有全书，而《女史》阙焉。挂一漏百，拾大遗纤。飘零纸上之芳魂，冷落闺中之玉牒。是以旁摭群书，厘为“八史”，显幽悉阐，鸿细佥收。亦香奁之水镜，淑媛之《志林》也。一《外史》。夫仙风道骨，女流正不乏人；霞佩琼裙，根器多能度世。故练形蜕去，标尘外之烟姿；持钵皈依，印法中之正果。直毛女麻姑已哉！二《国史》。夫娲皇炼石补空，重新世界；金轮河魁运手，煊赫寰区。代有圣神，制多嫩政；千秋生色，万姓式灵。亦笄黛之义轩，珮环之姚姒也。三《隐史》。夫烟霞结性，耻嗅群膻；萝薜为衣，生憎俗腻。如接舆妇、於陵妻，累累可数。洵贪子针砭，廉夫鼓吹。云中白鹤，天半朱霞。不令巢由傲色，园绮占馨矣。四《烈史》。夫刚肠所激，何难捐脰明心？正气常轰，亦可全生矢节。尝横襟而览，击节而叹，何烈女之多奇也！从容慷慨，各里夷峭之标；玉莹霜严，俱现孤贞之致。独睢阳齿、常山舌、子卿旄节已乎！五《才史》。夫“无才便是德”，似矫枉之言；“有德不妨才”，真平等之论。乃如巧心濬发，藻思飙飞。著作勒丹青，结撰润金石。独照之匠，大雅之宗。千秋大家惠姬辈，未易弹指也。六《韵史》。夫名姬高翥，多戛玉之鸿篇；仳女幽栖，剩敲金之秀句。冷堪捧腹，凄欲断肠。汰其繁芜，茹其精液。倾昆取烨，倒海探珠。诗穷宁独男子耶？七《艳史》。夫苎萝村中，惊琪花之绝代；芙蓉城上，咤异采之如神。是灵气所蜿蜒，江山所勃窣；望而魄落，见而魂褫。就令叔宝璧人，平叔粉郎，并立西子、玉真间，恐销减无色也！八《诫史》。夫桑间濮上，并厕《关雎》；冶女淫风，可砥芳洁。妇人之骀轶失检者岂少哉？人生于情，而节情乃导情；谁能无欲？而损欲胜多欲。摘为《女戒》，是欲火坑中清凉散也。嘻！世有知我者，其目余为女董狐。

包　头

轻霞薄雾小香罗，傍著蝉鬟香更多。最爱春山缥缈上，横妆一带小清螺。

杂　咏

松响翻清籁，泉声浣俗尘。白云堪赠客，明月解留人。

霜杵舂清骨，风灯飏梦思。空山悬雨处，断浦落云时。

项兰贞，字孟畹，秀水人，贡生黄卯锡妻。有《裁云》《浣露》二草。

送外赴试

柳阴轻绾木兰舟，杯酒殷勤动别愁。此去但看江上月，清光犹照故园楼。

寄慰寒山赵夫人即陆卿子

落叶惊秋早，断鸿天际闻。遥思鹿门侣，愁看岭头云。

黄幼藻，莆阳人，嫁为林恭卿妇。工声律，通经史，所著有《柳絮编》。

夏日偶成

深院尘消散午炎，篆烟如梦昼淹淹。轻风似与荷花约，为送香来自卷帘。

薄少君，太仓州人，秀才沈承妻。承有隽才而早夭，薄为诗百首以悼之。逾年直承忌日，一恸而卒。诗盛传于当时，而格不高。

录二首：

悼　亡

碧落黄泉两未知，他生宁有晤言期？情深欲化山头石，劫尽还愁石烂时。

水次鳞居接苇萧，鱼喧米哄晚来潮。河梁日暮行人少，犹望君归过板桥。

李因，字是庵，会稽人，光禄卿葛徵奇妾，有《竹笑轩吟草》。先是，是庵咏梅诗有“一枝留待晚春开”之句，葛异而纳之。

郊　居

避世墙东住，牵船岸上居。雨分三径竹，晴曝一床书。上坂驱黄犊，临渊网白鱼。衡门榛草遍，长者莫回车。

顾若璞，字和知，钱唐人，副使黄亨子茂梧之妻。有《卧月轩稿》。其集中文，多经济大篇，有《西京》气格。常与妇女宴坐，即讲究河漕、屯田、马政、边备诸大计。明世巾帼中乃有此人，亦一奇也。《今世说》谓若璞尝于食顷作《七夕诗》三十七首。又亨女修娟，字媚清，亦能诗，并著于此：

与张夫人书　*顾若璞*

冢妇丁从余读唐人诗，其《寄灿》有云“故有愁肠不怨君”语，几于怨诽不乱矣。与灿酒间绝不语及家事，时为天下画奇，而独追恨于屯事之坏也。且曰边屯则患傍扰，官屯则患空言、鲜实事。妾与子戮力经营，倘得金钱二十万，便当北阙上书，请淮南北间田垦万亩。好义者引而伸之，则粟贱而饷足，兵宿饱矣。然后仍举盐策，召商田，塞下如此，则兵不增而饷自足，使后世称曰“以民屯佐天子”。盖虞孝懿女实始为之，死且瞑目矣。其言虽夸，然销兵屯师洒洒成议，其志良不磨。夫人许之否？

与胞弟书

夫溘云逝，骨铄魂销。帷殡而哭，不如死之久矣！岂能视息人世，复有所谓缘情靡丽之作耶？徒以死节易，守节难，有藐诸孤在，不敢不学古丸熊画荻者，以俟其成。当是时，君舅方督学西江，余复远我父母兄弟。念不稍涉经史，奚以课藐诸而俟之成？余日惴惴，惧终负初志，以不得从夫子于九京也。于是酒浆组纴之暇，陈发所藏书。自四子经传以及《古史鉴》《皇明通纪》《大政纪》之属，日夜披览如不及。二子者从傅入内，辄令篝灯坐隅，为陈说我所明，更相率咿唔，至丙夜乃罢。顾复乐之，诚不自知其瘁也！日月渐多，闻见与积。圣贤经传，育德洗心。旁及《骚》《雅》，共诸词赋，游焉息焉，冀以自发其哀思，舒其愤闷，幸不底幽忧之疾。而春鸟夏虫，感时流响，率尔操觚，藏诸笥箧。虽然，亦不平鸣耳。讵敢方古班、左诸淑媛，取邯郸学步之诮耶？

长相思

梅子青，豆子青，飞絮飘飘长短亭。风吹罗袖轻。恨零星，语零星，正是春归不忍听。流莺啼数声。

村居即事

寂寂村居晚，迢迢旅雁稀。烟花迷曲径，山月澹清辉。黄菊经霜净，秋莼带雨肥。夜深寒漏彻，渔火逐星归。

商景兰，字媚生，会稽人。吏部尚书商祚女，祁忠敏公彪佳之室。祁商作配，乡里有“金童玉女”之目，伉俪相重，未尝有妾媵也。忠敏怀沙之日，景兰年仅四十二。教其二子理孙、班孙，三女德渊、德琼、德茝，及子妇张德蕙理孙妇。朱德蓉班孙妇。并善吟咏，为时所称。

关山月　商景兰

秋月开金镜，凉云散碧空。风吹榆戍北，露湿柳城东。影满惊门鹊，光沉起塞鸿。秦关今夜色，应与汉宫同。

捣练子　商景兰

长相思，久离别，为谁憔悴凭谁说？卷帘贪看月明多，斜风恰打银釭灭。

送别黄皆令　祁德渊

万山寒秋月，一苇寒秋波。美人理远棹，秋色低星河。送君青雀舫，赠君金叵罗。　　别路不辞远，别酒不辞多。良辰惜分袂，分袂当奈何？虽有千金裘，何如《五噫歌》？

送别黄皆令　祁德茝

画阁联吟恰一年，此时分袂两凄然。云间归雁路何处？林里飞花香可怜。远客青山皆别思，仙舟明月已无缘。怀君日后添离梦，寂寞荒村度晚烟。

中　秋　张德蕙

秋气中天净，愁人独夜看。停桡江逾阔，却扇月初寒。霜入桐阴薄，风飘桂影残。扣舷情未已，露湿绮罗单。

送别黄皆令　朱德蓉

青青杨柳枝，飘摇大道旁。大道多悲风，游子瞻故乡。执杯送行客，泪下沾衣裳。忆昔弭远棹，明月浮景光。壶觞极胜引，歌舞开华堂。好鸟得其侣，举翼齐翱翔。胶漆两不解，金石安可方？分袂起仓猝，永夜生悲伤。吴山何渺渺！越水何茫茫！芙蓉被秋渚，采采有余芳。愿言赠所思，曰归纫为裳。

上　巳　朱德蓉

桃花新水浣春衣，旧日兰亭到亦稀。断岸羽觞晴日暖，远山横笛暮云飞。沙棠舟近江鸥起，玳瑁梁空海燕归。尚有采蘩思未定，不堪月色上罗帏。

黄媛贞，字嘉德，秀水人，贵阳太守朱茂时副室，有《卧云斋诗集》。妹媛介，字皆令，杨元勋室，著《湖上草》。

丁卯留别妹皆令　黄媛贞

北风凄以栗，不忍吹罗襟。高云语征鸟，离思两难沉。今我远庭闱，与子分芳衾。宁忘携手好，所以伤我心。一言一回顾，别泪垂不禁。但得频寄书，毋使相望深。

题　画　黄媛介

懒登高阁望青山，愧我年来学闭关。淡墨遥传缥缈意，孤峰只在有无间。

范壶贞，字淑英，一字蓉裳，吴县人，嫁吴氏。有《胡绳集》。

烟雨楼图

烟岚无限雨中情，远近楼台一望平。吴苑草荒麋鹿走，越江春尽鹧鸪鸣。长堤柳树迷春渚，白水菰菱绕郡城。最是晚来新月下，万家灯火隔湖明。

章有渭，字玉璜，华亭人，嫁嘉定侯泓。有《燕喜楼草》。

舟行即事

晓雾迷离彩鹢轻，棹歌徐动见新晴。临湍鹭子亭亭立，夹岸蒲花漫漫生。遥指小山遮塔影，忽经深树出钟声。晚凉不觉罗衣薄，自爱澄湖片月明。

曹寿奴，小字山姑，崇祯间吴兴女子。有《观静斋集》。

赠伯姊

草有并蒂花，木有连理枝。果有合欢核，豆有同根萁。鱼或比目游，鸟亦比翼随。同功茧作绵，合叠玉为卮。我与子姊妹，愿得不相离。出必同车轮，居必联屋楣。见月每共拜，弄珠定双嬉。子妆我掠鬓，子盥我捧匜。我衣捣子砧，子濯污我私。机张我续织，镜听子兼持。子褰我衾裯，我餔子粥糜。寒毡拥子背，暑还扇我肌。子女迭相抱，帷帐恒并施。生从比肩人，没以百岁期。

纪映淮，字阿男，金陵人，嫁莒州杜氏。早寡，守节终。《渔洋诗话》称其《秦淮柳枝》云："'栖鸦流水点秋光'，佳句也。"

绝　句

杏花一孤村，流水数间屋。夕阳不见人，牯牛麦中宿。

小重山·秋闺

萧瑟幽闺更漏长，庭前丛桂发，暗飘香。月明露白渐生凉，轻风起，时拂郁金裳。远雁一行行，相看还伫立，怯空房。幽怀几许总难量，兰釭炧，花影欲窥窗。

盛韫贞，华亭人，明亡，夫殁寡居。有《村居杂感》诗曰：

自我来兹地，重门晓夜扃。萧条门外柳，几度向人青。采蕨怀商土，占时望岁星。但能安病骨，不必问池亭。

烽火吴关远，烟花谷水明。孤坟应宿草，白发隔重城。遗行书难就，玄言较未成。愁心托幽梦，兹夕倍纵横。

蓬径无人迹，春厨断暮烟。稻粱谋自拙，仆隶义相捐。薄俗终难入，幽栖性自便。尺书兼斗粟，惭愧主人贤。

倪仁吉，字心惠，浦江人，进士仁贞之女。王渔洋尝称其诗。有《题宫意图》绝句曰：

调入苍梧斑竹枝，潇湘渺渺水云思。听来记得华清夜，疏雨银釭独坐时。

明时妇人为词，多属小令，而罕长调。然此外仍有佳者。刘碧，字映清，安陆人，有《浪淘沙·新秋》曰："昨夜雨绵绵，寒涩灯烟，薄衾倦拥不成眠。晓起床头看历日，换了秋天。桐树小庭偏，碧荫争圆，教他知道也凄然。最是西风消息早，一叶阶前。"沈宪英，字惠思，吴江人，有《点绛唇·忆琼章姊》曰："帘外轻寒，谢娘风絮无人见。桃花如面，肠断春归燕。人去瑶台，只觉东风贱。湘帘卷，绿杨千线，烟锁深深院。”王彦泓女，名朗，有《浪淘沙·咏闺情》曰：“疏雨滴青奁，花压重檐，绣帏人倦思厌厌。昨夜春寒眠未足，莫卷湘帘。罗袖护掺掺，怕拂香奁，兽炉香倩侍儿添。为甚双蛾常锁翠，也自憎嫌。”吴山，字岩子，当涂人，上元卞琳室，有《青山集》。其《鹊桥仙·七夕》曰：“思量昨岁，秣陵此夕，正水阁风清天碧。六朝佳处旧繁华，细草路、红灯月白。今年萍寄，隋宫咫尺，叹异代烟花寥寂。情同旅夜起归思，愁绝是、隔江寒笛。”徐元端，字延香，江都人，有《绣间集》。《清平乐》曰：“绣窗无那，自卷帘儿坐。羞睹黄莺枝上卧，抛去青梅数颗。东风阵阵相催，胭脂零落苍苔。春色依然归去，为谁留下愁来？”其余不可悉数矣。

第九章

明之娼妓文学

嘉靖中，女子季贞一有《古意》诗曰：“寄买红绫束，何须问短长？妾身君抱裹，尺寸自思量。”此大类古乐府，或曰是一名妓所作，莫能详也。明时，曲中多有文才，《静志居诗话》谓刘、董、罗、葛、段、赵、何、蒋、王、杨、马、诸先后齐名，所谓十二钗也。然十二钗之诗文不尽传，亦有名不在十二钗中而词采可观者，今择其尤录之：

《艺苑卮言》载正德间有妓席间咏骰子曰：

一片微寒骨，翻成面面心。自从遭点污，抛掷到如今。

景翩翩，字三昧，建昌妓，嫁丁长发。长发为人诬讼于官，景竟自经死。其诗每有古意。

怨　词

妾作溪中水，水流不离石。君心似杨花，随风无定迹。

襄阳踏铜蹄

骏马踏铜蹄，金羁艳陇西。郎应重意气，妾岂句人啼？

寄情十四韵

握粟詹予美，端蓍竟我欺。前鱼如未弃，下风故应迟。荏苒惊吹律，凄凉忆履綦。漫餐妃子秀，虚啮舍人饴。懒去初侵鬓，颦回恰到眉。泪痕留琥珀，花胜淡燕支。露遣冰纨冷，风传画角悲。题盘缘伯玉，捣素事班姬。苦海填愁遍，盟山著恨移。秋深仍系帛，日入已栖埘。石阙何能解？刀头尚可期。三缘经曲折，五内几妍媸。尘掩菱花镜，心摇桂叶旗。何妨梁下信，更作有情痴。

与苏生话

道是愁无极，还教仗醉魔。谁知醒时意，说向醉中多。

闺思回文

箫吹静阁晓含情，片片飞花映日晴。寥寂泪痕双对枕，短长歌曲几停筝。桥垂绿柳侵眉淡，榻绕红云拂袖轻。遥望四山青极目，销魂黯处乱啼莺。

《本事诗》曰：金陵十二名姬，而当时所传文彩风流、以“女侠”自命者，马湘兰最著。湘兰名守真，小字元儿，又字月娇，以善画兰，故又名湘兰。有诗二卷，万历辛卯，王伯穀为之序。

仲春道中送别

酒香衣袂许追随，何事东风送客悲？溪路飞花偏细细，津亭垂柳故依依。征帆人与行云远，失侣心随落日迟。满目流光君自归，莫教春色共差池。

秋日过吴门感旧

香残带缓不胜愁，又见萧条一片秋。身到故乡翻是客，心惟明月许同舟。数声新雁凌江下，几点寒鸦逐水流。遮莫平生多少恨，间吟欹枕更悠悠。

朱无瑕，字泰玉，金陵妓，工诗善书。万历己酉，秦淮有社，会集天下名士，泰玉诗出，人皆自废。有《绣佛斋集》，时人以方马湘兰。

闺　梦

清霜飞急漏声迟，遥夜孤帏忆别离。幽梦欲成明月去，却凭何处照相思。

赵彩姬，亦南院妓，字今燕，与无瑕、湘兰齐名。晚居琵琶巷口，号“闭门赵四”。

送王仲房还新安

暮雪江南路，孤城尊酒期。殷勤折杨柳，还向去年枝。

暮春江上送别

一片潮声下石头，江亭送客使人愁。可怜垂柳丝千尺，不为春江绾去舟。

郝婉然，字蕊珠，京师珠市妓。有《调鹦集》。

凤凰台

雨过荒台春草长，浮云暗处是斜阳。杏花零落知多少？黄蝶翻飞野菜香。

杨炎，字玉香，金陵妓。有《答林景清》诗曰：

销尽炉香独掩门，琵琶声断月黄昏。愁心正恐花相笑，不敢花前拭泪痕。

明末名妓能为诗词者多，而要以王微尤有清才，度越时辈。微字修微，扬州妓，皈心禅悦，自号“草衣道人”。初归归安茅元仪，晚归华亭许誉卿，皆不终。其诗词极为施子野、陈眉公所赏。有集。

暮春歌

春日长兮春草萋，空阶湿兮乱鸟啼。花自飞兮树自芳，唯相思兮不能忘。恩未断兮怨未休，谁弄笛兮滋我愁？

日沉歌

日思沉兮鸟思归，深闺寂寂兮思掩罗帏。梦不成兮空断肠，几回首兮思茫茫。鸟无知兮归当暝时，我心愁兮君莫知。

重过雨花台

春姿静东岑，云影结遥粲。坐觉高台空，不知翠微半。落花自古今，啼鸟变昏旦。抚化良易迁，即事聊成玩。况乃晴江开，渌波正拍岸。

起　步

众叶绘山色，日暮殊苍苍。山水既相得，其奇宁自藏。浮云出前岭，掩此残日光。耳目悦新赏，昔游堕渺茫。

江湖互为势，暮色不可分。人行丹黄径，鸟下牛羊群。绝众获一高，伸手及层云。所见各自领，得意遥相闻。

代　送

忆昔藕花时，莲子心正苦。揭来霜露寒，桐子落何处？月到觉庭空，风来怜叶舞。秋烟拥断岑，孤云暗南浦。无计缆子舟，愿折篙与橹。

夹山漾别陈仲醇

夹山寒水落，木叶下纷纷。斜日已难别，扁舟况送君。瑶华一以折，零露不堪闻。为我题纨扇，新诗寄白云。

寒夜讯眉公先生

月出林光静，幽怀正杪冬。台边读书火，烟里隔溪春。野鸟晚就食，石泉寒到松。何时重问字，相对最高峰。

舟次江浒

一叶浮空无尽头，寒云风切水西流。蒹葭月里村村杵，蟋蟀霜中处处秋。客思夜通千里梦，钟声不散五更愁。孤踪何地堪相记？漠漠荒烟一钓舟。

新秋逢人初度感怀诸女伴

忆昔年年秋未分，晓妆一院气氤氲。阶前琣印朱丝履，窗里同缝白练裙。子夜歌成犹待月，六时参罢悟行云。即今拾翠溪边望，凉露如珠逗水纹。

忆秦娥

多情月，偷云出照无情别。无情别，清辉无奈，暂圆常缺。伤心好对西湖说，湖光如梦湖流咽。湖流咽，离愁灯畔，乍明还灭。施子野赏其首二句，以为“风流蕴藉不减李清照”。

第十章

许景樊

钟伯敬《名媛诗归》附录朝鲜妇人诗，而许景樊尤多。盖朝鲜本中国藩属，且其吟咏之工，有非中土士女所及者，固不可得而没也。许景樊，字兰雪，朝鲜人。适进士金成立，后成立殉难，遂为女道士，有集。景樊八岁，作《广寒宫白玉楼上梁文》，文至奇伟，出二兄葑、筠之右。其诗饶有唐音，闳丽慕李昌谷、温飞卿，而才力足以副之。朱状元之蕃使东国，得其集以归，遂盛传一时。兹采其诗于下：

湘弦谣

蕉花泣露湘江曲，九点秋烟天外绿。水府凉波龙夜吟，蛮娘轻戛玲珑玉。离鸾别凤隔苍梧，雨气侵天迷晓珠。闲拨神弦石壁上，花鬟月鬓啼江姝。摇空星汉光超忽，羽盖金支互云没。门外渔郎唱《竹枝》，银潭半挂相思月。

洞仙谣

紫箫声里彤云散，帘外霜寒鹦鹉唤。夜阑孤烛照罗帏，时见疏星渡河汉。丁东银漏响西风，露滴梧枝语夕虫。鲛绡帕上三更泪，明月应留点点红。

效崔国辅

妾有黄金钗，嫁时为首饰。今日赠君行，千里长相忆。

贫女吟

岂是无容色？工针复工织。少小生寒门，良媒不相识。

塞下曲

都护防秋挂铁衣，城南初解十重围。金戈染尽单于血，白马天山踏雪归。

竹枝词

永安宫外是层滩，滩上行人多少难。潮信有时应自至，郎舟一去几时还？

游仙词

瑞露微微隔玉虚，碧笺偷写紫皇书。青童睡起卷珠箔，星月满坛花影疏。

琼树扶疏露气浓，月侵帘室影玲珑。闲催白兔敲灵药，满臼天香玉屑红。

闲解青囊读素书，露风吹月桂花疏。西妃小女春无事，笑倩飞琼唱《步虚》。

闲携姊妹礼元都，三洞真人各见呼。分府赤龙花下立，紫皇宫里看投壶。

后土夫人住马都，日中吹笛宴麻姑。韦郎年少心慵甚，不写轻绡五岳图。

效李义山体

镜暗鸾休舞，梁空燕不归。香残蜀锦被，泪湿越罗衣。惊梦迷兰渚，轻云落粉闱。西江今夜月，流影照金微。

效沈亚之体

迟日明红榭，晴波敛碧潭。柳深莺观睆，花落燕泥喃。泥润埋金履，鬟低腻玉篸。银屏锦茵暖，春色梦江南。

次仲兄筠见星庵韵

云光高嶂失芙蓉，琪树丹崖露气浓。画阁香残僧入定，讲堂斋罢鹤归松。萝悬古壁啼山鬼，雾锁秋潭卧毒龙。向夜一灯明石榻，东林月黑有疏钟。

赠见星庵女冠

净扫瑶台揖上仙，晓星微隔绛河边。香生岳女春游袜，水落湘妃夜雨弦。松色冷侵虚殿梦，天香晴拂碧阶泉。玄心已悟三生境，玉尘何年驾紫烟？

次孙内翰北堂韵

初日红阑上玉钩，丁香叶叶结春愁。新妆满面贪看镜，残梦关心懒下楼。夜月雕床寒翡翠，东风罗幕引箜篌。嫣红落粉空惆怅，莫把银瓶洗急流。

秋　恨

绛纱遥隔夜灯红，梦觉罗衾一半空。霜冷玉笼鹦鹉语，满阶梧叶落西风。

明时朝鲜妇人能诗，传于中夏者尚有李淑媛、成氏、俞汝舟妻等，然不逮许景樊远甚。兹各录其一篇，以见当时妇人好文之风，固远及于殊域也。

采莲曲　李淑媛　自号“玉峰上人”

南湖采莲女，日日南湖归。浅渚菱子满，深潭荷叶稀。荡桨娇无力，水溅越罗衣。无心却回棹，贪看鸳鸯飞。

竹枝词　成　氏

空舲滩口雨初晴，巫峡苍苍烟霭平。长恨郎心似潮水，早时才退暮时生。

杨柳词　俞汝舟妻

按辔营中占一春，藏鸦门外曲丝新。生憎灞水桥头树，不解迎人解送人。